ドロシイ殺し

小林泰三

JN090335

創元推理文庫

THE MURDER OF DOROTHY

by

Yasumi Kobayashi

2018

ドロシイ殺し

1

「あれは何かしら」ドロシイが砂漠の端っこを指差した。

「ええと」案山子《かかし》は掌《てのひら》を目の上に翳《かざ》して、ドロシイの指差した方角を見た。「砂漠だと思うな。さもなければ砂だ。オズの国一番の知恵者の僕が言うんだから間違いないよ」

「違うわ」ドロシイはあからさまに失望の様子を見せた。

ドロシイは茶色の髪をお下げにし、白いブラウスと青い吊りスカートを身に着け、白いソックスと赤い靴を履いた快活そうな女の子だった。

「いいや。違わないよ」案山子は言い張った。

「ふむ」ブリキでできた樵《きこり》のニック・チョッパーは所在なげに鉞《まさかり》を振り回した。「君はもっと柔軟な視点を持つべきだ。たまたま最初に自分の目に入ったものが砂だったからと言って、彼女が砂を指差したとどうして言える？」

「当然だ。死の砂漠には当然砂しかない。さもなければ『死の砂漠』だなんて呼び名は付かないだろうからね」

「ウィンキー皇帝である僕にたてつくのかい？」ニックは鉞を振り上げた。「軽く一振りするだけで、君の身体を縦に真っ二つにするぐらい訳はないんだぜ。オズの国一の慈悲を持つ僕にだって、我慢の限界というものがあるんだ」

「僕も意見を言っていいかい？」ライオンがおずおずと言った。

「何だよ。そんな小さい声なんか聞こえないぞ」ニックは鉞をライオンに向けた。

「わっ！　やめてくれよ！」ライオンは鉞攻撃を防ごうと、二つの前足を顔の前に持ち上げた。

その弾みで、足先が案山子とニックにぶつかった。

　樵は一メートルは弾き飛ばされた。案山子に至っては、十メートル以上離れた場所にふわふわと落下した。

「何するんだ？」樵は鉞を構えた。

「わあ。やめてよ！」ライオンは二つの前足をぶんぶんと振り回した。

「二人とも、やめなさい。オズの国での殺し合いは、オズマ女王により禁じられているわ！」

ドロシイが叫んだ。

　ニックは舌打ちをして鉞を下ろした。

　ライオンはほっとしたのか溜め息を吐《つ》いた。

「それに無意味な言い争いはやめて。わたしが何を指しているかはわたしに訊けばいいわ。なにしろ、わたしはここ、みんなのすぐ傍にいるんだから」

「なるほど。それは名案だ」案山子が起き上がりながら言った。「もちろん、僕もすでに思い付いていたけどね」

「それで、君が指差したのは何なんだ?」ニックが尋ねた。

「あれよ。あの干からびた少し緑っぽい灰色の汚いもののことよ」

「本当だ」ライオンが言った。「どうして、あんなものが死の砂漠のはじっこにあるんだろう? 砂漠の向こうからやってきたのかな?」

「死の砂漠を越えられるものはない」ニックは言った。「おそらく、オズの国から出ようとして力尽きたんじゃないか?」

「力尽きたにしてはあまりにもオズの国に近いんじゃないか?」ライオンが言った。「オズの国からほんの三十センチぐらいのところだよ」

「なるほど。わかった」案山子が腕組みをしながら言った。「きっと死の砂漠だからだ」

「どういうことだ?」ニックが言った。

「『死の砂漠』というからにはきっと死の力が生き生きと漲《みなぎ》っているに違いない」

「死の力なのに、生き生きしているのか?」

「たぶんね。『死の力』というのは、生き物を殺す力のことで、それ自体が死んでいる訳じゃないんだ、きっと」

「何だ、推測で言ってるだけなのか?」

「確かに、今の時点では仮説でしかないが、検証は簡単にできる。つまり、何か生きているものを砂漠に追いやって、死ぬかどうか確かめればいいんだ」

「やめて!」ライオンが言った。「僕を砂漠に追いやるなんて、絶対にやめて!」

「誰も君を死の砂漠に追いやるなんて言ってないだろう」ニックが呆れて言った。

「わっ！　わっわっわっ！」

「だから、怖がる必要なんかないんだよ」

「ド、ドロシイが！」

「えっ？」

見ると、ドロシイが干からびたものの方へ向かって、砂漠の中に足を踏み入れていた。

「大変だ！　ドロシイが死んでしまった！」案山子はぎゃあぎゃあと泣き始めた。

「落ち着けよ」ニックが言った。「ドロシイは別に死んじゃいないよ」

「えっ？」案山子は泣きやんだ。「不思議なこともあるもんだな」

「何が不思議なんだ？」

「だって、死の力が生き生きと漲っている砂漠に入ったのに死なないなんて」

「だから、死の力なんて漲ってないんだよ」

「だって、誰かがそう言ってたよ」

「ああ。誰かがそう言ってたね」

騒ぎを余所《よそ》にドロシイはしゃがみ込んで、干からびたものを観察し出した。

「ドロシイ、それ何だった？　怖いものじゃないよね？」ライオンが半分逃げる体勢になりながら尋ねた。

「たぶん怖いものじゃないと思うわ」ドロシイは親指と人差し指で、干からびたものを摘まみ上げた。

「ひいっ！」ライオンは一瞬で十メートル程飛び退《しさ》った。

「何だね、それは？」ニックが尋ねた。

「わからないわ。何か干からびた生き物みたいだわ」

「わかった！」案山子が叫んだ。

「あれの正体がわかったの？」ライオンが遠くから尋ねた。

「ああ。僕の考えでは、あれはきっと何か干からびた生き物だな」

ドロシイはくんくんと臭いを嗅いだ。「干物かしら？」

「わかった！」案山子が叫んだ。

「あれの正体がわかったの？」ライオンが遠くから尋ねた。

「ああ。僕の考えでは、あれはきっと干物だな」

「干物だったら、食べられるかもしれないね」ライオンは舌なめずりをした。

「食べ物か。食べ物には興味がない」ニックはつまらなそうに言った。「ドロシイとライオン君が食べればいいさ」

「確かに、僕らは食事も呼吸もしなくていいから効率的だね」案山子が同意した。

「食べられそうなら、こっちに持ってきてよ」ライオンがゆっくりとみんなのところに戻ってきた。

ドロシイは干からびたものをぶらぶらさせながら運んできて、草っぱらにぽいと投げ捨てた。

ライオンはくんくんと臭いを嗅いだ。「確かに乾いた肉の臭いがするね」

「これはやっぱり誰かがオズの国から出ていこうとして、砂漠で干からびたんだよ」

「たった三十センチ歩いたところで？　魚だって、そのぐらいなら、平気で歩いていくわ」ドロシイは反論した。

「魚が歩くって?!」ライオンが驚きの声を上げた。

「そうだよ。魚は歩くんだ。そんなことも知らないのか？」案山子は得意げに言った。

「魚が歩くっていうのはものの喩《たと》えよ」ドロシイが言った。

「魚が歩くっていうのはものの喩えだ。そんなことも知らないのか？」案山子は得意げに言った。

「もちろん、魚の中には歩く種類もいるけどね」

「もちろん、魚の中には歩く種類もいる。そんなことも知らないのか？」

「でも、まあ大部分の魚は歩かないけどね」

「大部分の魚は歩かないんだぞ。そんなことも……」

「でも、こいつは魚じゃなさそうだ」ニックは案山子の言葉を遮《さえぎ》った。

「きっと、死の砂漠を歩いて越えてオズにやってきて、そこで力尽きたんだわ」ドロシイが言った。

「死の砂漠を歩いて越えたって？　そんなやつは今まで一人もいなかった」案山子が反論した。

「まあ、こいつが砂漠の向こうから来たとしても、オズの国に辿り着く前に力尽きたんだから、結局は死の砂漠を越えられなかったってことじゃないのかな?」ニックは言った。

「ええと。どういうことだ?」案山子は首を捻《ひね》った。「僕の言ったことが正しいってことか?」

「そういうことでいいよ」

「ねえ。オズの国って滅多なことでは人は死なないわよね」

「ああ。君はこの国に来て、すぐに一人殺したけどね。その後、もう一人殺した」ニックはずばり指摘した。

「両方とも事故よ。それに、殺して誉められたわ」ドロシイは気分を害したようだった。

「まあ、誉められる殺人もあるけどね」ライオンはその場を取り繕《つくろ》おうとした。

「まあ、そんな小さなことはいいわ。わたしが言いたいのは、この干からびた動物は実は死んでないかもしれないってことよ」

「残念ながら、元が生命であったとしても、一度干からびてしまえば、生命はなくなってしまうんだよ、ドロシイ」案山子は自信ありげに言った。「基本的な知識だけどね」

「あなたの中身は乾燥した草じゃないの? もちろん外側だって、乾燥した植物繊維だわ」

「えっ? そうだったの?」案山子は一瞬驚いた顔をした後、大急ぎで真顔に戻した。「もちろん、知らなかった訳じゃない。そんなふりをして笑いを取ろうとしたんだよ」

「誰か水を持ってない?」ドロシイは案山子の言葉を気に掛けていないようだった。「この干からびた生き物に掛ければ生き返るかもしれないわ」

「残念ながら、僕と案山子君は生身じゃないから、唾も小便も出ないよ。だけど、ライオン君は生身だから、小便ぐらい掛けられるんじゃないかな?」ニックは冷たく言い放った。

「生きているかもしれないんだから、そんな可哀そうなことはできないわ。ちょっと待っていて、小川で水を汲んでくるから」

ドロシイは近くを流れる小川に向かった。靴を脱いで、その中に水を入れる。すぐに漏れ始めたが、元の場所に戻ってもまだ半分は残っていた。

ドロシイは干からびた生き物に水を掛けた。

すぐには何も起きなかったが、何分か経つうちに生き物は少しずつ水を吸収し、膨《ふく》らみ始めた。

「ドロシイの言う通りだ。この生き物は元に戻ろうとしているよ」ライオンは嬉しそうに言った。

「干物が水で戻っただけかもしれないぞ。だとしたら、放置していたら腐ってしまうな」案山子が言った。

「それは大変だ。腐ってしまう前に食っちまわないと」ライオンは生き物に嚙みついた。

「痛い」生き物が喋った。

「今誰か喋った?」ライオンが尋ねた。

「君だろ」案山子が言った。「君の口のところから声が聞こえたよ」

「いや。僕は喋ってなんかいないよ」

「君、口から血が出ているよ」

「本当だ。でも、痛くはないよ」

「さっきの生き物はどこ？」ドロシイが尋ねた。

「ライオン君が食ったのを見たよ」ニックが言った。

「もう飲み込んだ？　それとも、まだ口の中？」

「もちろん、まだ口の中だよ。僕は何でもよく嚙んで食べることにしているから。その方が消化にいいんだ」ライオンはもぐもぐと口を動かした。

「まだ間に合うかもしれないから吐き出して」

「何に間に合うって？」

「その口の中の生き物の命を助けるのによ。それはまだ生きているわ」

「えっ？　本当かい？　どうしてわかったんだ？」案山子は驚いて言った。

「口をきいたからよ。さっき『痛い』って言ったのは、その生き物よ」

ライオンは口の中のものを地面に吐き出した。

血塗《ちまみ》れの生き物はもぞもぞと動いている。

「気持ち悪い」ライオンは不快そうに血の混じった唾を吐いた。

「ぐちゃぐちゃだな」案山子は顔を顰《しか》めた。「安楽死させてやった方が人道的かもね」

「じゃあ、僕が始末してやろう」ニックは鉞を振り上げた。

「ちょっと待って！」ドロシイが言った。「血塗れだから、ぐちゃぐちゃに見えるけど、怪我はそんなに酷くないかもしれないわ。ちょっと待ってて」

ドロシイはまた小川に走って水を汲んできた。そして、生き物の上にそろそろと水を掛けた。

「わっ！　冷たい！　そして痛い！」生き物は叫んだ。

「大丈夫？」ドロシイは尋ねた。

「えっ？　ちょっと待って。……大丈夫じゃない。喉がからからな上に、身体中まるで何かに嚙まれたように痛いよ」

「怪我の様子はどう？　身体は動かせる？」

生き物は立ち上がって、身体のあちこちを動かしてみた。

「血はいっぱい出てるけど、身体は動くよ」

「だったら、骨は大丈夫ね。喋ってるから頭の方も大丈夫みたいね。内臓の方はどうかしら？　お腹は痛くない？」

「お腹というか、全身が痛いよ」

「じゃあ、少し様子をみるしかないようね」

「内臓が破裂している可能性があるんだな。面倒だから、やっぱり安楽死させよう」ニックは鉞を振り上げた。

「わっ！　殺人ロボットだ!!」生き物は叫んだ。

「僕はロボットなんかじゃないよ」

「じゃあ、何？　自動人形《オートマータ》？」

「そんなものは聞いたことがないな。僕はブリキでできた樵だよ。名前はニック・チョッパーさ」

「ブリキでできた樵なのにロボットでも自動人形でもないって、どういうこと?」

「僕は人間だよ。単にブリキでできているだけさ」

「じゃあ、こっちの人も人間?」生き物は案山子を指差した。

「僕は人間じゃない。案山子さ。人間に見えるかい?」案山子が答えた。

「じゃあ、生き物じゃないの?」

「ええと……。それはどうかな……」案山子は悩み始めた。

「あなたは誰なの?」ドロシイは尋ねた。

「僕はビルだよ。蜥蜴《とかげ》のビルさ」生き物は答えた。

「やっぱり蜥蜴だったのね?」

「ひょっとして、蜥蜴が喋ってびっくりしてる?」

「もしここがカンザスだったら、びっくりしたかもしれないわね。でも、ここはオズの国だから、喋る動物は珍しくなんかないのよ。それに」ドロシイはニックと案山子の方をちらりと見た。「喋る案山子とか、ブリキの樵とかもいるぐらいだし」

「そうだね。あの二人に較べたら、僕は随分まともだと思うよ」ビルは後ろを振り向いた。

「わっ!　ライオンだ!」

「初めまして」ライオンが言った。

「ライオンが喋ってる‼」

「だから、そんなことにいちいち驚かなくていいのよ」ドロシイが言った。

「ああ。そう言えばそうだね。もう驚かないよ」

「あなた、少し案山子さんに似ているわ」

「えっ？　どうかな？　じゃあ、君も知恵者なのかい？」案山子がビルに尋ねた。

「そうか。僕はオズの国一番の知恵者なんだ。そう言われたことは一度もないからよくわからないよ」

「誰が言ってるの？」

「まあ、だいたいは僕が言ってるよ」案山子は胸を張った。「なにしろ僕は特別な脳味噌《のうみそ》を持っているんだからね」

「特別って？」

「偉大なるオズの大魔法使いが作ってくれた特製の脳味噌なんだよ」

「その人って、オズの国で一番凄い魔法使いなの？」

「う〜ん。それはどうかな？　一番凄いのは、南の魔女のグリンダかな？」

「じゃあ、オズの魔法使いは二番目？」

「それもどうかと思うな。ピプト博士なんかもなかなか大したもんだし、モンビや北の魔女は一級の腕前だよ」

「じゃあ、オズの魔法使いはずっと順位が下なんだね」

「そうかもね」

「じゃあ、オズの魔法使い以外の魔法使いに脳味噌を作ってくれるように頼んだ方がいいんじゃない？」

「ところが、そうはいかないんだ。オズマ女王が国中に魔法禁止令を出しているからね。魔法を使っていいのは、オズマ女王とその側近のグリンダ、そしてその弟子のオズの魔法使いだけなんだ」

「オズの魔法使いって、弟子だったの？ それにしては大層な名前なんだね」

「それには、理由があるんだ。オズの魔法使いはオズの国全体の大王だったんだ」

「どうして、そんな凄い人が弟子になったの？」

「ところが、何にも凄くなかったんだよ。オズの魔法使いは只《ただ》のペテン師だったのさ。だけどまあいろいろあって、今はグリンダの弟子になって、本物の魔法を勉強している最中ってことだよ」

「つまり、まだ魔法勉強中ってこと？」

「そうなるね」

「ということはその脳味噌は練習中に作ったものだってこと？」

「君は僕の脳味噌が練習台だと言うのかい？」案山子は少し気分を害したようだった。

「そういうつもりじゃないんだけど、もしその人が弟子だとしたら……」

「この脳味噌はオズの魔法使いが弟子時代に作ったものじゃ断じてないぞ」

「でも、その人、今でも弟子なんでしょ？」

「今は弟子だ。だが、ずっと弟子だった訳じゃない。弟子になる前はペテン師だったんだからね。この脳味噌は彼がペテン師だったときに作ったものなんだ。だから、絶対に練習台なんかじゃあり得ないんだ」

ビルはしばらく案山子の言葉の意味を考え込んでいたが、ふと何かに気付いたような顔をした。

その様子を見ていたドロシイは慌ててビルに目配せをし、首を振った。

「わかった。きっと、そのウィンクの意味は、案山子に、『ペテン師の作った脳味噌なんかペテンに決まってる』って言っちゃあいけないってことだね」ビルは大声で言った。

「君、いったい誰と喋ってるの?」案山子が不思議そうに訊いた。

「あの女の子が僕に合図してきたんだ。君が傷付かないように、君の脳味噌はペテン師の作った紛《まが》い物だって、教えないようにだと思う」

「そうか。ドロシイは優しいな。おかげで傷付かなくて済んだよ」

「僕も案山子を傷付けずに済んで嬉しいよ」

ニックは二人のやりとりを苛々《いらいら》とした様子で見ていた。「二人とも安楽死させた方が本人たちのためかもな」

「やめて、ニック。どうせ無駄よ。案山子さんは首を切り落としても、死んだりしないから、元々生き物ではないんだし」ドロシイは言った。

「でも、蜥蜴は殺せるだろ? 案山子だって、藁《わら》に戻して火にくべてしまえば、死んだも同然だ」

「殺人はオズマに禁じられているわ」

「殺人？　こいつら、人か？」

「カンザスでは確実に違うけどね。でも、ここでは人ってことでいいんじゃないかしら？　この人たちが人でなかったら、人でない人たちが多数派になりそうだから」

「君はどこから来たんだい？」ライオンがビルに尋ねた。

「僕はホフマン宇宙から来たんだよ」ビルが答えた。

「聞いたことがないな。でも、そこはフェアリイランドの一部なんだろ」

「フェアリイランドって何？」

「この世界だよ。オズの国の周りに広がっている世界」

「その世界というのは、どこまで広がっているの？　果てしもなくどこまでも広がっているの？」

「どうなんだろう？　どこまでもってことはないんじゃないかな？」

「じゃあ、どこかで終わるの？」

「そうかもしれないね」

「でも、その終わったところの向こうにも何かがあるんじゃないかな？」

「あるかもしれないね」

「だとしたら、世界はどこまでも続くんじゃないかな」

「果てしのない世界。その中に僕はぽつんと立っている……」ライオンはがたがたと震え出した。「怖い。怖い。そんな考えは怖くて堪らないよ」

「あなたはホフマン宇宙の生まれなのね」ドロシイがビルに言った。

「どこで生まれたかは覚えていないけど、ホフマン宇宙の前には不思議の国にいたんだ」

「ホフマン宇宙や不思議の国はここと似た世界？」

ビルはきょろきょろと周囲を見回した。「そうだね。どちらかというと、ここは不思議の国に似ているかもしれないな。ホフマン宇宙はもっと人も建物も多かった」

「オズの国でもエメラルドの都に行けば、ここより人も建物も多いのよ」ドロシイは言った。

「ホフマン宇宙や不思議の国には、あなたのように喋る動物はたくさんいるの？」

「うん。いっぱいいるよ」

ドロシイは考え込んだ。「だったら、不思議の国やホフマン宇宙はフェアリイランドの一部だと思うわ」

「ここはオズの国なの？　フェアリイランドなの？」

「オズの国はフェアリイランドの一部なのよ。周辺には誰にも越えることのできない死の砂漠が広がっているわ。だけど、その先にはエヴの国やノームの国といった別の領域が存在しているの」

「ここの人たちは明確な世界観を持ってるんだね」

「あなた、時折難しい言葉を使うのね」

「これは僕の言葉遣いというよりも、井森《いもり》の言葉遣いなんだよ。実は僕は意味がよくわかっていないんだ」ビルは寂しそうに言った。

「心配しなくてもいいわ。世界観を理解しているなんて、オズの国でも一握りだから」

「他の国に簡単に行けるのだったら、僕を不思議の国に連れていって欲しいんだけど……」

「簡単には行けないわ。オズの国から出ていくことは自殺行為だわ。……ところで、井森って誰？」

「井森建《けん》だよ。僕のアーヴァタールさ」

「アーヴァタール？」

「夢を通じて、僕の記憶を共有している存在だよ。僕が死ねば井森も死んでしまうんだ」

「つまり、井森は地球にいるのね？」

「今、『地球』って言った？」

「ええ。ビル、わたしのアーヴァタールも地球にいるのよ。あなたにはエメラルドの都に行ってこの国の支配者であるオズマ女王に会って貰わなければならないわ」

2

井森は考え事をしていた。

考えていたのは、ビルのことだった。彼はここ数日、ずっとビルの救出作戦を考えていた。あの惨《みじ》めな蜥蜴《とかげ》はなぜか、本来自分が棲息しているべき領域である不思議の国から迷い出し、ホフマン宇宙という全く別の領域に入り込んでしまったのだ。来た道を逆に辿ればいいようなものだが、もちろんビルにはそんな考えは浮かばないし、そもそも来た道など覚えていない。ビルは井森と記憶を共有しているが、その洞察力は極めて限定されていた。もちろん、蜥蜴なのだから仕方がないとも言えるが、不思議の国では芋虫や草花ですら、もっとまともな行動をしている。もう少し頭を使ってくれてもいいんじゃないかと、井森は常日頃思っていた。

万が一、ビルが死んでしまったら、井森の命も失われることになる。なんとか彼を現在の境遇から救い出して、不思議の国に帰してやらなければならない。そのためには、何をすればいいか？

はっきりとした案はまだなかったが、不思議の国から別の世界に到達できたからには、帰る方法も必ずあるはずだ。心配なのはビルの暴走だ。不思議の国に帰ろうとして、無謀な行動をとりかねない。あれほど迂闊《うかつ》な蜥蜴は見たことがない。

そんなことをつらつら考えながら散歩をしていたのだが、あまりに考え過ぎて、今が真夏の日中であるということを完全に忘れてしまっていたらしい。

井森は気が付くと、気を失っていた。

非常に逆説的な表現だが、こうするより他には表現方法がなかった。確か、ビルのことを考えていたはずなのに、気が付くと、芝生の上らしき場所で横たわっていた。上には抜けるような真っ青な空を背景に生い茂った枝が見えた。

どうやら、芝生の上の木陰で横になっているらしい。さっきまで歩いていたはずなのに、いったいどうしたことだろう？

井森は状況から熱中症で倒れたようだと推定した。

自力でここまで来たのかな？　自力でここに来たという記憶はないが、無意識のうちに涼しい場所を求めてここに辿り着いたのかもしれない。

そう思ったとき、額に濡れたタオルが置かれていることに気付いた。

井森はタオルを持ち上げ、確認した。

どうやら、誰かに運んできて貰ったらしい。

さて、誰だろうと、不思議に思っていると、声が聞こえた。

「大丈夫ですか？」若い女性の声だ。

井森は声のする方向を見た。

そこには茶色の髪をお下げにした色白の美しい少女がいた。白いブラウスに青い吊りスカート。

井森はどこかで見た恰好だな、と思った。

そして、次の瞬間、名前を思い出した。

「ドロシイ?!」井森は思わず声を出してしまった。

「ええ。そうよ」ドロシイは答えた。「ひょっとして、あなた井森さん？」

「どうして、僕の名前を？」

「あなたがわたしの名前を知っていたからそうだと思ったのよ。わたしは、古くからの知り合いのアーヴァタールの顔は全部覚えている。見覚えのないあなたが、わたしの名前を知っているとするなら、最近、オズの国で知り合った人物のアーヴァタールだということになる。最近、オズの国で知り合った人物と言えば、ビルしかいないわ。そして、ビルは自分のアーヴァタールは井森という大学院生だと言っていたわ」

「見事な推理だと思うよ」井森は立ち上がろうとしてよろめいた。

「気を付けて。まず水分の補給をして」ドロシイは五百ミリリットルのスポーツ飲料のペットボトルを差し出した。

「ありがとう。いただきます」井森はキャップを開けると、ごくごくと飲み干した。「僕、熱中症になったみたいだね」

「炎天下にキャンパスの中を、何かを真剣に考えながら歩き回っていて、突然ふらふらと倒れたからたぶん熱中症だと思うわ」

「どうして、何かを考えていたと思ったんだい？」

「あなたが何かぶつぶつ言いながら、歩き回っていたからよ。そして、気を失っている間も譫《う》言《ごと》で何かをぶつぶつ呟いていたわ」

「ビルを救出する方法を考えていたんだよ」

「ビルはオズの国にいるわ」

「うん。知ってる。今、倒れているときに夢に見たよ」

「だったら、もうビルの問題は解決ね」

「どうして？」

「だって、ビルの危険は去ったわ」

「危険って、砂漠で干からびそうになったこと？」

「それ以外にある？」

「もちろん、それも問題だけど、僕が考えていたのは、もっと大きな問題だ」

「命の危険よりも大きな問題なんて、あるの?!」

「今のは言葉の綾だ。命の危険より重要な問題はないかもね。でも、ビルの問題は砂漠で干からびる以前からあったんだ。彼は道に迷ってしまった。このままじゃ、不思議の国に帰ることができない」

「それって、そんなに重要なことなの？」

「えっ？」

「ビルがどこに行こうがあなたはずっと、この地球にいるじゃない」

「まあ、そうだね」

「そして、ビルはどこにいようが気楽にやっていけるんじゃない？」

「まあ、そうだね」

「じゃあ、どうして、わざわざビルを元の世界に戻さなきゃならないの？」

「だって、それは……」井森は口籠《くちごも》った。

はて。どうしてなんだろう?

「たぶん、不思議の国はビルの生まれ故郷だからだよ。あそこにはビルの友達が大勢いる」

「それって、そんなに大事な友達なの？　ビルのことを気遣ってくれる?」

井森は頭のおかしい帽子屋や三月兎や白兎や赤の女王やチェシャ猫のことを思い浮かべた。

帰る必要ないかもな……。

「そこは理屈じゃないんだよ。故郷には帰りたいものさ」

「オズの国を新しい故郷にすればいいのよ」

確かに、それも一理ある。ビルの見たところ、オズの国はホフマン宇宙よりも遙かに不思議の国に似ている。とは言っても、不思議の国のようにそこら中でしょっちゅう奇妙な現象が起こっている訳ではなく、魔法のような力はある程度管理されているようだ。それに、住民の頭のおかしさも不思議の国程ではない。いわば、マイルドな不思議の国のような場所だ。

ただ、気になるところもある。

井森は上半身を起こした。

「まだ寝ていた方がいいんじゃない?」

「もうだいぶよくなったよ。……もう少しオズの国のことを訊いていいかい?」

「ええ。何でも訊いて」

「オズの国には支配者がいるって言ったよね?」

「ええ。ブリキの樵《きこり》のニックも支配者の一人よ。彼はウィンキー帝国の皇帝なの。わたしたちがあなたと出会ったのは、彼の帝国の領土内よ」

「『支配者の一人』ってことは他にも支配者がいるのかい?」

「ええ。カドリングの王、マンチキンの君主、ギリキンの元首がいるわ。その他辺境の小さな集落の住民の中にも王を名乗る者たちがいるわ。公式には認められていないけどね」

「つまり、オズの国はその四人の支配者が統治しているのかい?」

「そうとも言えるけど、オズの国全体を統括支配しているのは、エメラルドの都に住むオズマ女王よ」

「女王か……」

「どうかしたの?」

「不思議の国にも女王がいるけど、あまり好かれていない独裁者なんだ。すぐに人の首をちょん切れって命令するし」

「オズマ女王は慈悲深い独裁者だから、人の首をちょん切れだなんて命令はしないわ」

「エメラルドの都と周辺国の関係がよくわからないんだけど、地球に譬《たと》えると、どんな感じかな? キリスト教の諸国とローマ教皇庁のような感じかな?」

「単なる精神的な支えというよりは、もっと政治的に直接関与しているわね。オズマ女王の制定する法律がオズの国全土で施行されるわ」

「四つの国の支配者は法律は出さないのかい?」

「もちろん、法律や命令は出すけど、オズマの命令や法律が優先するの。だから、何の混乱もないわ」

「ということは、四人の支配者はほぼ名ばかりということか？」

「名ばかりじゃないわ。江戸時代の藩主《はんしゅ》か、現代の知事ぐらいの権限はあると思う」

「オズの国の人口は？」

「五十万人ぐらいって聞いたことがあるわ」

「周辺は砂漠に囲まれているんだっけ？」

「死の砂漠よ」

「君たちはオズの国以外の知識も持っていたね」

「フェアリイランドには、エヴの国やノームの国やバラの国やモーの国など、わたしが知っているだけでも十何か国あるわ」

「その中に不思議の国や、ホフマン宇宙も入っているのかい？」

「いいえ」ドロシイは首を振った。「でも、わたしは全ての国のことを知っている訳じゃない。フェアリイランドの中に、あなたの言ったような国があっても不思議じゃない」

「しかし、ビルは不思議の国にいたときも、ホフマン宇宙にいたときも、オズの国のことは聞いたことがない」

「それは距離が離れているからじゃないかしら？　オズの国の住人だって、遠くのことはわからないから」

「オズの国の周辺には越えられない死の砂漠があるって話だったね」

「ええ。そうよ」

「だったら、どうしてオズの国以外の情報を持ってるんだ？」

「それは魔法の力を持っているからよ」

「なるほど。そして、魔法を使うことが許されているのは、オズマ自身とグリンダという魔女とオズの魔法使いの三人だけということか」

「その通りよ」

「その魔法というのは、強力なのかい？」

「もちろんよ。その気になれば、全世界を支配することもできるんじゃないかしら」

「オズの国の権力機構が安定している訳がわかった。しかし、逆に考えると、不安定な要素が内在しているとも考えられる」

「どういうこと？」

「その三人以外の誰かが魔法の力を手に入れて反乱を試みた場合、もしくは外国から侵入してきた場合、その三人だけで対応しなければならないからさ」

「それが不安定だとは思わないわ。だって、三人の魔法はとても強力だもの」

「その点については、検討の余地があるね。ええと。ドロシイでよかったかな？」

「ええ」

「ドロシイ、ビルのことは知ってると思うけど、人間として、こっちで会ったのは初めてだから、けじめのため、ちゃんと自己紹介しておくよ。僕は井森建だ。よろしく」井森は手を差し出した。

「こちらこそよろしく」ドロシイは手を握った。

「介抱してくれた御礼も言っとかなくっちゃね。ありがとう、ドロシイ」

「当然のことをしたまでよ」

「ドロシイ！」遠くで手を振っている女性がいる。ドロシイとほぼ同じ年恰好だ。

「お友達かい？」

「ええ。樹利亜《じゅりあ》よ。餡《あん》樹利亜。彼女もオズの住人のアーヴァタールなの」

井森は立ち上がった。

「大丈夫？」ドロシイが気遣った。

「ああ。僕はもう完全に回復したよ」

樹利亜が近付いてきた。

「こちらでは、初めまして」井森は声を掛けた。「向こうでの君はブリキの樵かい？　それとも、案山子《かかし》の方かな？　まさか、ライオンとか」

樹利亜は怪訝《けげん》そうな顔をした。

「ええと」ドロシイは困ったような顔をした。「樹利亜、こちらは井森さんというの。彼もフエアリイランドの住人のアーヴァタールなのよ」

「あらそうだったの」樹利亜は笑顔を見せた。「こちらでも、初めまして、井森さん」

「えっ？　僕の知っているオズの人じゃなかったのか」

「そう。彼女の本体はエメラルドの都の宮殿で働いている小間使いのジェリア・ジャムよ。ギリキン国出身で、通訳もしているのよ」

「すみません。てっきり、すでに知っている人のアーヴァタールかと」井森はばつの悪さに、真っ赤になってしまった。

「いいのよ。本体とアーヴァタールの姿って、似てたり似てなかったり、規則性がないからね。ドロシイは似ているタイプね。まあどちらかというと、わたしもそのタイプかしら。若い人間の女の子の姿をしているという点ではね。でも、中には凄い姿の人もいるわよね。さっきあなたが言ったように、案山子とかライオンとかだったりしたら、残念この上ないわ」

「残念ですか？」井森は残念に思った。

「ええ。だって、自分が動物だったりするのって、ちょっと信じられないわ」

ドロシイは咳払いをした。

「あら。ドロシイ、風邪か何か？」樹利亜は尋ねた。

「向こうの僕は蜥蜴なんですよ」

「えっ？」樹利亜が硬直した。

「ビルっていう名前のね」ドロシイが言った。

「そうね。そういう可能性も考慮しておくべきだったわ」樹利亜が言った。「今後、こんな失言をしないよう肝に銘《めい》じるわ」

「そこまで反省するようなことじゃないよ」井森は慰《なぐさ》めるつもりで言った。

「いいえ。わたしは反省なんかしないわ。ただ、学習するだけ。同じ失敗を繰り返さなければ、わたしはどんどん完璧な人間になっていくのよ」

「うん。そうだね」彼女は自分とは違うタイプの人間で、ばつの悪さなど感じないのだと井森は気付いた。「ところで、君が通訳をしてるって、さっきドロシイに聞いたけど、何語と何語の通訳をしてるんだい？」

「何語と何語でもOKよ。オズの国で話されている言語ならね。例えば、ギリキン語とかウィンキー語とか」

「凄いね。語学が得意だなんて羨《うらや》ましいよ」

「ところが、語学は全然なのよ。母語以外は殆《ほとん》ど無理」

「だったら、どうして通訳なんかできるんだ？」

「オズの国で使われている言葉は全て同一だからよ。ギリキン語もウィンキー語もマンチキン語も全て同じ語彙《ごい》と同じ文法で構成されているのよ」

「なるほど。それなら、語学が得意じゃなくても通訳をするのには支障がなさそうだ」井森はとりあえず納得したふりをした。「ところで、全ての言葉が同じなら、そもそも通訳なんていらないんじゃないか？」

「理屈の上では、そうよ。でも、ほら、理屈が通じない人っているじゃない。この地球でも、オズの国でもね。だから、わたしの仕事が成立する訳よ」

井森は顎に手を当てて考え込んだ。

「どうしたの？」ドロシイが尋ねた。

「今の話を聞く限り、オズの国は地球より遙かに不思議の国に似た世界だなって」

「だったら、ビルがオズの国で暮らすのは安心よね」

「いや。むしろ、心配になったんだ」

「何が心配だと言うの？」

「女王の存在だよ。不思議の国にも女王がいて、彼女は圧政を行っていた」

「オズマ女王は民衆に慕われている慈悲深い支配者よ」

「しかし、独裁者だ」

「いい独裁者もいるのよ」

「みんなに慕われているということが気になる。不思議の国の赤の女王は独裁者ではあったが、頭はそれほどよくなく、しかも民衆に嫌われていた」

「オズマ女王とは逆ね。そっちの女王の方が最悪だと思うけど」

「オズマ女王は頭がよく、人民に好かれている独裁者なんだよね」

「その通りよ」

「それこそが非常に危険に感じるんだ。カリスマ性というものは、本人の目も国民の目も曇《くも》らせてしまうからね」

「オズマ女王に限っては心配はいらないわ」

「その発言がますます僕を不安にさせるんだよ」

「わかったわ。じゃあ、一刻も早くビルをオズマ女王に会わせることにしましょうよ」樹利亜が言った。「百聞は一見に如《し》かず、よ。直接、オズマ女王に会えば、心配事は全部吹っ飛んでしまうわ」

3

オズの国は想像以上に広かった。

ビルとドロシイたちが出会ったウィンキーの国の最西端から歩き始めて何日にもなるが、いっこうにエメラルドの都に到達できなかった。

ウィンキーの国は何もかもが黄色に塗られている。最初は目がちかちかしていたが、そのうちに慣れて、それが普通になってきた。

旅の間の食料や宿については、全く困らなかった。

食事や就寝の時間になると、近くの民家に立ち寄り、食事をご馳走してくれ、もしくは寝床を準備してくれ、と頼むだけだ。たいていの家では、どうぞどうぞと食事や寝床を提供してくれる。極《ご》たまに嫌な顔をする住民もいた。たまたま、食材が足りないとか、家の者が出ていて人手が足りないとか、病人が出てそれどころではないときだ。そんなときでも、ニック・チョッパーが鉞《まさかり》をテーブルや柱に突き立て、おまえたちが安心して暮らせるのは誰のおかげだ？と問えば、はい、ウィンキー皇帝陛下とオズマ女王陛下のおかげでございます、と頭を下げ、自分の食事や病人の世話を後回しにして、彼らの食事を用意してくれた。

「なんだか、申し訳ないね」ビルが正直に言った。

「何が申し訳ないって？」ニック・チョッパーは高圧的に言った。

「だって、この人たちにはこの人たちの都合があるのに、僕たちのことを先にして貰えるんだもの」

「どうして、それが申し訳ないんだ？」

「だって、迷惑じゃないか」

「何が迷惑なものか。皇帝を歓待するのは、名誉なことなのだ。それに、旅人に無償で食事や宿を提供しなければならない、とオズの国の法律で定められているのだ」

「そうなの？」

「そうなのだ。だから、我々も彼らも法律に基づいて行動しているだけなのだ。ゆえに、これは当たり前のことだ。当たり前のことだから、申し訳なく思う必要は全くないのだ」

「そんなものかい」

「そんなものだ」

「でも、僕はなんだか申し訳なく思ってしまうんだ」

「それは君が状況を理解していないからだ」ニックは面倒そうに言った。「おい、案山子《かかし》君、君の卓越した知能を使って、この蜥蜴《とかげ》に説明してやってくれないか？」

「仕方がないなあ」案山子は咳払いをした。「もし、この法律がなかったら、この国にやってきた旅人はどうなってしまう？　食事も宿もないんだよ。そこらの木の実を取って食べたり、魚や小動物を捕まえて食べなくてはならない。そして、野宿だ。野宿していると、野生動物に食われてしまうかもしれない」

「野生動物って？」ビルは尋ねた。

「肉食動物だ。ライオンとか」

ビルはライオンの方を見た。

「ああ。僕が君を食べるんじゃないかと心配してるんだね。大丈夫、僕は友達を食べたりはしないから」ライオンは言った。

「ちょっと訊きたいんだけど、もし友達じゃない蜥蜴に会ったら、どうするんだい？」

「その質問にはあんまり答えたくないな」ライオンは言った。「だけどね。僕だって、何も食べないでおくってことはできないんだ。そして、オズの法律では食べれば罪にならないんだ。まあ、そういうことだよ」

ビルはがたがたと震え始めた。

「だから、友達は食わないって言ったんだから、心配はないよ」案山子は言った。「ドロシイを見て御覧。君より遙かに食いでがあって、肉付きがよくて、脂も乗っている。彼女を食わずにいられるんだから、君を食わないなんてこと、簡単に決まっているだろう」

「ライオン、君はドロシイも食べたいって思ってるの？」

「そんなことは言えないよ」ライオンは舌なめずりをした。「軽々しく口にしたら、友情の継続が難しくなるからね」

「なるほど。だったら、訊かないでおくよ。ところで、僕のことは食べたいって思ってる？」

「返事を聞きたいのかい？」ライオンはビルをじっと見ながら、だらだらと涎《よだれ》を垂らした。

「どうしても聞きたいのかい？」

「もしよかったら」

「でも、答えを聞いたら、二人の間の友情に罅《ひび》が入るかもしれないんだよ」

「いいよ。二人の間にはそれほど親密な関係は築き上がってはいないから」

「あと、答えを聞いたら、ずっと疑心暗鬼になってしまうよ」

「それはいやだな。いつも自分が食われるんじゃないかとどきどきするのは、願い下げだよ」

「本当に？」

「本当だよ」

「だったら、答えは教えないでおくよ。君をいつもどきどきさせるのは申し訳ないからね」

「ありがとう。だったら、答えは聞かないでおくよ。これでどきどきしないで済む。ひと安心だ」ビルはライオンの口元のすぐ近くで寝ころんだ。「答えを聞いたら、こんなことも怖くてできなくなってしまうからね」

「全くそうだね」ライオンはビルを凝視して、舌なめずりをした。

「ええと。二人の間の揉め事は解決したと考えていいかな？」案山子が言った。

「二人の間に、揉め事なんかないよ」ライオンは慌てて言った。「揉め事があるとしたら、これからだよ」

「では、僕の話を続けるよ」案山子が言った。

「何の話？」ビルが言った。

「僕たちがただでウィンキーたちの家に泊まったり食事の提供を受けても問題ないという話だよ。もしそうしなかったら、大惨事が起きかねないしね」案山子はライオンの方を見た。

「それはわかるけど、御礼ぐらいしてもいいんじゃないかと思うんだ」

「御礼？」

「お金を払えばいいんだ。そうすれば、僕も気に病まなくて済む」

「聞いたかい、ニック君。お金だってさ」案山子はげらげらと笑い出した。

「笑わせるな」ニックもげらげらと笑い出した。

「ねえ。何がそんなにおかしいの？　僕にも教えてよ。僕、笑い話が大好きなんだ」

「君が、お金だなんて言うからさ。オズの国にはお金なんか存在しないんだ。その概念すらない」案山子が言った。

「お金がないなんて信じられないよ。だって、お金がなくっちゃ、貯金ができないじゃないか」

「どうして、貯金が必要なんだ？」

「それは大きな買い物をしたりするときに大金が必要になるだろ。そのために貯金するんだ」

「オズの国では買い物なんてしないのさ」

「じゃあ、物が欲しくなったら、どうするんだい？」

「貰ってくるんだよ」

「誰から？」

「物を作っている人からさ。例えば、パンが欲しくなったら、パン屋に行って、貰ってくる。服が欲しくなったら、服屋に行って貰ってくる。家が欲しくなったら、大工に言って建てて貰うだけさ」

「その人たちは只で渡すの？」

「そうだよ」

「そんなことをしたら、その人たちが損をしちゃうじゃないか。ちゃんとお金を貰わないと」

「お金を貰っても仕方がないんだよ」

「お金があれば、いろいろなものが買えるよ」

「だから、オズの国では物を買わなくってもいいんだって。何かが欲しければ、貰えばいいんだよ」

「どういうことか全然わからないよ」

「君の脳味噌《のうみそ》にお金という概念が染みついているから理解できないんだよ。オズの国は原始共産制なんだよ」

「ああ。原始共産制なんだね。わかったよ」ビルは言った。「でも、それって、怠《なま》けようとすれば、いくらでも怠けられるんじゃないかな?」

「そうだよ。働きたくない人は働かなくていいんだよ。それって素晴らしいことだろ」

「でも、みんなが働かなくなったら、どうするの?」

「そんなことにはならないよ」

「どうして?」

「だって、みんなが働かなくなったら、オズの国が崩壊してしまうもの。誰だって、こんな素晴らしい国に崩壊して欲しくないだろ」

「なるほど、よくわかったよ。案山子は説明が上手だね」

五人の旅は続き、あるときついにエメラルドの都の入り口に到達した。

エメラルドの都は高い城壁に囲まれ、巨大な門が設けられてはいたが、それは大きく開け放たれていた。

「門はいつも開いているの?」ビルは尋ねた。

「ええ。そうでないと、自由に出入りできないからね」ドロシイが答えた。

五人はすぐに宮殿に向かった。宮殿の入り口で、少女が五人を出迎えてくれた。

「お帰り、ドロシイ」少女が言った。「そろそろ来る頃だと思って、待っていたわよ」

「その人がオズマ女王なの?」ビルが尋ねた。

「いいえ、ビル。この人はジェリア・ジャムよ」ドロシイが言った。

「ジェリア・ジャム?」ビルが言った。

「こちらでは初めまして、ビル」ジェリアが言った。「わたしの地球でのアーヴァタールは樹利亜なのよ」

「そうだったんだ。こちらでは初めまして、ジェリア・ジャム」

「あなた、地球の姿と違って、フェアリイランドでは、随分緩《ゆる》い感じなのね」

「井森は緩くない感じだよね。でも、自分が緩くないって知って、井森はがっかりしないかな?」

「たぶん、そんな心配は無用だと思うわよ、ビル」ジェリアは言った。

「僕たちが今日来るって、どうしてわかったの?」

「オズマ女王が教えてくれたのよ」

「誰かオズマ女王に携帯で電話した?」

「ビル、オズの国には電話は存在しないのよ」

「じゃあ、どうして、オズマ女王は僕たちが来るのを知ってたんだろう?」

ドロシイは微笑《ほほえ》んだ。「それについては、オズマに直接訊いた方がいいと思うわ。さあ、女王の間《ま》に行きましょう」

オズマはドロシイと殆《ほと》ど年齢が変わらないと思われる美しい少女だった。ただし、そのいでたちには威厳が備わっており、その涼しい視線には全てを見抜くかのような強い意志が感じられた。

「初めまして、オズマ女王」ビルは言った。

「初めまして、ビル。わたしのことはオズマと呼んで頂戴」

「そうするよ、オズマ。でも、びっくりだな。僕はオズマのことをもっと年をとった意地悪そうな人だと思っていたんだ」

「確かに、たいてい王位は前の王が死んだときに受け継ぐものですから、国王や女王は年を取っていることが多いわね。だから、わたしのことを年寄りだと思っていたとしても、不思議ではありません。しかし、なぜ、わたしが意地悪だと思ったのですか、ビル？」

「それは、国中で魔法を使うことを禁じているからだよ」

「どうして、魔法を使うことを禁じたら、意地悪ということになるのですか？」

「だって、魔法を使えば、便利じゃないか。一瞬で遠くに行ったり、たくさんの荷物を運んだり、怪獣を退治したりできるんだろ」

「そうですね。しかし、魔法を悪用すれば、オズの国を征服したり、国民を奴隷にしたりすることもできます。つまり、魔法には善悪二つの側面があるのです。魔法を野放しにすると、いいことだけではなく、悪いことも起こってしまうかもしれません。だから、魔法を使うことを禁じたのです」

「でも、三人だけは使えるんだよね。その三人が悪いことに魔法を使ったらどうなるの？」

ドロシイは蜥蜴の脇腹を突っついた。

だが、ビルはきょとんとして言った。「ドロシイ、どうして僕の脇腹を突っついたの？」

ドロシイは溜め息を吐《つ》いた。「ビル、あなたは失礼なことを言ったのよ。魔法が使える三人が悪いことをするはずがないでしょ」

「どうして、そんなことが言えるの？」

「魔法が使える三人というのは」オズマが話し出した。「わたしとグリンダ、そしてオズの魔法使いのことです。この三人は正しい魔法しか使いません」

「だから、どうしてわかるの？」

「わたしが判断したからです。わたしはこの国の支配者です。全てはわたしの判断に従います」

「オズマは間違わないの？」ビルはしつこく尋ねた。

ドロシイはもう一度ビルの脇腹を突《つつ》き掛けたが、オズマが首を振ったので、動作を途中でやめた。

「それについては、わたしが説明しよう」突然降ってわいたように初老の男が現れた。

「誰？」ビルは尋ねた。「どこから来たの？」

「わたしはオズの魔法使いとして知られている者だ。おまえたちが入ってくる前から、この部屋にいた。魔法で姿を見えなくしていたのだ」

「どうして、そんなことをしたの？」

「おまえに危険がないかどうか観察していたのだよ。だが、おまえが無害な小動物だとわかったので、姿を現したのだ」

「僕は自分が無害な小動物だってことは、ずっと前から薄々《うすうす》勘付いていたよ」

「おまえはオズマの判断がなぜ正しいか疑っていたね」

「疑ってなんかいないよ。理由が知りたいだけさ」

「理由は簡単だ。オズマは決して間違わないからさ」

「そうなの？」

「ああ。だからこそ彼女は国民に信頼され、女王の座に就いているのだ。もし、彼女が間違いを犯すなら、王座にはいられないからね」魔法使いは堂々と言った。「オズマは絶対に間違わないから女王になった。そして、オズマは女王だから絶対に間違わない。ほら。何の矛盾もないだろ？」

「オズマは女王……オズマは間違わない……」ビルは口の中でもごもごと唱え続けた。

「ビル、大丈夫？」ドロシイが心配になって、尋ねた。

「考え過ぎて、気分が悪くなってきちゃったよ」

「そういうときには、考えるのをやめることだよ」案山子が言った。「昔からよく言うじゃないか。『下手な考え休むに似たり』ってね」

「わかった。僕は考えるのをやめることにするよ。元々考えるのは苦手だからね」ビルは言った。

オズマは微笑んだ。

「でも、この国に悪人が多いんだったら、気を付けないといけないね」ビルは言った。

オズマの顔は曇《くも》った。

「ビル、この国には悪人なんかいないんだ」魔法使いが言った。

「だったら、みんなが魔法を使えるようにすればいいじゃないか」ビルが反論した。

「我々以外の者が魔法を使ったら、悪用する者が現れるかもしれない」

「それは、この国に悪人がいるってことでしょ？」

「……」魔法使いは言葉に詰まった。

「ビル、何もかも理詰めで突き詰めるのは、いいことだと思いますか？」オズマは優しく言った。

「どうかな？」ビルは首を捻《ひね》った。「井森は理性が重要だと思ってるみたいだけど」

「井森というのは、あなたのアーヴァタールですね」

「そうだよ」

「彼は地球にいるのですね」

「そうだよ」

「だったら、オズの国とは無関係です。ここにいるのは、あなたですよ、ビル。たとえ記憶を共有していたとしても、あなたは彼に従う必要はないのですよ。わかりましたか？」

「たぶん、わかったと思う」ビルは素直に従った。もう本当に考えることに疲れてきたのだ。考えることは全部井森に任せよう。この記憶は全部井森に伝わるんだから、勝手に考えてくれるだろう。そんなことより、気になることを今、訊いておこう。

「ジェリアは僕たちがここに来ることをオズマに聞いたって言ってたけど、どうしてわかったの？」

「もちろん、魔法の力を使ってです。この絵を見て御覧なさい」

「どの絵？」

ビルが尋ねた次の瞬間、目の前に巨大な絵が現れた。

「これは何？」

「魔法の絵です」

絵にはまさに今、この部屋で行われていることが描かれていた。ビル、ドロシイ、案山子、ブリキの樵《きこり》のニック・チョッパー、ライオン、ジェリア・ジャム、オズマ、そしてオズの魔法使いが部屋の中に集まって、一枚の絵を見ていた。そして、その絵の中にも彼らが描き込まれ、一枚の絵を見ている。このような入れ子構造が果てしなく続いており、ビルは目が回って吐き気を催《もよお》した。

「ビル、大丈夫？」

「もう我慢できない」ビルはその場にげろげろと吐き出した。

「ビル、もうわたしたちに用意された部屋に行きましょう」ドロシイが慌てて言った。

「いいえ。気にする必要はありません」オズマが言った。「圧倒的な魔法に触れたときの常人の正常な反応です」

「正確には常蜥蜴だけどね」ビルは吐きながら言った。「あっ！」ビルは絵を指差した。

絵の中のビルもまた嘔吐《おうと》し、絵の中の絵を指差していた。

「誰が絵を描き直したの？」

「この絵自身です。この絵は常に現在の状況を現しているのです」

「でも、絵で見なくても、僕がゲロを吐いているのは、わかるんじゃないかな？　見た感じでも、臭いでも」

「この絵に描かれるのは、この部屋だけではないのですよ。例えば、マンチキンの国でも……」

突然、絵が変わった。ほぼ青一色の光景となったが、その中で茶色の朽ち果てた家だけが目立っていた。

「あれはわたしがカンザスで暮らしていたときの家よ」ドロシイが言った。「竜巻でここまで運ばれてきて、東の悪い魔女の上に落ちたのよ」

「例えば、ウィンキーの国でも……」

黄色一色の街の中に金属製の巨大な宮殿が聳《そび》えたっていた。

「あれは、ウィンキー皇帝――つまり僕が暮らしている宮殿なんだぜ」ニックが自慢げに言った。

「オズの国以外の土地の様子も見ることができます。例えば、ノームの国でも……」

不気味な地下の妖精ノームたちが何か悪だくみをしている様子が描かれた。

「例えば、ファンファズムの国でも……」

ビルは悲鳴を上げた。

絵の中では、ビルが不思議の国でも、ホフマン宇宙でも見たことがないような醜くおぞましい様々な姿をした怪物たちが何千匹も集まって、口に出すのも憚《はばか》られるような不道徳な行為を続けていた。

ビルはもう吐くものが胃の中に何一つ残っていなかったので、おえおえと弱々しく声を出すだけだった。「こいつらは何なの？」

「ファンファズムどもです。神々ですら恐れる悪魔の一族です」

「こいつらは襲ってきたりはしないの？」

「オズの国は死の砂漠で守られているので、問題はありません。……今のところは」

「いつかはやってくるってこと？」

「ええ。いつかはそうなるでしょう。しかし、心配することはありません。この国はわたしが守ります」オズマは断言した。「このようにわたしは見たい場所の様子をいつでも、この絵で見ることができるのです。わたしはドロシイの安否を確認するために、この絵で見ていたのです」

「オズマは誰の様子でも覗き見ができるの？」

「ええ。そうです」

「プライバシーの権利はどうなるの？」

オズマを除くその場の全員がビルを見詰め、溜め息を吐いた。

「プライバシーの権利は重要ですね」オズマは微笑んだ。「だから、無暗《むやみ》にこの絵を使うことはありません。誰かに危険が及んでいないか確認するときにだけ使うのですよ」

「今、思ったんですけど」ジェリアが提案した。「ビルは故郷への帰り方がわからずに困っています。その絵にビルの故郷を映し出したらどうでしょうか？　そうすれば、場所やどうやって帰ればいいかもわかるかもしれません」

「残念ながら、それはできないのです」オズマは悲しそうに言った。「この絵は、わたし自身が映し出す場所や人物を正確に把握している必要があるのです。わたしにとって未知の場所は映し出すことは不可能です」

「じゃあ、僕に使わせてよ」ビルは言った。「僕はちゃんと不思議の国を把握しているよ」

オズマは何も答えず、涼やかな目でビルを見ていた。

「ビル、この国の法律については、説明されたはずだろ」魔法使いが怖い目で言った。「魔法を使うことが許されているのは三人だけだ」

「でも、僕はこの国の国民じゃないし、悪人でもないよ」

「この国に存在している者全てに法律は適用される。そして、たとえ悪人でなくても、間抜けな蜥蜴に魔法を使わせるなど正気の沙汰ではない」

「そうか。じゃあ、残念だけど仕方がないね」ビルは俯《うつむ》いた。

「何、急ぐことはない。この国に残ってもいいし、みんなでおまえの故郷を探す方法を考えてもいい」

「そうよ。慌てることはないわ」ドロシイは言った。「それに、もうすぐオズマ女王の誕生パーティーがあるわ。それに出席すれば、ビルの気持ちもきっと変わると思うわ。とても素晴らしいんですもの」

ビルはまた少し混乱しかけていた。

4

「オズの国のことはもうだいたいわかったでしょう」ドロシイは井森に言った。

今はもう午後二時を過ぎており、大学の食堂もかなり空いてきていた。

「住人が世界を把握しているという意味では、オズの国は不思議の国やホフマン宇宙とはかなり違うと思う」井森は言った。「特に支配者に国家を効率的に統治しようとする意志がはっきりと見て取れた」

「それって、つまりいいことよね」

「おそらくオズマがあの国をいい国にしようとしていることは事実だと思う。でも、実際にやっていることが正しいことなのかは俄《にわ》かには判断できないと思うんだ」

「オズマが間違っていると言うの？」

「そうは言っていない。今のところ、うまくいっているように見える」

「見えるんじゃなくて、実際にうまくいってるのよ」

「そうなんだろうな」

「いったい何が言いたいの?」

「オズの国は民主国家じゃない」

「まあ、それは考え方によるんじゃないかしら? オズマは政治を行う場合は、人々の意見をよく聞いてから自分の考えをまとめているみたい。つまり、オズマの政治は多くの人々の意見を踏まえているから民主的だとも言えるんじゃない?」

「それはどうかな? オズマは必ず国民の言うことを聞かなくてはならない訳じゃない。意見の中で、自分が正しいと感じた政策だけを実行すればいいんだ。つまり、最終決定権は国民側ではなく、オズマにあるんだから、民主的ではなく、独裁的なんだ」

「まあ、地球とオズの国では政治体制が違うからね」ドロシイが言った。「オズの国は近世以前の政治体制なのよ。だから、民主的ではなく、専制君主制を採用しているのは当然だわ」

「そう言われればそうなんだけど、少なくともオズマは君や魔法使いを通じて、民主主義を知っているはずなんじゃないか?」

「それはもちろん知っているでしょう」

「だったら、民主主義を採用することは可能だったんじゃないか?」

「じゃあ、逆に訊くけど、どうして民主主義を採用しなくてはならないの? 地球に存在する国家のどれかがオズの国より素晴らしいかしら?」

「それは……その……『素晴らしい』という言葉の定義によるだろう」

「話をはぐらかしているわ。オズの国の住民が地球に存在するどの国の国民より、幸福だってことは認めるわよね?」

「……ああ。それは認めざるを得ないと思う。でも、僕は何か違和感を覚えるんだ」

「漠然と違和感を覚えるというのは政権批判の理由にはならないわよね?」

「それも、君の言う通りだ」井森は深呼吸をした。「じゃあ、違和感の原因を落ち着いて考えてみよう」

「違和感はあくまであなたの問題であって、オズの国の問題じゃないわ。ビルだって、納得していたわよ」

「おそらくビルはオズの国の誰よりも御《ぎょ》しやすいだろうね。……それだ!」

「どうしたの?」

「御しやすいんだ」

「ビルが御しやすいのは知ってるわ」

「そうじゃない。オズの国の住民全員が御しやすいんだ。オズの国の政治体制が理想的だとしたら、どうして地球では実現できないんだろう?」

「地球の政治家たちがオズマ程有能じゃないからでしょ」

「そうじゃないと思う。オズマは政治家としてはそれほど特別じゃない。もし地球で同じことをしたら、住民たちが食料や財産を奪い合って収拾が付かなくなるはずだ。なぜ、オズの国の住人たちは行儀がいいんだろう?」

「教育が行き届いているから?」

「確かに、教育水準が高い国は犯罪率が下がる傾向がある。しかし、五十万人にも及ぶ人口を有しているのに、原始共産制が成立しているような国はどこにも存在しない」

「オズの国の教育水準はずば抜けているからかしら?」

「そんな印象は受けなかったな。君はそう思ってるのかい?」

「いいえ」ドロシイは首を振った。「そんなこと、疑問に思ったこともないわ。そもそも、気にする必要がある? ユートピアが実現できているというのに、その粗探しをして、誰が得をするの?」

井森は口籠《くちご》った。彼はオズの国の社会体制に漠然とした違和感を持っている。だが、それがオズマを批判する理由にならないことは井森自身にもわかっていた。

「こんにちは」樹利亜が二人に近付いてきた。「どう? オズの国に永住する決心は付いた?」

「それがまだ何かを疑っているみたいなの」ドロシイが言った。

「ビルはそんなそぶりを見せてないけど」

「ビルは気にしない子なのよ」

「オズの国の何が気に入らないの?」

「本人もうまく説明できないみたいね」

「オズの国は平和過ぎると思うんだ」井森は言った。

「あら。そんなことはないわよ。革命騒ぎもあったし、外国軍の侵略だってあったわ。辺境では、悪い魔女による圧政も行われていたし」樹利亜が言った。

「しかし、それは殆《ほとん》ど解決してしまった。オズマ女王とグリンダの力で」

「そうよ。それがどうかした？」

「彼女たちが万能過ぎるのが気になる」

樹利亜は声を出して笑った。「彼女たちが悪の存在だと思ってるの？」

「そういう訳じゃないけど……」

「もし、彼女たちが悪なら、オズの国は悪の国になっているはずよ。なにしろ、オズマ女王はオズの国全土を支配しているんだから、もし悪人だったら善人のふりを続ける意味はないわ。オズの国が幸福に包まれているということ自体、彼女たちが善人であることの証拠になっているのよ」

「それは僕も理解している」

「つまり、気分の問題よ。一種のホームシックね。ただ単に不思議の国が懐かしいから、オズの国の粗探しをしているんでしょ」ドロシイが言った。

「ビルがそうなるのは理解できるんだけどね」樹利亜が言った。「どうして、井森君がそうなるのよ」

「だって、ほら、彼、変わってるから」

「彼って、どっちのこと？　井森君？　ビル？」

「そりゃ、どっちもに決まってるじゃないの」

二人の女子はげらげらと笑った。

井森は何も言わずに黙っていた。

「大丈夫よ。オズの国のことが理解できれば、オズの国に永住する決心が付くと思うわ」樹利亜が言った。

「ビルはもうその気だけどね」ドロシイが言った。

「もうすぐオズマ女王の誕生パーティーがあるじゃない。あれには、国の内外からいろいろな人たちが集まってくる。そこで話を聞いたら納得できるんじゃないかしら?」

「わたしもそう思うわ」

「国の内外ということは、オズの国以外からもやってくるのかい?」井森は尋ねた。

「ええ。そうよ」

「確かオズの国の周辺には死の砂漠があって、誰も越えられないんじゃなかったかな?」

「通常の方法では越えられないということよ。わたしの知っているだけで、砂漠を越える方法は大きく三つあるわ」

「どんな方法だい?」

「空を飛ぶ方法。地中を進む方法。魔法で瞬間移動する方法」

「地中を進むのが砂漠を横断するより容易だとは信じられないんだが」

「恐らく、あの砂漠にはなんらかの呪いが掛かっていて、地表を歩くことができないんだわ。ただ、徒歩で渡った例もないことはないのよ。オズマ女王率いる軍勢が死の砂漠を越えてエヴの国に遠征したことがあるわ。ただし、あのときは魔法のカーペットを使ったんだけどね」

「そのカーペットは今でも使われているのかい？」

「いいえ。今はもう使われていないわ」

「どうして？」

「必要ないからよ。今はオズマのベルトの力で瞬間移動ができるから」

「カーペットで砂漠を渡った当時は魔法のベルトはなかったってことかい？」

「ええ。ベルトはノームとの戦争における戦利品だから」

「ちょっと待ってくれ」井森は目を丸くした。「オズの国は他国と戦争をしたことがあるのかい？」

「ええ。言ってなかったっけ？」

「他国からの侵略があったと聞いただけだ。オズの国から打って出たということか？」

「ええ。ただし、エヴの国を救うための援軍だけどね。ノームの国の領地を奪った訳ではないわ」

「しかし、ノームの財産であるベルトを奪ったんだろ」

「奪ったのはベルトだけよ。そして、それは正当なことだったの。もし、ノーム王ロークワットにベルトを持たせたままだったら、フェアリイランドは全て征服されていたかもしれないわ」

「しかし、彼の持ち物だったんだろ？」

「言っておくけど、そのことでオズマを批判するのは的外れよ。フェアリイランドのどの国もオズマがベルトをノーム王から奪ったことについて、批判していないわ」

「そうなんだろうな」井森は言った。「ベルト以外のものを奪わなかったんだから、それは完全に自衛のためだったと解釈できる。しかし、オズマはベルトを単に持っているだけではなく、活用しているんだろ」

「ええ。ただし、それはオズの国の利益になることに使っているだけよ。私利私欲のためではないわ」

「私利私欲とは何か」井森は呟いた。

「えっ？」

「ごめん。今のは質問じゃない。独り言だ」

「まだ、納得いかない？」

「ああ。どうして、納得がいかないのか、自分自身に問い掛けてみるよ。答えが見付かったら、君に知らせる」

「そう。でも、次に会えるのはたぶんパーティー当日よ」

「どういうことだい？」

「わたし、しばらく実家に帰るのよ」

「ドロシイの実家って、農場だったっけ？」樹利亜が言った。

「ええ。ただ、だだっ広いだけで、何にもないすかすかの農場だけどね」ドロシイが答えた。

「広いだけで、充分じゃない」

「土地があっても、年寄り夫婦二人だけじゃ、どうにもならないのよ」

「年寄り夫婦って、ご両親のこと？　それとも、お祖父さんとお祖母さん？」井森は尋ねた。

「おじさん夫婦よ。わたし、両親が早くに亡くなったので、おじ夫婦に育てられたの」

「苦労したんだね」

「いいえ。全然よ。おじ夫婦は実の娘のように育ててくれたから。まあ貧乏なのは仕方がなかったけどね。でも、奨学金がとれてこうして大学にも通えるんだから、文句は言えないわ」

「それに、オズの国では王族だしね」樹利亜が言った。

「そう。わたしはドロシイ王女。これ以上、望むことはないわ」

井森は何かざわざわとするものを感じた。だが、まだそれを言葉の形にすることはできなかった。

5

「この旅行にどんな意味があるのか、わたしには全く理解できないわ、ビル」ドロシイが言った。

「旅行に意味がいるの？」ビルは尋ねた。

「あなた時々突然哲学的な質問をしてくるのね」

「よくわからないけど、井森は周辺国の調査が必要だと考えているんだ」

「井森の考えはいつも正しいの?」

「さあ。僕はよくわからないよ」

「どうして、周辺国の調査が必要なの?」

「僕の帰り道を探すためだよ」

「あなた本当に不思議の国に帰りたいの?」

「それはよくわからないんだ。でも、アリスにはもう一度会いたいような気がするよ」

「じゃあ、アリスをここに呼べばいいじゃない」

「それでもいいよ」

「オズマ、アリスをここに呼んであげることはできる?」ドロシイは尋ねた。

「アリスをここに呼んであげることができればいいですね」オズマはにこやかに言った。「でも、今はできません。なぜなら、わたしはアリスを知りません。また、不思議の国も知りません。したがって、彼女の姿を魔法の絵に映し出すことができず、ベルトの力でも呼び寄せられないのです」

「でも、ビルがノームの国に行ったとしても、不思議の国について何かがわかるという根拠はないと思うわ」

「もちろんそうです。しかし、何もわからないという根拠もありません。なによりビルはノームの国に行きたがっています。本人の意思が優先されるべきです」

「しかし、ノームたちは危険だわ」

「だから、護衛に付いていって貰うことにしました」

「護衛って何？」ビルが尋ねた。

「あなたが危険な目に遭わないように守ってくれる者たちのことですよ」オズマが答えた。

「だったら、ドロシイも安心だね」

「どうして、わたしが安心なの？」

「ドロシイは僕がノームの国に行くことが心配だったんでしょ？　でも、護衛が付くんだから安心だ」

「わたしじゃなく、あなたが安心なんでしょ？」

「僕は前から安心だよ」

「ノームの国に行くのに？」

「僕はノームのことをよく知らないんだよ」

「知らない人たちのところに行くのが怖くないの？」

「うん。ドロシイだって、この間まで知らなかったけど、全然怖くなかったよ」

「わたしのことを知らないんだから、怖くも何ともないのは当たり前よ」

「そうだよ。僕はノームのことを知らないから、怖くも何ともないのさ」

「ドロシイ、この蜥蜴《とかげ》を説得するのは諦めた方がいいだろう」オズの魔法使いが言った。「理屈は通じない」

「だからと言って、彼の望みを聞く必要はないんじゃないの」ドロシイは反論した。

「実のところ、ノームの調査は必要なことなんだ」

「えっ?」

「ノームたちが怪しい動きをしていることは以前からわかっていた。やつらの企みを調べる必要がある」

「でも、ノームの国に行くのは危険だわ」

「そうだ。だから、志願者が現れるのを待っていたのだ」

「そんな危険な任務をビルに与えるつもりなの?!」ドロシイは魔法使いを睨んだ。

「しかし、本人が望んでいることだ。つまり、我々とビルの利害は一致している」

「それって、ビルを利用してるってことじゃないの?!」

「ドロシイ、それは違います」オズマが言った。「わたしたちはビルの願いを叶えてあげるのです。ノームの調査は副次的なものです」

「ビルにスパイは無理よ」

「それは理解しています。それがわからないようでは、国家元首は務まりませんよ」

「では、なぜビルを行かせるの?」

「だから、それがビルの希望だからです。そして、スパイは護衛の二人に行って貰います。つまり、護衛兼スパイです。わたしはビルの個人的な願いを叶える。そして、それを大義名分としてスパイを送り込む。これで、ビルの希望と我々の目的を同時に叶えることができます」

「僕の護衛ってどんな人?」ビルが尋ねた。

「あなたの後ろにいる二人ですよ」オズマは答えた。

「僕の後ろには誰もいないよ」

「いやいやちゃんといるよ」ガンプが喋った。

「わっ！　篦鹿《へらじか》の首で作った飾りが喋った‼」ビルが叫んだ。

「正確に言うとね、僕はこの篦鹿の首だけじゃなくて、ソファと箒《ほうき》と椰子《やし》の葉を組み合わせたものなんだよ」

「ほんとだ。篦鹿の首の胴体がソファを二つ向かい合わせたものになっていて、椰子の葉が翼みたいに突き出していて、箒が尻尾みたいになっている」

「いったん分解されたんだけどね。護衛の仕事があるというんで、急遽《きゆうきよ》組み立て直されたんだよ」

「接着剤でくっ付けてあるの？」

「いや。そんな本式なものじゃない。ロープで結び付けてあるだけさ」

「そんなので、はずれたりしないの？」

「そりゃ、はずれるさ」

「はずれたら、困るんじゃないの？」

「そりゃ、困るよ。身体がばらばらになるからね」

「もっとしっかりとくっ付けた方がいいんじゃないの？」

「あんまりしっかりくっ付けると、今度はばらすのが大変だからね」

「またばらすんだ」

「そりゃそうだろ。居間の壁に篦鹿の首の飾りがないのは間が抜けているからね」

「そうなのか、全然知らなかったよ」

「知らないことは恥ずかしいことじゃない。でも、ちゃんと覚えておくんだよ」

「でも、簡単にばらけても大丈夫なの？」

「大丈夫じゃないけど、まあそんなものなんだよ」

「なんだ。そんなものなのか。だったら、仕方がないね」

「質問はそれだけかい？」

「うん」

「いや。大事なことを訊いてないぞ」

「ええと」ビルは腕組みをした。「他に何か訊くことあるかな？」

「僕が首だけなのに生きているのが不思議じゃないのかい？」

「ああ。そこか。不思議と言えば不思議だけど、そんなことを言い出したら、不思議なことだらけだからね」

「でも、どうして、こんな現象が起きているのか、わからないだろ？」

「どうせ、魔法でしょ？」

ガンプは黙った。

「ビル、そんな言い方はないと思うわ」ドロシイが言った。

「えっ？　魔法じゃないの?!」ビルは目を見張った。「それは凄い!!」

「魔法だよ」ガンプが言った。「魔法じゃいけないかい？」

「いや。魔法でもいいよ。でも、魔法だったら、不思議でもなんでもない」

「それは聞き捨てならないな。『魔法だったら不思議じゃない』って、どんな言い草だよ。魔法は不思議に決まっているだろ？」

「そうだね。魔法は不思議だね」ビルは同意した。

「どんな魔法か聞きたいだろ？」

「別に」ビルは即答した。

「いやいや。そこは『是非聞かせてください』だろ」

「是非聞かせてください」

「おまえ、僕のこと、『面倒なやつだから、適当に話合わしとこう』と思ってるだろ？」

「凄いな。どうして、わかったの？　きっと凄い魔法だね」

「女王陛下」ガンプはオズマの方を向いた。「こいつの身体を角《つの》で叩き潰してもいいですか？」

「ガンプ、短気は損気ですよ」

「だって、こいつ僕のことを馬鹿にしているんですよ」

「そう感じるかもしれないけど、そうではありません」

「いや。そうでしょ」

「ビルには悪気はないのですよ」

「でも、僕のこと、完全におちょくってますよね」

「ビルは正直なだけです。あなたを馬鹿にして楽しんでいる訳ではありません」

「ビルは思ったことを正直に話しているだけだということですか？」

「その通りです」

「それを聞いたら、余計腹が立ってきました。僕のこと面倒なやつって思ってるんですよ、こいつは」

「あなたには大事な使命があります。それを自覚してください。ビルの言動を気にしていても何のメリットもありません」オズマは静かに言った。「そして、ビル」

「何？」

「ガンプは自分に掛かっている魔法がどんなものかを説明したいのです。聞いてあげてください」

「うん。わかったよ」ビルは言った。「ガンプ、君が生きているのは、どんな魔法のせいなの？」

「これは魔法の粉によるものなんだ」やっと尋ねてもらって、ガンプは上機嫌で答えた。「生きていないものに生命を与える魔法の粉なんだ」

「なるほど、それは便利だね」

「僕を組み立てて、命を与えてくれたのはチップという男の子なんだ」

「そのチップという男の子に会ってみたいな」

「それは無理だ。彼はもういない」

「えっ？　チップは死んでしまったのかい？」

「いや。彼は死んでなんかいない」

「だったら、まだいるんじゃない？」

「いや。彼はもういない」

「降参だよ。彼はどうなったの？」

「もう降参なのか」ガンプはがっかりした調子で言った。「もっと頑張るかと思ったのに」

「僕は頭を使うのは苦手なのさ」

「チップはオズマ女王陛下になったのさ」

「えっ？　オズマは男の子なの？」

「女王陛下は女の子さ」

「でも、チップは男の子なんでしょ？」

「そうだよ」

「いったいどういうこと？」

「どういうことか知りたいかい？」ガンプは得意げに言った。

「知りたいよ。たぶん魔法なんだろうけど」

ガンプは無言になった。

「どうしたの、急に黙りこくって」

「君が答えを言ってしまったからだよ」ガンプは不機嫌そうに言った。

「ビル、空気を読んで」ドロシイが助言した。

「ドロシイ、ビルに空気を読め、と言うのは、空を飛べ、と言うのに等しいことですよ」オズマが言った。

「じゃあ、オズマは元々男なんだね」

「いや。元々は女だったんだよ」

「なんだかややこしいね」

「生まれたときは女だったんだが、すぐに男にされたんだ。だから、チップは自分のことを男だと思っていた」

「変成男子ってやつだね」

「だけど、いろいろあって、元に戻った訳だ」

「思春期の後だったりしたら、ジェンダーアイデンティティーの混乱が問題になったかもしれないね。心配だよ」

「ビル、問題はちゃんと解決できたので、心配は無用ですよ」

「問題が発生したということは思春期の後だったんだ」

「出発の準備は整いましたか?」

「ちょっと待って、護衛は二人って言ってなかった?」

「そうですね。正確には二体と言うべきですが、フェアリイランドでは人の定義が曖昧なので、二人と言ったのです」

「ガンプは何人分？」

「ガンプはばらしたら、六つ――ロープも入れると七つですが、今のところは一つに纏《まと》まっているので、一人分でしょう」

「だとしたら、もう一人は誰？」

「ガンプの隣にいますよ」

「この丸っこい金属のこと？」

「そう。彼がもう一人の護衛――チクタクです」

「初めまして、チクタク」ビルはチクタクに挨拶をした。

チクタクは反応しない。

「チクタクが返事をしてくれないのはどうしてかな？」

「それは彼が返事をすることができないからです」

「どうして、返事できないの？」ビルはチクタクに触れた。「冷たいね」

「彼は生きてはいないからです」

「わっ！」ビルは慌ててチクタクから離れた。「どうしよう。死体に触っちゃった」

「ビル、チクタクは死んではいないわ」ドロシイが言った。

「でも、オズマはチクタクが死んでるって言ったよ」ビルは反論した。

「オズマは『彼は生きてはいない』と言ったのよ」

「それって、死んでるってことじゃないの？」

「じゃあ、訊くけど、これは生きているかしら？」ドロシイは壁を指差した。

「それって、壁に付いている黴《かび》の胞子について訊いているの？」

「いいえ。壁自体のことを訊いているのよ」

「壁は生きてなんかいないよ」

「じゃあ、死んでいるの？」

「そうか。死んでいるというのは、元々生きていたものが生きていなくなるってことなのか」

「そうよ。チクタクは最初から生命を持っていないのよ」

「只《ただ》の物体ってこと？」

「そうよ。チクタクは物体よ」

「物体なのに、護衛ができるの？」

「ええ」

「どうして？」

「簡単なことよ。チクタクはロボットなのよ」

「ガンプは？」

「ガンプはロボットではないわ。名付けるなら、そうね、『魔法生物』かしら？」

「チクタクは魔法で動くんじゃないんだね」

「そうね。チクタクは科学の力で動くのよ」

「科学と魔法はどう違うの？」

「それは難しい問題ね。わたしには答えられないわ。いつか、オズの魔法使いにでも訊いてみて。彼は両方知っているみたいだから」

ビルはチクタクの周りを見て歩いた。

「何をしているの？」

「探しているんだ」

「何を？」

「もちろん、電源だよ。電気が通じていないと動かないから」

「ビル、オズの国は電気文明以前の技術レベルなのよ」

「だったら、ロボットなんか作ったって仕方がないじゃないか。無用の長物だよ」

「動力は電気に限らないわ。ここを見て」ドロシイはチクタクの背中を指差した。「これを回すと発条《ばね》が巻かれるのよ」

そこには三つのネジがあった。

「どうして、三つもあるの？」

「それぞれ役割が違うのよ」ドロシイは右側のネジを巻いた。

「カナリアは海中をどろどろと這いずり裂ける！」突然チクタクが叫んだ。

「初めまして、チクタク」ビルが言った。

「地球の喉仏は神社の十字架の左側に佇《たたず》む！」チクタクが叫んだ。

「チクタクは何を言ってるの？」

「めちゃくちゃ言っているだけよ」

「チクタクは錯乱しているの？」

「錯乱とはちょっと違うわね。チクタクの背中のネジは三つあるでしょ。わたしが今回した右側のネジは喋るための動力だからよ。考えるためのネジは真ん中のネジよ」

「じゃあ、真ん中のネジを巻いてよ、ドロシイ。僕、訳のわからないことを喋っている人を見ていると不安になるんだ」

「わたしはあなたの言葉を聞いていても不安にはならないわよ。でもまあ、チクタクはかなり大きいから不安になる気持ちはわかるわ。もし暴れ出したらどうしようって思うものね」

ドロシイは真ん中のネジを回した。

がたん。

突然、チクタクは一歩踏み出した。

「机の上端の角度を柔らかくして、上方に奮闘させることは、希望を耽溺《たんでき》させる!!」チクタクは突然、両腕を振り回した。腕は柱にぶつかり、一部を残して吹き飛ばした。

「おかしいな。さっきよりずっと不安になった気がするよ」ビルが言った。

「眼前と民宿の境界の味は深夜に遠吠えする!!」チクタクは腕を振り上げると、ドロシイに向かって振り下ろした。

がちん。

激しく金属のぶつかり合う音がした。

ブリキの樵《きこり》のニック・チョッパーがドロシイの前に飛び出し、鉞《まさかり》でチクタクの手刀を受け止めた。

鉞とチクタクの手刀が擦れ合い、凄まじい摩擦音が城内に響き渡り、生身の者たちは全員耳を押さえて座り込んだ。

「オズマ女王。このロボット、叩き壊しても構わないですか?!」ニックは雷鳴のような摩擦音に負けまいと、大声を張り上げた。

「いけません、ニック。チクタクには悪気はないのです。誰だって、考えずに行動すれば、こんなことになってしまいます。ドロシイ、あなたは間違ったネジを回しました。思考のネジは真ん中ではなく、左側ですよ」

「でも、チクタクは腕を振り回しているから危ないよ。ドロシイの頭なんか一撃で吹っ飛んでしまう」

「もう一本の腕は僕がなんとかしよう」ガンプはのしのしと歩くと、チクタクの自由な方の腕に噛み付いて、しっかりと固定した。

ドロシイは大急ぎでチクタクの背中の左側のネジを巻いた。

「赤道の音源は忠実な高度の侵入を……侵入を……はて……。僕は何を言っているのか? ややや? なぜ、僕はニックやガンプと戦っているんだ?」

「わたしが間違えて思考のネジを回さずに、発声と行動のネジを回してしまったのよ」

「なるほど。それで、こんなことになってしまったのか。ちゃんと理解できた」チクタクは二人から手を引っ込めた。

突然、チクタクの腕が引っ込められたので、ニックはバランスを失って、そのままガンプの首を切り落としてしまった。

「おいおい。気を付けてくれよ。変なところで切り落としたら、修繕が難しいんだぞ！」ガンプが床の上を転がりながら、不平を言った。

「どうして、首を切られてもガンプは生きていられるの？」ビルは不思議そうに尋ねた。

「だから、魔法が掛かってるんだよ。さっきの話、聞いてなかったのか？」ガンプが不機嫌そうに言った。

「僕は聞いてなかったよ」チクタクが言った。

「君はさっきまで生きてなかったから、仕方がない」

「まあ、今でも生きているかと言われると自信がないけどね」チクタクが言った。「僕が考えたり、喋ったり、動いたりするのは、発条が解ける迄《ほど》の束の間だけだからね」

「発条が解け切ったら、どうなるの？」ビルが尋ねた。

「さっきまでと一緒だよ。僕は生きるのをやめてしまうんだ」

「ネジを回さないと止まってしまうなんて、不便だね」

「そんなこともないさ。君たちだって、時々食事をしたり、眠ったりしないと止まってしまうだろ。それと同じようなことだよ」

「そう言えば、そうだね。でも、ネジが背中に付いているのは不便だね」

「どうして?」

「だって、胸に付いていたら、自分でネジを回せるじゃないか」

「ああ。それは無理なんだよ。自分で自分の動力を賄《まかな》えたら、エネルギー保存則に反するからね。僕は魔法人形ではなくロボットなんだから、ちゃんと物理法則には従うのさ」

「じゃあ、ガンプと同じように魔法を掛けて貰えばいいじゃないか。そうすれば、発条なんか気にせずに暮らせるよ」

「ビル、何度も言っていますが、この国では勝手に魔法を使うのは禁止されています」オズマが言った。

「でも、オズマやオズの魔法使いは使っていいんだよね?」

「それは他に方法がないときに限っているのです。そうでないと、魔法を禁止している手前、示しがつきませんからね。チクタクの場合、単にネジを回す手間を惜しまなければいいだけですから、魔法を使うに値《あたい》しないのです」

「うん。わかったよ」ビルは面倒になってきたので生返事をした。

「案山子さん、ガンプの修理をお願いします」

「ちょっとこの切り口は修理しにくいな」案山子はガンプの切断面を見て言った。「下手に修理するより、もう一度綺麗に切り直した方がいいだろう」

「そんなことをしたら、僕の首がますます短くなっちゃうじゃないか」ガンプが文句を言った。

「最近は短い首が流行なんだ。オズの国一番の知恵者が言ってるんだから間違いはない。おい、誰か鋸《のこぎり》を持ってきてくれ」

早速、小間使いたちが鋸を持ってきて、ガンプの首を短く切り整えた。

「僕、不恰好じゃないかな？」ガンプは気にしているようだった。

「大丈夫だよ。だいたい胴体が四角いんだから、首の長さとか気にする必要はないんだよ」ビルは慰《なぐさ》めた。

ニックとチクタクがガンプの首をソファに括《くく》り付け直すと、オズマが旅の開始を宣言した。

「これから、この三人をノームの国に送ります。ガンプとチクタクはビルの安全を守ると共に、ノームたちの様子に注意してください」

「僕は？　僕にはどんな任務があるの？」ビルが尋ねた。

「ビル、あなたには、特に任務はありませんよ。自由に行動してください」

「でも、きっと僕はオズの国のスパイだと思われて監視されるんじゃないかな？　そのときはどうすればいい？」

「心配する必要はありませんよ。ノームたちはあなたを侮《あなど》って、特に監視するようなことはないでしょうから。彼らだって、間抜けな蜥蜴の相手をする程、暇ではないのです」

「ああよかった」ビルはほっと溜め息を吐《つ》いた。

「では、出発です」オズマは手をひらひらさせて呪文を唱えた。

「何だ、おまえらは?!」目の前の灰色の小太りの小男が言った。

ここは天井も壁も床も石で造られた大広間だ。

「失礼だな。名乗るなら、まず自分からにしてよ」ビルが言い返した。

「いや。そういうことではないだろ」灰色の小男は言った。「ここはわしの宮殿で、そこに出し抜けにおまえたちが現れたんだから、そっちが先に名乗るのが筋ではないか」

「違うよ。出し抜けに現れたのは、そっちの方だよ」ビルが言った。「おじさんが急にオズマの宮殿に現れたんだ」

「本当に?」小男は周囲を見回した。

「本当だよ」ビルは言い切った。

「オズマの宮殿は、なんとわしの宮殿にそっくりなことか?!」小男は驚嘆の声を上げた。

「それでおじさんは誰?」

「わしはノーム王ロークワットだ」

「誰?」

「ノームたちの王だ」

「誰?」

「おまえでは埒《らち》が明かん」ロークワットは不機嫌そうに言った。「あっ。おまえは覚えているぞ。確かチクタクとか言ったな」

「そうだよ」

「こいつらは何者だ？」

「ビルとガンプ」

「名前を訊いている訳ではない」

「では、何を訊いているんだい？」

「何をって……その、つまり、こいつらの出自だ」

「ええと。ガンプは頭に関してはたぶんどこかの森だ。胴体と尻尾はどこかの工場だろう。翼はどこかのジャングルじゃないかな。それから……ビル、どこから来たんだった？」

「ホフマン宇宙さ。その前は不思議の国だよ」ビルは答えた。

「これでいいかな？」

「いや。そういうことではないのだ」ロークワットはどう言っていいかわからないのか、石の玉座の上でもじもじとした。

「では、何が訊きたいんだい？」

「いや。もうそれは構わない」ロークワットは質問をすっぱり諦めたようだった。「それよりも、折角《せっかく》オズの国に来たのだから、ここを占領させて貰うぞ。わしはいつもオズを占領することを夢見てきたのだ」

「ええと。言いにくいんだけど」チクタクが言った。

「今、忙しいのだ。少し、黙っていてくれ。……執事長！　執事長のカリコはいるか?!」

「はい。何でしょうか？」太い黄金の鎖を首に掛けた執事長のカリコが部屋の中に飛び込んできた。

「今からこの宮殿を占領する。すぐに兵士たちを集めろ」

「すみません」カリコは落ち着いた調子で言った。「おっしゃっていることの意味がよくわかりませんが」

「おまえは腑抜《ふぬ》けか？　こんな簡単な命令が聞けぬと申すか？」

「もちろん、命令を実行することはできますよ。でも、そんな無意味なことをして何になるというのですか？」

「無意味なことだと？　わしの長年の悲願を実現する絶好の機会だというのに何という寝惚《ねぼ》けたことを言っておるのだ？」

「寝惚けているのはわたしの方ではないと存じますが」

「もうよい。……ブラグ将軍！　ブラグ将軍はいるか?!」

「はい。何でしょうか？」胸に勲章をいっぱいぶら下げたブラグ将軍が部屋の中に飛び込んできた。

「今からこの宮殿を占領する。すぐに兵士たちを集めろ」

ブラグはぽりぽりと頭を掻いた。そして、カリコの方を見た。

「何をしておるのだ？」

「頭を掻いて、それからカリコの方を見ております」

「何で、そんなことをしておる？」

「頭を掻いたのは意味不明の命令を聞いてどうしたものかと思っているのです。それから、カリコの方を見たのは、彼の助け船が欲しいと思ったからです」

「おまえまでそんなことを言うのか⁉　なぜ、わしの命令が聞けぬ？」

「なぜとおっしゃられましても」ブラグはさらに頭を掻いた。「この宮殿はすでに国王陛下のものですから、さらに占領しても意味がないのです」

ロークワットは大声で笑った。

カリコとブラグもとりあえず一緒に笑った。

「何を笑っておる⁉」ロークワットは真顔になり、不機嫌そうに言った。

「いや。国王陛下が笑われたので、きっと面白い冗談を言ったのだろうと思ったのです」ブラグが答えた。

「冗談など言ってはおらぬ」

「では、本気で自分の宮殿を占領しろ、とおっしゃっているのですか？　もちろん、国王陛下の命令とあらば、この宮殿を占領することには吝《やぶさ》かではございません。ただ、わたしは、できれば無駄なことはしたくないという考えです」

「将軍よ、目の前の真実をよく見るのだ」

「国王陛下は見ておられるのですか？」

「もちろんだ。さあ、こいつらは何者だ？」

「ええと。蜥蜴とエヴ国王が所持していたポンコツロボットと奇妙な合体生物ですな。おそらく魔法で作られたものでしょう」

「こんな者どもが我が宮殿にいたか？」

「さあ。少なくともわたしは存じ上げませんな」

「つまり、ノームの国にいないはずの者がここにいるということだ。これはどういうことかな？」

ブラグはまたもや、ぽりぽりと頭を掻いた。そして、カリコの方を見た。

「降参です、国王陛下」カリコはブラグの無言の圧力に耐え切れず、口を開いてしまったようだった。「答えを教えてください」

「ノームの宮殿にいないはずの者たちがここにいる。ということは、つまりここはノームの宮殿ではないのだ」

「そうだったんですか。とんと気付きませんでした」ブラグは感情を込めず、芝居の台詞《せりふ》のように言った。

「で、ここはどこなのですか？」カリコは尋ねた。

「オズの国に決まっておるだろう」

カリコとブラグは顔を見合わせて溜め息を吐いた。

「どうして、ここがオズの国だと思われるんですか？」ブラグが尋ねた。

「オズの国にいるはずの者がここにおるではないか」ロークワットは自信満々で答えた。

「この銅のロボットはオズマが連れて帰ったので、オズの国にいてもおかしくはないですが、蜥蜴と篦鹿の首については、なんとも言えませんな」

「じゃあ、本人に訊いてみるとよかろう」

「では、ええと、そこのロボット、名は何と言ったかな?」ブラグはチクタクに尋ねた。

「チクタクだ」

「おまえはオズの国にいるのか?」

今、一生懸命考えているんだろうな、とビルは思った。

チクタクの身体から発条の音が響き渡った。

「僕はオズの国から来た」ついに、チクタクは答えた。

「ほら。オズの国と言っただろう」ロークワットは勝ち誇った様子で言った。

「しかし、陛下、このロボットは『オズの国にいる』とは申しませんでした。『オズの国から来た』と言ったのです」

「同じことではないのか?」

「似て非なることです。『オズの国から来た』と言っているのです。『オズの国からオズの国に来る』とは普通言いません。つまり、ここはオズの国ではないどこかということになります」

「しかし、先程、確かに、そこの蜥蜴は……」

「では、別の者にも訊いてみましょう」

「そこの魔法生物、名は何という?」

「まあ、ガンプでいいよ」

「ガンプ、おまえはオズの国から来たのか？」

「ああ。そうだよ。僕はオズの国からここにやってきたんだ」

「これで、ほぼ間違いありません」カリコは言った。「ここはオズの国ではないのです」

「しかし、そこの蜥蜴は先程、確かにここはオズの国だと申したぞ」

「まあ、蜥蜴の言うことをいちいち真に受けるのはどうかと存じます」

ロークワットはビルを見ながら、頭をぽりぽり掻いた。

「頭が痒《かゆ》いの？」ビルが尋ねた。

「確かに、こんな間抜けな蜥蜴の言うことを真に受けるなんて、どうかしておった」ロークワットは呟いた。そして、大きな声で言った。「執事長！　将軍！　まさか、今さっきわしが言った冗談を本気にしとらんだろうな?!」

「もちろんでございます、陛下」二人は口を揃えて言った。

「おまえたち、どうして、ノームの国にやってきたんだ？」ロークワットはチクタクに尋ねた。

「それは理由を訊いているのかい？　それとも、方法を訊いているのかい？」

「えっ？……どっちかな？　おい、執事長、どっちだ？」

「両方、訊くのがよろしいかと存じます」

「それもそうだな。ロボット、両方を同時に訊いたのだ」

「理由はこのビルの護衛だよ」

「ビルって、この蜥蜴のことか？」

「こいつは重要人物なのか？」

「まあ、そういう訳ではないんだけどね。ビルはオズマ女王陛下のお客だから、特別な待遇を受けているのさ」

「こいつがお客？」ロークワットはまじまじとビルを見た。

「ガンプとチクタクが僕に付いてきた理由はもう一つあるんだよ」ビルが言った。

「ビル、余計なことは言わなくていいよ」ガンプが言った。

「何の話だ？」ブラグが興味を持った。

「この二人は僕の護衛だけど、この国をスパイするという役目もあるんだよ。でも、それを話すのは余計なことなんだ」

ブラグはガンプとチクタクを睨んだ。

「今、何と言った？」ロークワットも二人を見た。

「この二人がこの国をスパイしにきたと言っていました」カリコが答えた。

「そこの二人、どういうことだ？」ロークワットが二人に近付いた。

「これはまずいんじゃないか？」ガンプがチクタクに小声で言った。

「相当にまずい。ビルとなんか来るんじゃなかった」チクタクも小声で言うつもりだったが、発条が強く巻かれていたので、思いの外大きな声で答えてしまった。

「おまえたち、何を話している?!」ロークワットが怒りの表情を見せて詰問した。

「ええと」ガンプが言った。「いったい何を怒っているのかな?」

「おまえたちがスパイだということだ」

「僕たちがスパイ?」ガンプが言った。「誰がそんなことを?」

「おまえたちの仲間の蜥蜴がついさっき白状したのだ。神妙にしろ」ブラグは腰の剣に手をかけた。

「ということは、つまりあなたたちはこんな間抜けな蜥蜴の言うことをいちいち真に受けるんだね?」

ノームたちの動きが止まった。

「どうなんだ?」ロークワットはブラグに尋ねた。

「何がですか?」ブラグは剣を握ったまま言った。

「おまえは、この蜥蜴の言うことなんか真に受けたのか?」

ブラグは剣から手を離した。「まさか、冗談で真に受けたふりをしただけですよ。はっはっはっ!」

「もちろん、わたしもです。はっはっはっ!」カリコも笑った。

「もちろん、わしもだ。はっはっはっ!」ロークワットも笑った。

「えっ? 誰か冗談を言ったの? 僕、聞き逃しちゃった。誰か、どんな冗談だったか教えてよ」

「それで、もう一つの答えはどうしたんだ?」ロークワットはビルを無視して質問を続けた。

「おまえたちはどうやってここに来た？」

「魔法のベルトを使ったんだよ」チクタクが答えた。

「あれはわしのものだ!!」ロークワットは怒鳴った。

「でも、今はオズマ女王のものだ」

「盗まれたんだ!!　あの何とかいう小娘に」

「でも、あのときはオズの国とノームの国は戦争中だったんだから正当な戦利品だよ」

「何を言っておる?!　あれはオズの国からの一方的な侵略だ!!」

「あれはあなたがエヴの国を侵略したからだ。オズの国は集団的自衛権を行使したまで」

「勝手な理屈を言いおって!!」

「ねえ訊いてもいい？」ビルが尋ねた。

「空気を読まぬ蜥蜴だ！」ロークワットは吐き捨てるように言った。

「不思議の国って聞いたことある？」

「不思議の国？　まあ、このノームの国もオズの国も魔法が存在するところからすると、不思議の国と言ってもいいような気はするが……」

「そうじゃなくて、赤の女王が支配していて、頭のおかしい帽子屋や三月兎がいるところだよ」

「さあ、そんな国は聞いたことがない。だが、フェアリイランドのどこかにそんな国があったとしても、不思議ではないな」

「不思議でなかったら困るんだよ。だって、不思議の国だもの」

「じゃあ、もう不思議ということで構わない」ロークワットは投げやりな態度で言った。

「不思議の国はフェアリイランドのどの辺りにあると思う？」

「そんなことは知らぬ。ここから遠く離れたどこかにあるのかもしれんし、案外、オズの国の辺境にあるちっぽけな小国かもしれんぞ」

「オズの国にあるなら、さすがにオズマが知ってると思うな」

「だったら、オズマに訊けばよかろう」ロークワットはどんどん不機嫌になっていった。

「オズマにはもう訊いたけど、知らないらしいよ」

「だったら、オズの国にはないのだろう」

「オズの国以外の場所はどうかな？」

「あるかもしれんし、ないかもしれん」

「フェアリイランドの外はどうなってるの？」

「さあ、考えたこともない」

「この世界は地球みたいに丸いの？　それとも、平らで海の端っこは滝になって海水はどんどん落ちていってるの？」

「その場合、滝の下はどうなっておるんだ？」

「わからない。滝の下なんてないんじゃないかな？」

「わしは世界の果てなんかに興味はない。興味があるのはオズの国だ。必ずあの国を我が物にしてやる」

チクタクとガンプは互いに顔を見合わせ、頷いた。

「おまえたち、その動作にはどんな意味があるんだ？」ブラグが尋ねた。

「ノーム王がオズの国に野心があるということがわかったんだよ」ガンプが言った。

「ええと。おまえたち、そんなことも知らなかったのか？」カリコが目を丸くした。

「なんとなくはわかっていたよ。だけど、ノーム王自身の口からその言葉を引き出したかったんだよ」

「どうしてまた？」

「ちゃんと、確認したかったんだよ。ノームに侵略の意図があるなら、オズの国側も準備が必要になるからね」

「準備だと？」ロークワットは目を見開いた。「そんなことをされたら、侵略がやりにくくなるではないか!!」

「そうだよ。侵略されにくくするように準備をするんだから、理屈は通っている」

「者ども、こいつらを捕えよ!!」ロークワットが叫んだ。「オズに帰らせてはならぬ！　それから、拷問に掛けてオズの国とオズマの全てを吐かせるんだ!!」

すると、周囲の石の壁がずるずると動き出し、ノームたちが這い出してきた。どうやら今まで石と同化していたらしい。その数は百を下りそうになかった。

「ちょっと面倒なことになったな」チクタクが言った。

「ビル、隠れてろ！」ガンプが言った。「こいつら石でできているから、殴られたりしたら大怪我をするぞ」

「隠れろってどこに隠れればいいんだよ？　隠れられそうなものは全部石でできているから、ノームは通り抜けてくるよ」ビルは言った。

「だったら、僕の下に隠れればいいよ。上でもいいけど」

ビルはするすると脚を伝ってガンプの上に飛び乗り、ソファの上に置かれているクッションの下に隠れた。

最初の一団がチクタクに飛び掛かった。

チクタクは身体を回転させ、遠心力で振り払った。

振り払われたノームたちは仲間にぶつかり、ばりばりと砕け散った。

「石だから硬いけど、小さいからそれほど重くないし、結構脆《もろ》いみたいだ」チクタクは状況を分析した。

胴体であるソファに飛び乗ろうとしたノームにガンプは噛み付いた。だが、歯がぼろぼろと折れてしまった。

「ビル、悪いけど、折れた歯を拾っておいてくれないかな?」ガンプが言った。「後で修理して貰わないと。うっかり石を噛んでしまったよ」

ビルはソファから飛び降りると、歯を拾い集めて、またソファの上に戻った。

「戦いはチクタクに任せておいた方がいいんじゃないかな?」ビルが提案した。

「それでもいいんだけど、あまり激しく動くと、行動の発条が解けてしまって動けなくなるから、あいつだけに任せてはおけないんだ」

「じゃあ、ネジを回してあげたら？」

「手があればそうしたいんだけどね」ガンプは羽ばたいて、ふわりと空中に浮かんだ。「ところで、ソファ二台だと結構重いし、脚だってかなり固いんだ。高級品だしね」

ガンプはノームたちが密集しているところの真上に移動し、突然羽ばたきをやめて落下した。

真下にいたノームたちは、ソファに踏みつぶされ四散し、その破片がぶつかったノームたちも砕け散った。

「だから、結構戦闘力は高いんだ」

「うわあ！」ビルが叫んだ。「今度から落ちるときは落ちるって言ってよ。危うく墜落死するところだった」

「ああ、ごめんよ。蜥蜴って飛べなかったんだっけ？」

「篦鹿と同じで飛べないんだよ」

「僕は飛べるよ」

「ガンプは首だけになって、翼付きのソファに括り付けられているからだよ」

「じゃあ、君も首だけになって、ソファに括り付けられてみるかい？　ブリキの樵に頼めば、喜んで首だけにしてくれると思うよ」

「そんなに飛びたくはないような気がしてきたよ」

「怯《ひる》むな‼」ロークワットが叫んだ。「全軍、総出撃だ‼」

城全体がばらばらと崩れ、瓦礫《がれき》が次々とノームへと変身していった。その数は何千、いや何万にも膨《ふく》れ上がった。

「そろそろ限界かもしれんな」チクタクが言った。「喋る発条はまだ結構残っているけど、動く発条と考える発条はそろそろ切れそうだ」

「そうなったら、あの有名な生きている蓄音機と同じような存在になってしまうね」ガンプは残念そうに言った。「僕だって、そう何度も落下できない。脚がぐらぐらになってきたし、ロープも解け掛かっている」

「じゃあ、そろそろ潮時だね」チクタクが言った。

「そうだね。ノームたちがオズの国を侵略しようとしていることがわかったから、スパイの任務は終了だ」

「何だと、おまえたちスパイだったのか?!」ロークワットは心底驚いた様子で言った。

「さっき、僕、そう言ったよね」ビルが言った。

「間抜けな蜥蜴は黙ってろ!!」ブラグは怒鳴り付けた。

「ビル、オズマに合図してくれないか?」ガンプが言った。

「えっ？　合図って何？」

「僕たち三人をオズの国に戻してくれっていう合図だよ」

「そんな便利な合図があるの？」

「別に便利なことはないさ。普通の合図だよ」

「でも、僕、携帯もタブレットも持ってないよ」

「そんなもの、オズの国の誰も持ってないよ」

「じゃあ、どうやって合図するの?」

「オズマは僕たち三人のことをずっと見ているから、普通に身振りで合図すればいいんだ」

「えっ?　どこから見ているの?」ビルは周囲を見た。

「ここで見ている訳じゃなくて、魔法の絵で見ているんだよ」

「なるほど!」

「僕とチクタクは戦いで忙しいから、君に合図して欲しいんだ」

「わかったよ。で、どんな合図をすればいいんだい?」

「それらしい合図なら、どんなのでもいいよ」

「そんなこと言われてもよくわからないよ。魔法の絵に合図するなんて生まれて初めてだもの」

「早く合図してくれないか」チクタクが言った。「もう持ちこたえられそうもない」

「どういうこと?」ビルが尋ねた。

「手足の動きが鈍《にぶ》ってきた」

「動きの発条が緩《ゆる》んできたってこと?」

「そうそう。それに思考の発条もそれぞれ空の彼方に人力車の左乳のごとく遠吠えする」チクタクは動きを止めた。「遥かなカレーライスの三ページ目の運動は木の回転に過ごす雌の腕時計の香りが飛び上がるほどの蚊《か》の学識……」

ノームの大群がチクタクに飛び掛かり、一瞬で姿が見えなくなった。

「ビル、早く！」ガンプが叫んだ。

次の瞬間、ピラミッドのようにノームたちが積み重なり、伸び上がって、ガンプの脚を摑んだ。

ガンプはバランスを崩し、ノームの軍勢の中に墜落した。

ビルは石でできた硬い手にがしりと胴体を摑まれた。

6

ノックの音がした。

安楽椅子に座ったままうたた寝をしていたエムおばさんははっと飛び起きた。「誰？」

「ドロシイよ、エムおばさん」ドアの向こうから声が聞こえた。

「帰ってきたのかい？」エムおばさんは椅子から立ち上がり、ドアを開けた。

「お帰り、ドロシイ。随分心配していたんだよ」

「何も心配することはないのよ」

「心配するなって言ったって、最近、おまえ妙なことばかり言うじゃないか」

「妙って何のこと？　大学でビルのアーヴァタールに出会ったたってこと？」

「それは初めて聞く話だね」エムおばさんは眉を顰《ひそ》めた。「それも気になるけど、この間からもっと変な話をしていただろ？」

「ああ。オズの国の話ね。オズの国はオズマ女王が統治しているのよ」

エムおばさんは溜め息を吐《つ》いた。「いったいどうして、こんなことになってしまったんだろうね」

「発端はわたしがオズの国の東部にあるマンチキン国に辿り着いたことに始まるの」

「その話は何度も聞いたよ」エムおばさんは悲しげな目でドロシイを見た。

「おばさん、そんな目でわたしを見ないで」

エムおばさんは手の甲で目を拭った。「ヘンリイおじさんはとうとう入院してしまったよ」

「そんな……。ヘンリイおじさんにはいつか、オズマ女王に会って貰おうと思ってたのに……。

もちろん、エムおばさんもよ」

「僅《わず》かなお金をやりくりして保険に入っていてよかったよ。とりあえず今のところは二十四時間介護を付けて貰っているよ」

「二十四時間……そんなに悪いの？」

「悪いことは悪いよ。でも、すぐにどうこうなる訳じゃない。長引くかもしれないけど、いつかは退院できるかもしれないってことだよ」

ドロシイは腕組みをして考え込んだ。

「何を考えているんだい？」エムおばさんは尋ねた。

「オズマに助けて貰う方法はないかと考えたんだけど、なかなか難しいわ。カンザスでは魔法は使えないから」

「なるほど。ここでは魔法は使えないんだね。うまい逃げ方を考えたものだよ」

「うまい逃げ方？　何のこと？」

「自分でも、薄々《うすうす》勘付いているんだろ。だから、自分の作り上げた物語が破綻しないようにここでは魔法が使えないことにしている」

「ちょっと待って、エムおばさん……」

「ドロシイ、現実を見るんだよ。オズの国なんかないんだ。ヘンリイおじさんは身体がすっかり弱ってしまって、退院できたとしても、農場の仕事はもう無理だろう。ここを売って、そのお金で三人が細々と生活するしかないんだ。おまえにも学校をやめて働いて貰わないといけないかもしれない」

「ちょっと待って」ドロシイは深呼吸した。「確かに、大変な状況のように思えるけど、それはここだけの話なのよ。オズのエメラルドの都に行けば……」

「オズのエメラルドの都とやらに行けば何もかも解決するって言うんだろ。でもね、ドロシイ、オズのエメラルドの都はおまえの頭の中にしかないんだよ」

「ああ。エムおばさん、どう言えばわかって貰えるのかしら？　わたしは、オズの国では王族なのよ。ドロシイ王女と呼ばれているの」

「ドロシイ、よく考えてみるんだ。もし、オズの国やエメラルドの都が実在するとして、そしてオズマ女王とやらも実際にいるとしてみよう。そうだとして、どうしておまえが王女になれると言うんだね？」

「でも、実際にわたしは王女なのよ」

「おまえは王族の出ではない」

「ええ」ドロシイは俯《うつむ》いた。「それは知っているわ」

「わたしの知る限り、王族出身の先祖は一人もいやしない。ひょっとしたら、何百年も遡《さかのぼ》れば一人ぐらいいるかもしれない。だけど、遠い先祖に王族がいるような人は山ほどいるだろう。ひょっとすると世界中の誰もが遡れば王族と親戚かもしれない」

「それはそうだわ。でも、わたしは現に……」

「ここでは、単なる庶民だけど、オズの国に行けば王族だと言うんだろ？」

「ええ。そうよ」

「確かに、そのオズマ女王とやらは王族だろうとも。だけどね、どうしておまえが王族なんだい？　おまえはオズの国で生まれた訳じゃない」

「ええ。そうよ。だけど……」

「おまえはオズマ女王の娘なのかい？」

「オズマ女王は独身よ。子供はいない」

「じゃあ、妹か何かなのかい？」

「オズマにはきょうだいはいないわ」

「だったら、おまえはオズマの何なんだい？」

「何って……」

「オズマが女王じゃなくて、男の王だったのなら、おまえは王妃にして貰えるかもしれない。でも、オズマ女王は女なのだろう？　それとも、オズの国では女王でも女を娶《めと》ることがあるのかね？」

「ちょっと待って」ドロシイは眉間を押さえた。「少し頭痛がするの」

「それは話の辻褄《つじつま》が合わなくなってきたからじゃないのかい？」

「違うわ。ちゃんと辻褄は合うのよ。だって……」

「だって？」

「だって、全部本当のことだもの」ドロシイは真っ赤に充血した目を見開いた。「思い出したわ。オズマは男だったの」

「女王なのに？」

「今は女よ。でも、前は男だったの」

「だから、おまえを妃《きさき》にできるっていうことかい？」

「別にそういうことでは……」

「以前は男だったけど、今は女になった女王がおまえを見初《みそ》めて王族にしてくれたってことかい？」

「そ、そうよ。……そういうことだわ」

「何もかもが都合がいいんだね」

「都合がいい？　どういう意味？」

「オズマが男だったなんて話、今初めて聞いたよ」

「ええ、初めて話したから」

「どうして、今まで話さなかったんだい？」

「忘れていたからよ」

「おまえを王族にしてくれた人が元男で、今は女だということを忘れてしまっていたということかい？」

「ええ。それほど重要なことではないから」

「パートナーの性別が？」

「その……男になる前はやっぱり女だったから」

「それも今思い出したのかい？」

「エムおばさん、何が言いたいの？」

「後になってどんどん思い出すんだね」

「ええ。ど忘れすることは誰にでもあるわ」

「そうだね。でも、本当に思い出したのかい？　どんどんおまえの頭の中でお話が出来上がっているんじゃないの？」

「何を言ってるの？」

「おまえは空想が得意な子だった。いろいろな話を聞かせてくれたよ。いんちき魔法使いの話だとか、空飛ぶ猿の話だとか」

「それは……違うの。それは本当の話だったの」

「いいや。おまえの見た夢の話だよ」

「聞いて。オズの国は本当にあるの」

「全部夢の中の話だろ?」

「オズの国もオズの国の住人も全部実在するのよ」

「実在すると思うよ。おまえの頭の中に」

「違うのよ、エムおばさん」

「一度、ゆっくり落ち着いて考えてみるんだよ、ドロシイ」エムおばさんはドロシイの肩に手を置いた。「そんな馬鹿なことが本当にあり得ることかどうか。おまえはこの貧しいカンザスの暮らしに耐えきれなくなった。だから、ずっと夢の中に逃げ込んでいたんだ。わたしたちはそれでもいいと思っていた。悲しい現実を忘れられるのなら、幸せな国を夢見るのも構わないだろうって。でも、もうその時期は過ぎたんだよ。夢見る子供時代は終わった。男と女のいいとこどりの安全な性を持つ恋人なんかいないんだよ。おまえは現実の異性に向き合わなくてはならない」

「違うの。オズの国はあるのよ」ドロシイは目を瞑《つむ》り、頭を押さえ、しゃがみ込んだ。

「ドロシイ、たぶんこれが夢の国から逃げ出す最後のチャンスだよ」

そうなんだろうか？

ドロシイは自問した。

わたしはあまりに悲しくて、夢の世界に逃げ込んだのだろうか？　オズの国が現実でないなんて思えない。あんなにもはっきりとした現実感があるのに。

でも……。

ただの夢だと言われれば、夢のようにも思えてくる。ここにはオズの国が実在するという証拠は何一つない。あるのは、わたしの記憶だけ。

いいえ。そんなはずはないわ。オズは確かに実在する。そう証人だっている。樹利亜も。井森君も。そう、エムおばさんに証人を会わせればいいんだわ。

「エムおばさん、わたしは逃げたりしないわ。だって、オズの国はこのカンザスと同じぐらい現実の世界なのだもの。エムおばさんもあの世界を見れば納得できるわ」ドロシイは満面の笑みを見せた。

「そうね、ドロシイ。おまえはおまえの世界に生きるしかないんだね」エムおばさんは全てを諦めた悲しげな笑みを見せた。

7

「傷の方はもういいの？」ジェリア・ジャムが尋ねた。

「ノームに摑まれた瞬間にオズマが魔法で救い出してくれたから、殆《ほとん》ど怪我はなかったんだ」

「あなた、どうしてオズマに合図しなかったの？」

「合図の方法がわからなかったんだよ」

「そんなの何でもよかったのよ。単に手を振るだけでもオズマ女王は気付いてくれたと思うわ」

「でも、結局、オズマは助けてくれたよね」

「それはあなたが死にそうになったからよ。オズマ女王はずっと魔法の絵であなたたちを見ていたの。でも、音が聞こえないから、必要な情報を得られたかどうかはわからなかった。かといって、あなたを見殺しにする訳にはいかなかったから、魔法で呼び返したのよ。まあ、結果的に必要な情報は得られたからよかったけど」

「必要な情報って？」

「ノーム王がオズの国に領土的な野心を持っているってことよ」

「どういうこと？」

「ノーム王はオズの国を侵略しようとしているのよ」

「それって大事なことなの？」

「大事なことよ。とるに足りないことだと言われたら、そんな気もするけど」

「どっちなの？」

「わからないわ。きっと、どっちでもあるのよ。物事にはいろいろな側面があるから」

「ところで、なんだか宮殿の中が騒がしいね」ビルが言った。

「オズマ女王の誕生日パーティーが開かれるからよ」

「へえ。この国の人たちは誕生日を祝うんだ」

「あなたの国では祝わないの？」

「当然だよ。そんなつまらないことはしないに決まってるさ」

「じゃあ、どんな楽しいことをするって言うの？」

「僕たちは非誕生日を祝うんだ」

「非誕生日？　聞いたことがないわ」

「誕生日じゃない日のことだよ」

「それって何でもない日ってこと？」

「もちろんだよ」

「どうして、そんなみょうちきりんなことをするの？」

「僕からしたら、この国の風習の方がみょうちきりんさ」

「だって、誕生日は特別な日なんだから、祝って当然だわ」

「ちっちっちっ」ビルは顔の前で人差し指を振った。「それは浅はかな考えだよ」

「どうしてこんなにむかつくのかしら？　たぶん、他の人に言われても、こんな馬鹿にされたような気分にはならないと思うわ」

「どうしてなんだろうね？」

「非誕生日を祝うのは浅はかじゃないってこと？」

「もちろんだよ。ちょっと考えればわかることさ。誕生日は一年に何日ある？」

「普通の人は一日よ。二月二十九日に生まれた人はどうなるのか、よく知らないけど」

「そうだろ。誕生日は三百何日かのうちのたった一日なんだ」

「一年は三百六十五日か三百六十六日ね」

「ところが、非誕生日は……三百六十五引く一だから……」

「非誕生日は一年に三百六十四日か三百六十五日あるってことね」

「そうだよ。誕生日ではなく、非誕生日を祝うことにすれば、一年の殆どを楽しく過ごせるってことさ」

「でも、それじゃあ、特別な日でも何でもないじゃない」

「だから、一年のうち、三百六十四日が特別な日になるんだ。平年の場合だけど」

「じゃあ、誕生日は？」

「特別な日じゃない。残念だけど、そこは我慢するしかないな」

宮殿の廊下には様々な人々が行きかっていた。

「パンが歩いているよ」ビルはこんがりと焼けたジンジャーブレッドがキャンディの杖を突きながらやってくるのを涎《よだれ》を垂らしながら見詰めていた。

「あれは、ジョン・ドゥー一世よ。ローランドとハイランドの支配者なの」

「食べていい？」

「う〜ん。オズの法律だと食べれば罪にならないけど、あの人は駄目かもしれないわね」

「どうして？」

「あの人はオズマ女王が外国から招待した人だから、迂闊《うかつ》に食べてしまうと国際問題になるかもしれないわ」

「じゃあ、誰も見ていないときにこっそり食べればいいんだね？」

「そうね。証拠を残さず、きっちり食べきる自信があるのなら、構わないと思うわ」

「うわ。なんだか、サンタクロースみたいな人もやってきた。あれは誰？」ビルは目を輝かせた。

「あのサンタクロースみたいな赤い服を着た人のこと？　サンタクロースが連れているような妖精の一団を連れた？」

「そうだよ。トナカイを連れていないサンタクロースみたいな人のことだよ」

「ここの気候はトナカイには暑過ぎるから連れてきていないの。あの人はサンタクロースよ」

「ふうん」ビルは興味を失ったようだった。「あの蠟人形みたいな人は誰？」

「メリーランドの女王ね」

「蠟みたいなのはひょっとして、何かのお菓子なの？」

「あれは蠟よ」

「だったら、食べられないね」

「蠟が好きでなかったらね」

「女王に付いている木みたいな兵隊たちは木みたいなお菓子でできているの？」

「あれは木みたいなお菓子ではないわ。木よ」

「なんだか食べられない素材でできている人が多いね。これではパーティーも盛り上がらないよ」

「お客様をばりばり食べるパーティーって、そんなに盛り上がるものかしら？」

「あの太った人が自分の身体に掛けている粉みたいなものは何？」

「あれは粉砂糖よ」

「どうして、自分の身体に粉砂糖なんか掛けているの？」

「知らないわ。たぶんべと付かないようにするためじゃないかしら？」

「粉砂糖ってべと付かないの？」

「そりゃ、ある程度べと付くんじゃないかしら？」

「べと付かせないために、わざわざべと付くものを掛けているの？」

「そうよ。だって、粉砂糖の方がキャンディよりはべと付かないような気がするもの」

「キャンディよりはね。でも、例えば、小麦粉でもいいんじゃないかな？」

「小麦粉は駄目よ。キャンディの味がだいなしになるわ」

「キャンディに掛からないようにすればいいんじゃないかな?」

「それは無理よ。あの人はキャンディマンだもの。全身がキャンディでできているのよ」

それを聞くや否《いな》や、ビルはキャンディマンに飛び掛かっていった。

ジェリア・ジャムは慌ててビルの後を追ったが、すでにビルはキャンディマンの手に喰らい付いていた。

「ビル、放しなさい!!」ジェリア・ジャムは叫んだが、ビルの耳には届かないようだった。

「何だ、こいつは?!」キャンディマンはビルごと自分の腕を振り回した。

「彼はビルです。その……外国から来たお客様です」

ジェリア・ジャムはビルがオズの国の住人でないことを強調しておいた方がいいと判断した。

「なんとかしてくれ。食われてしまう!!」キャンディマンはパニック状態に陥《おちい》っている。

ジェリア・ジャムはビルを摑んで引っ張ったが、びくともしない。

「食べれば罪にならない。食べれば罪にならない」ビルはそう呟きながら、キャンディマンの指を貪《むさぼ》った。

「これは外交問題だぞ!」キャンディマンが叫んだ。

金属の手がビルを摑み、引っ張った。

鈍《にぶ》い音が響き、ビルは床に叩き付けられた。

だが、まだ何かを貪っていた。

「ビル、意地汚いぞ」ニックが言った。「わっ！　手がべとべとする」

キャンディマンは指が二、三本取れた自分の手を呆然と眺めていた。

「まあ、その程度で済んでよかったことですわ」ジェリア・ジャムは微笑《ほほえ》んだ。

「その蜥蜴《とかげ》はどこの国から来たんだ？」キャンディマンは尋ねた。

「ビル、答えて」

だが、ビルはキャンディマンの指をしゃぶるのに夢中で、質問されたことにも気付いていないようだった。

「ビルは不思議の国から来ました」

「不思議の国？」キャンディマンは首を捻《ひね》った。「聞いたことがない。誰か不思議の国を知っている人はいるか？」

「はい！」ビルは指を食べ終わったので、落ち着きを取り戻したのか、元気よく手を挙げた。

「その国はどこにあるんだ？」

「さあ」ビルは答えた。「わからないよ」

「じゃあ、誰に文句を言えばいいんだ？」

「何の文句？」

「不思議の国の蜥蜴に指を食われてしまったことに対する文句だ」

「それなら、僕が聞いておくよ。なにしろ、僕がオズの国で唯一の不思議の国の住人だからね」

「間抜けな蜥蜴に文句を言っても始まらない」キャンディマンは溜め息を吐《つ》くと、とぼとぼとその場を去っていった。

「どうやら、僕はうまく対応できたみたいだね」

「それは、捉え方次第ね」

「こいつのこと、ちゃんと見といた方がいいぞ」ニックはべとべとする手を気にしながら言った。

「突発的な行動だったから、止める暇がなかったのよ」

「何かあったのかい？」案山子《かかし》がやってきた。

「ビルが外国からのお客様を食べようとしたのよ。……あれ、ドロシイはどこ？　さっき呼んでくるって言ってなかった？」

「呼びに行ったんだけど、警備係のジンジャー将軍に追い返されたんだ。今日は王族に会えるのは身内だけだって言われて」

「あの娘、何を言ってるのかしら？」ジェリア・ジャムは憤慨した。「案山子さんが身内じゃなかったら、誰が身内だっていうの？」

「僕なら入れてくれるかな？」ビルが言った。

その場の全員がビルを見た。

「そうだな。蜥蜴の一匹ぐらいなら見逃すんじゃないかな？　ジンジャー将軍だって、それほど暇じゃないだろうし」案山子が言った。

「とにかく、ジンジャーに話を付けてくるわ。みんな一緒に来て」

ジェリア・ジャムに付いて、ビルとニック・チョッパーと案山子とライオンが奥向きへと向かった。

宮殿内は公的な意味合いの強い「表」とオズマたちの私生活の場である「奥」とに明確に区別されていた。奥向きへの入り口は一か所だけで、それ以外は上空・地下を含めて魔法で防衛されているため、絶対に侵入は不可能だった。

入り口は二重扉になっていて、警備係は二つの扉の間で、警備することになっていた。

一行がやってくると、扉はいつも通り閉め切ってあった。

「ジンジャー、わたしよ。ジェリア・ジャムよ。ここを開けて頂戴」

返事はなかった。

「ジンジャー、いるの？　案山子さんを追い返すなんてどういうつもり？」

やはり返事はない。

「この扉って鍵が掛かってるの？」ビルが尋ねた。

「いいえ。鍵は掛かってないはずだけど」

「じゃあ、開けてみたら？」

「扉を開けるのは警備係の仕事よ」

「でも、返事がないよ」

「いいんじゃないか？」ニックが言った。「僕が許可しよう。僕はウィンキーの皇帝だから、オズマ女王に近い権限があるはずだ」

「オズマ女王の権限には遠く及ばないと思うけど、まあいいわ。開けてみましょう」

扉を開けた瞬間、大量の血が廊下に流れ出した。

「うわっ!」案山子は飛び退《しさ》った。「布が血を吸い込んだりしたら大変だ。ちょっとやそっとの洗濯では落ちなくなってしまう」

血だまりの中に若い娘が倒れていた。

ジェリア・ジャムは扉の中に飛び込んだ。

「ジンジャー、しっかりして!!」

だが、ジンジャーは返事をしなかった。その目は見開かれたまま、天井を睨み付けていた。顔は切り刻まれてぐちゃぐちゃになっていて、鼻と口から大量の血が流れ出している。

ジェリア・ジャムは自分が血塗《ちまみ》れになることも厭《いと》わずにジンジャーの胸を触り、呼吸と脈を調べた。

「もう死んでいるわ」

「オズの国で死人が出たの?」ビルが尋ねた。

「ええ。珍しいことだけど、絶対にないことではないわ」

「どうするの?」

「わからない」ジェリア・ジャムはニックの方を見た。「どうすればいいかしら?」

「えっ? 僕に訊いているのか?」

「この中ではあなたの身分が一番高いわ」

「まさか……」ニックは周囲を見た。「ああ。皇帝は僕だけか」

「どうすればいい？」

「そうだな。……こういうときには知恵者の意見を聞くのが一番だ」ニックは案山子を見た。

「えっ？　僕？」案山子は目を白黒させた。「そうだな。こういうときは検死をしなくちゃいけないんだ」

「検死ってどうやるんだ？」

「司法解剖とかかな？」

「それは何だ？」

「死体を切り刻んで、中身を調べて死因を特定するんだ」

ニックは頷くと、鉞《まさかり》を振りおろし、ジンジャーの死体を両断した。

「うわっ!!」ビルはあまりの光景に悲鳴を上げた。

ジンジャーの脳や内臓がどろどろと床の上に流れ出した。特に腸の中の未消化物は凄まじい臭いを放出した。

「ニック、やることが雑過ぎるわ」ジェリア・ジャムはハンカチで鼻を押さえて、その場にしゃがみ込んだ。「昼食で食べたらしいものが、かなり消化されて小腸まで到達しているわ。ということは、殺されたのはそんなに前じゃない」ジンジャーの脇腹に触れた。「体温もそんなに下がってないことからも、ついさっきまで生きていたことがわかるわ」

「だから、さっき僕が会ったんだから、二十分程前までは生きていたに決まってるよ」案山子が不服げに言った。

「それはあなたの証言に過ぎないわ。わたしは客観的な事実を確認しているの」

「わかった」ビルが言った。「ジェリア・ジャムは案山子を疑っているんだね」

「えっ？　僕は被疑者なのかい？」案山子は心底驚いているようだった。

「別にあなたを特に疑っている訳ではないわ。ただ、証言を鵜呑《うの》みにしたくないだけよ」ジェリア・ジャムは真っ二つに切断されたジンジャーの顔に自分の顔を数センチまで近付けて観察を始めた。「結構念入りにぐちゃぐちゃに潰しているわね。怨恨《えんこん》かしら？」

「ジンジャーを恨んでいた人間なら、結構いそうだな。彼女、あまり他人に対する思いやりがないから」ニックが言った。

「彼女は一度、フェミニズム革命に失敗している。そのときの同志が逆恨みしたのかもしれないよ」案山子が言った。

ライオンは何も言わず、ぺちゃぺちゃと床の上の血を嘗《な》め始めた。

「ちょっと、勝手に血を嘗めないで」ジェリア・ジャムがライオンに文句を言った。

「えっ？　僕血なんか嘗めてないよ」ライオンは反論した。

「じゃあ、どうして口の周りが真っ赤なの？」

「えっ？」ライオンは前足で自分の口の周辺を拭った。「これはきっとあれだよ。さっき、パーティー会場で飲んだブラッディ・マリイだ」

「君、酒なんて飲めないだろ？」ニックが言った。

「そうだったかな？」

「あくまでしらばっくれるなら、このことは女王陛下に報告しなければならないわ」

「ごめんよ」ライオンは即座に謝った。「つい出来心でやったことなんだ。あんまりおいしそうだったから」

「もうこれ以上、血は嘗めないでね。それから他のみんなも死体には触らないで」

ビルとニックと案山子の動きが止まった。三人はちょうどジンジャーの消化器の中身を床の上に広げて観察している最中だった。

「あなたたち、何をしているの？」

「ちょっとした出来心だよ」案山子が言った。「ちょっとジンジャーの食生活に興味があってね」

「あなたたちはいったん廊下に出てちょうだい。誰かが近付いてきたら、追い返して」

「ジンジャーの死体を検死中だって言えばいいのかな？」

「そんなことを言ったら、大騒ぎになるから、何かの事故があったみたいとか、適当に言っておいて」ジェリア・ジャムはもう一度ジンジャーの顔を観察した。

怨恨以外で、顔を念入りに潰さなくてはならない理由は何かしら？　身元を誤認させるため？　実はこの死体はジンジャーじゃないのかしら？

ジェリア・ジャムは死体にある黒子《ほくろ》や古傷の位置を確認した。もし別人の死体だとしたら、特徴は一致しないはずだ。

ニックが切断してくれたおかげで、頭を縦に割った断面を観察することができた。顔面には刃物を突き刺した跡が無数にあり、その殆どは目と鼻と口の中に集中していた。あまりに何度も深く突き刺したため、傷は脳にまで達していたようで、脳は細かく切り刻まれている。脳がいとも容易《たやす》く流れ出したのには、こういう理由があったのだろう。

死因は何かしら？

ジェリア・ジャムはジンジャーの死体をひっくり返してみた。

「背中から胸まで貫いている傷がいくつかあるわ。たぶんどれかが致命傷よ」ジェリアは考え込んだ。「そして、その後、顔面をぐちゃぐちゃにした」

「ねえ。もう検死は終わった？」ライオンが尋ねた。「僕、ここで晩御飯を済ませちゃおうかと思うんだ」

「ライオンさん」ジェリア・ジャムは溜め息を吐いた。「死体を食べては駄目よ」

「でも、生きたままは食べ辛いんだ。時々やるんだけど、泣き叫んだり、暴れたりするから、後味が悪くて」

「そういうことじゃないの。つまり、殺人の被害者の死体はそれ自体が証拠だから、食べてはいけないってことよ」

「えっ？」ライオンはだらだらと涎を垂らしながら言った。「それは酷だなぁ」

「我慢できないなら、あなたも外に出ていて」

「わかったよ」ライオンはすごすごと出口に向かったが、いったん振り返った。「端っこをちよっとだけ齧《かじ》るのも駄目かな？」

「駄目よ」

ライオンは悲しそうに鼻を鳴らすと、廊下に出ていった。

「案山子さん」ジェリア・ジャムは案山子を呼んだ。

「何だい？」

「見張りはニックとライオンさんに任せて、あなたは戻ってきてくれるかしら？」

「僕はどうしたらいい？」ビルが尋ねた。

「あなたはどっちでもいいわ。でも、死体は食べないでね」

「僕が食べる分は大した量じゃないよ」

「でも、食べないで。我慢できないなら廊下にいて」

「わかった。我慢するよ」

案山子とビルは部屋の中に戻ってきた。

「案山子さん、ジンジャー将軍は、警備の間、どこにいた？」

「そこの椅子に座っていたよ」

壁際に椅子があり、その前には小机があった。

「この椅子はずっとここにあったの？」

「日報を書くのに使う小机とセットだからね」

ジェリア・ジャムは椅子に座った。「ここに座ると、廊下への扉の方を向いていることになるわ。警備中に他の方向を向くことはあるかしら？」

「後ろから呼ばれるとき以外はたぶんないと思うよ。ジンジャー将軍は仕事中に本を読むことはあったけど、そのときでも廊下への扉の方に向いていることになる」

「そして、背中は奥向きへの扉に向かっているのね」

「そうなるね」

ジェリア・ジャムは奥向きへの扉を開けた。「ゆっくりと開ければ、殆ど音はしないわ」そして、そのまま奥向きの様子を確認した。「内側の床は血で汚れていないわ。……そうだ！」ジェリア・ジャムは廊下に飛び出した。

　廊下は四人が血塗れの警備室を出たり入ったりしたため、すっかり血塗れになっていた。そして、廊下の隅に血塗れの緑色の服と靴を発見した。

「これはエメラルドの都なら、どこでも手に入る代物ね」ジェリア・ジャムは服と靴のサイズを確認した。「どっちも特大サイズだわ。ということは、殆どの人が身に着けることができたということね」

「どうして、服と靴が捨ててあるの？」

「おそらく犯人のものよ。返り血を浴びることを想定して、最初から着ていたものを殺人の後で捨てたんでしょう」

「だったら、ＤＮＡ鑑定すれば、犯人がわかるんじゃないかな？」

「ビル、オズの国で科学捜査は無理だわ」

「じゃあ、地球に持っていったらどうかな?」

「地球に持っていく方法がわかればいいんだけどね」

「それで、どうするんだ? 宮殿の人間を片っ端から拷問に掛けて吐かせるか?」ニック・チョッパーはぶんぶんと鉞を振り回した。

「捜査を諦めたんなら食べてもいいよね」ライオンが言った。

「どちらも駄目よ。まずはオズマ女王に状況報告をしないと。謎解きはその後よ」

8

「樹利亜、すぐに会いたい。理由はわかってるよね?」井森は樹利亜に電話を掛けた。

「ジンジャーのことね」樹利亜は努めて冷静さを装っているように見えた。

「ドロシイと連絡がとれないんだが、何か知らないかい?」

「わたしも心配していたところよ。とにかく、すぐに会いましょう。場所はどこがいい?」

「なるべく、二人っきりになれる場所がいい。僕の研究室は知ってるかい?」

「ええ」

「では、そこで」

「地球にジンジャーのアーヴァタールは存在するのか?」井森は研究室を訪れた樹利亜に焦《あせ》りを隠さず質問した。

「生姜塚将子《しょうがづかしょうこ》という子よ」

「では、彼女はすでに死亡しているということになる」

「本当に? アーヴァタールは記憶を共有しているだけで、本体とは別の人間じゃないの?」

「異世界で誰かが死亡した場合、地球上でその人物のアーヴァタールも死亡する。これはアーヴァタールのルールなんだ」

「今まで、そんなことはなかったわ」

「オズの国で身近の誰かが死んだことは?」

樹利亜は首を振った。「オズの国では滅多に人は死なないから」

「でも、死ぬことはあるんだよね。確か、東の魔女と西の魔女は死んだはずだ」

「ええ。そう聞いているわ。でも、わたしは二人の死を直接見た訳じゃないし、彼女たちのアーヴァタールが地球にいたかどうかも知らないの」

「とりあえず、将子という女性の安否を確認しよう。あと、ドロシイも探さなくてはならない」

救急車の音が聞こえた。

二人は建物の外に飛び出した。

学内の道路を救急車が走っていた。

「何があったんですか?」井森は近くにいた学生に尋ねた。

「さあ、よくわからないけど、先端研究センターの方で何かあったらしいよ」

「何か？　事故ですか？」

学生は何も答えず、ただ肩を竦《すく》めただけだった。

「将子は先端研究センターに所属してたのかい？」井森は樹利亜に尋ねた。

「彼女は文学部よ。理系じゃないわ」

「とにかく、救急車を追おう」

先端研究センターに近付くにつれ、野次馬の密度が少しずつ高くなり、センターの前は黒山の人だかりになっており、近くに救急車が止まっていた。

「事故があったんですか？」井森はすぐ近くにいた学生に話しかけた。

「ああ。そうらしい」

「何かの爆発ですか？」

「それはわからない。俺も今来たところなんで……」

井森は事故現場に近付こうとした。だが、あまりに人が多く、近付くことはできなかった。

「無理に近付かない方がいいんじゃないかしら？」樹利亜が言った。

「誰が被害に遭ったのか確認する必要がある」

「将子だったとしても、もう手遅れよ」

「将子じゃなかったとしたら、彼女は別のところで死んでいることになる。それに……」

「それに？」

「他に被害者がいないかどうかも気になる」

井森はなんとか人々を掻き分けて現場に近付いた。

一人の女性が倒れており、隊員が蘇生処置を施していた。

顔には無数のガラス片が刺さっており、胴体からも血を流している。怪我の部位から見て、彼女はジンジャーのアーヴァタールで間違いないだろう。

「爆発があったんですか？」井森は近くにいた男性に尋ねた。

「爆発音はなかったな。ただ、大きな金属音はしたので、何かの機械の不調かもしれない」

そう言われて周りを見ると、一階の窓ガラスが割れて、そこから棒状の金属のようなものが突き出ていた。

井森は窓から中を覗き込もうとしたが、窓の位置が高いのと野次馬が多いせいで、よく見えなかった。

救急隊員が事故だと判断したら、まもなく警察も来るだろう。そうなったら、簡単に現場には入れなくなる。

井森は現場を確認することに決めた。

ただし、警察が到着する前に現場に入ることにはリスクがある。そこには彼の痕跡が残ることになり、井森自身になんらかの疑いが掛かる可能性もあるのだ。

だが、井森は現場を確認したいという衝動を抑えることができなかった。

井森は窓の位置を覚えてからこっそり救急の現場を離れ、建物の入り口に回った。

建物の中は騒然としており、誰も井森の存在を気にしていないようだった。

人の動きを見ると、みんな外へと向かっているらしい。人が倒れた現場に関心が向かい、建物の中に原因があるとはまだ気付いていないのだろう。

煙や炎や破片などの爆発の痕跡はない。やはり爆発ではないらしい。

井森は金属が突き出していた窓の場所から部屋の位置を推測し、そちらへ向かおうとした。

「井森君、待って」後ろから樹利亜が声を掛けてきた。「どこへ行くつもり?」

「あの女性が倒れていた現場で、窓から金属棒が突き出ていたのを見たかい?」井森は逆に質問した。

「ええ。関節のようなものがあったから、何かの機械の可動部だと思うわ」

「そうだったかな? 僕はそこまで落ち着いて観察できていなかったよ」

「それで、今は何をしようとしているの?」

「あの金属棒が出ていた部屋を調べようとしている」

「それは警察に任せた方がいいんじゃない?」

「一般的にはそうだけど、オズの国とリンクしている殺人事件の場合、警察の力だけじゃ絶対に解決できない」

「あなたが探偵を務めるって訳?」

「ええと……」井森は戸惑った。「探偵をやって苦労したことがあるから、それは迷うところだな」

「あなたは冷静だから、結構探偵に向いていると思うけど」

「いや。オズの国と絡む事件だった場合、向こうでの調査はビルに頼むしかないんだよ」

「それは心許《こころもと》ないわね」

「心許ないにも程がある」

「わかったわ」樹利亜は決心したようだった。「わたしも協力するわ」

「いいのかい?」

「将子はわたしの友達だから、放ってはおけないし」

「友達が亡くなったというのに、随分気丈だね」

「彼女が亡くなったってことは、あなたの発言から予想されていたことだから、それほどショックではないわ」

「なるほど。確かに、君は探偵向きかもしれないね」井森は感心した。

二人は廊下を進んだ。

「どうやらあの部屋のようね」樹利亜が指差した先には開いたままのドアがあり、その前に数人の人物が集まっていた。

井森は呼吸を整え、ゆっくりとドアに近付いた。

「何かあったんですか?」井森は部屋の前にいた中で一番年嵩《としかさ》に見える人物に尋ねた。

「大変なことだ。なぜこんなことになったのかわからない」男は蒼ざめた顔で答えた。声も震えている。

微《かす》かに血の臭いが漂っている。

「どうしたんですか？」

「おそらく事故だ。目撃者は誰もいなかったようだが……」

「大きな音がしたので、駆け付けたんです」若い女が言った。「そしたら、その作業用ロボットの試作品が……」

女が指差した先には巨大な機械があった。ロボットだと言われれば、そう見えないこともないが、人型とはとても言えない形をしていた。本体上部からは何本ものアームが飛び出しており、移動用らしい下部の小さな台車ではとても不安定そうに見えた。事実、そのロボットは大きく傾いていた。

アームのうち一本は窓を突き破っていた。外側から見えた窓はこれだろう。ロボットがバランスを失って倒れたとき、たまたま外を歩いていた将子にぶつかり、転倒した彼女の顔と胴体に割れたガラス片が突き刺さったのだ。

通常、あり得ないような事故だが、その事実がオズの国での殺人が誘発した事故であることを物語っている。

井森は床に目を落とした。

外での事故は悲惨だが、中のそれも酷い。

井森は顔を顰《しか》めた。

バランスを崩したロボットの胴体は真ん中付近で破損し、折れ曲がっていた。そして、それは人体の上に載っていた。正確に言うと頭部だ。相当高速でぶつかったか、あるいはロボットの重量によるものか、頭部はぺらぺらと言ってもいいぐらいに押し潰されていた。落下した部品によって、腹部も酷く損傷している。ロボットの下にあるので、顔面の損傷具合はよくわからないが、これほど潰されていては、おそらくロボットを取り除いても、殆《ほとん》ど顔の見分けは付かないだろうと思われた。

「まさか、そんな……」樹利亜は呟いた。

井森にもなんとなく察しはついていた。だが、それを声に出して確認することが恐ろしかった。

樹利亜は井森の顔を見た。「あなた、わたしに訊きたいことがあるのでは？」

井森は唇を嘗《な》め、そして静かに首を振った。

「いいえ。あなたは気付いているはずだわ。この服にも見覚えがあるわね？」

「わからない」井森は掠《かす》れ声で言った。「僕は女性の服にはあまり注意を払っていないので」

「あなたはファッションには興味はないかもしれないけど、観察眼は確かなはずよ」

「その……この人は……」井森は唾を飲み込んだ。「印象的には僕の知人に思える。あくまで印象の話だけど」

樹利亜は跪《ひざまず》き、遺体に顔を近付けて観察した。

「あなたの印象は正しいわ」樹利亜は立ち上がった。「この遺体はドロシイのものよ」

9

「いったい何があったというのですか?」オズマは女王の居室に飛び込んできた一団に尋ねた。

「もちろん、わたしの部屋には誰もが自由に入って構いません。ただし、一定の礼儀は必要だと考えます。国家の統治には威厳というものが必要で、わたしはオズの最高権力者なのですから」

「緊急事態なのです」ジェリアが言った。

「みんなでノックもせずにわたしの部屋に飛び込んできたのですから、相当な緊急事態であることは想像が付きます」オズマは冷静な態度を崩さずに言った。「何があったのですか?」

「殺人事件が起きました」

オズマの表情が一瞬曇《くも》った。そして、次の瞬間にはいつもの柔和な微笑《ほほえ》みを湛《たた》えた顔に戻った。「あってはならぬことです」

「でも、起きてしまいました」

「事故ではないのですか?」

「違います。殺人です」

「まず大事なのはこの件を秘密にすることです。知っているのは誰ですか?」

「ここにいる全員です。わたしと案山子《かかし》さんとブリキの樵《きこり》のニック・チョッパーと臆病ライオンと……蜥蜴《とかげ》のビルです」

オズマは額を押さえた。

「このメンバーに秘密を守らせるのは無理があると思います」ジェリアが言った。

「ええ。そうでしょうね」オズマは考え込んだ。「殺人事件が起きたと国民が知れば、あまりよくない影響が出るでしょう。この国には犯罪が存在しないとみんなが思っているから、体制が維持できているのです」

「国民には真実を知らせるべきではありませんか？」

「真実を知らせることが必ずしも正しいとは限りません。とにかく早く事件を解決することが肝要です。わたしを現場に案内してください」

オズマは奥向きと表を繋《つな》ぐ警備室にやってくると、すぐに現場の確認を始めた。「これは誰ですか？」

「ジンジャー将軍です」ジェリアが答えた。

「犯人は彼女を相当恨んでいたようですね」

「なぜ、そう思われるのですか？」

「単に殺すだけでなく、身体を縦に裂いていることから相当の恨みがあったことは明らかです」

「言いにくいのですが、縦に切断したのは犯人ではありません」

「じゃあ、誰なんですか？」

「僕だよ」ニックが手を挙げた。

「あなたはジンジャーに含むところがあったんですか？」オズマが尋ねた。

「別に。彼女とはそれほど親しくなかった」

「だったら、どうして縦に割ったりしたんですか？」

「その方が見やすいと思ったんだ。ジェリアが検死をするって言うから」

「躊躇《ちゆうちよ》なくですか？」

「躊躇？　どうして検死に躊躇するんですか？」

「そのことはもう構いません」オズマは手を振った。「どうやらわたしたちだけで解決するのは難しいようです。ジェリア、オズの魔法使いとグリンダを探してきてください。彼らもパーティーのため、宮殿に来ているはずです」

まもなく、ジェリアに連れられて、グリンダと魔法使いが奥向きへの扉の近くにやってきた。グリンダは魔女とは思えないような豪華で煌《きら》びやかな衣装を着て、半ば空中を浮遊しながら、オズマに近付いた。

「緊急の用件とは何ですか、オズマ女王？」グリンダが問い掛けた。

「殺人事件が発生しました」

「なんと?!」魔法使いは目を見開いた。

グリンダは片方の眉を少し吊り上げた。「ゆゆしき事態ですね。誰が殺害されましたか？」

「ジンジャー将軍です」オズマは答えた。

「彼女に恨みを持つ者は？」グリンダは尋ねた。

「わかりません」

「廊下の血は彼女のものですか？」

「はい」

「足跡は犯人のものですか？」

「いえ。発見者たちのものです」

グリンダは足跡を調べた。「発見者はニック皇帝と案山子元国王とライオン、そして蜥蜴のようですね」

「それとジェリアです」

「なるほど」グリンダは表情を変えずに言った。「現場を確認してもいいですか？」

「もちろんです」オズマはドアを開けた。

グリンダは遺体を一瞥《いちべつ》して言った。「これは相当な恨みを持った者の……」

「縦に切断したのはニックです」ジェリアが遮《さえぎ》った。

一瞬の間の後、グリンダは言葉を続けた。「顔面と脳を念入りに破壊したのも皇帝陛下ですか？」

「いいえ。それは最初からでした」

「だとしたら、犯人が証拠隠滅のためにやった可能性が高いですね」

「では、これはジンジャーでないと？」

「いえ。おそらくジンジャーでしょう。調べればすぐにわかることですが」グリンダは言った。

「ねえ。あの魔法の絵で犯人はわからないの？」ビルが尋ねた。

「残念ながら、魔法の絵は現在の様子しかわからないのです。凶器や返り血の付いた服を捨てた今となっては犯人を見極めることはできないでしょう」

「そうだわ！」ジェリアが叫んだ。「グリンダが持っている魔法の本を使えばどうでしょうか？」

「魔法の本って何？」ビルが尋ねた。

「オズの国で起こったことが全て記録されている本だよ」ライオンが言った。

「歴史の本ってこと？」

「歴史の本は出版されたときまでのことしか載ってないけど、魔法の本は今起こっていることがどんどん書き込まれていくんだ。今、こうしているときにも」

「だったら、その本を見れば犯人はすぐにわかるね」

「残念ながら、それは無理です」グリンダは首を振った。「この宮殿は強力な魔法で防衛されています。したがって、外部から内部の様子を魔法で知ることはできないのです」

「なぜ、そんなことをしたの？」ビルが尋ねた。

「オズの国を侵略しようとする敵が魔法の絵や魔法の本のような道具を持っていたら、常に我我の動向を覗き見されることになります。それを防ぐための魔法防御だったのです」オズマが言った。

「今回はそれが裏目に出てしまった」オズの魔法使いは残念そうに言った。「こうなったら、大々的に捜査を始めるしかなさそうですね」

「それは少し待ってください」オズマが言った。「オズの国で犯罪が起こったことが公《おおやけ》になるのは望ましくありません」

「しかし……すでに事が起こってしまった訳ですし……」

「わたしもオズマ女王に賛成です」グリンダが言った。「極秘捜査で犯人を突き止めるべきです」

「では、誰を捜査責任者としましょうか?」

「これ以上、多くの人々に知られるべきではありません」オズマは言った。「ここにいる者の中から選ぶべきです。しかし、わたしとグリンダと魔法使いさんは人々の目に付きやすく、極秘捜査に向いていません」

「仕方がないな」案山子が頭を掻いた。「オズの国一番の知恵者の出番かな?」

「ジェリア、あなたに頼んでよろしいですか?」オズマは言った。

「ぎゃふん!」案山子は躓《つまず》く真似をした。

誰も反応しなかった。

ビルは一瞬笑い掛けたが、誰も笑わないので、すぐに真顔に戻した。

「わたしごときが捜査責任者だなんて滅相《めっそう》もない」ジェリアは言った。

「いいえ。あなたが最適です。あなたに捜査に関する全ての権限を与えます。ただし、殺人があったことはこれ以上誰にも知られてはいけません」

　ジェリアはしばらく考えた末に頷いた。「わかりました。謹《つつし》んでお引き受けいたします。しかし、ここにいる人物以外に事件について知らせるべき人がいると思います」

「誰ですか?」

「ドロシイ王女です。彼女も奥向きに入る以上、知らせないでおくことは不可能かと存じます」

「それは仕方がありませんね」

「そう言えば、ドロシイはここにいないのですね」グリンダが言った。「騒ぎに気付いていないのでしょうか?」

　その場にいる殆《ほとん》どの者が不安に襲われた。もちろん、そうでない者たちもいる。

「どうして、急にみんな黙ったの?」ビルが言った。

「決まってるさ」案山子が答えた。「誰かがつまらない冗談を言ったので、白けたのさ」

「どんな冗談? 僕、聞き逃しちゃった」

「それは……誰か、『ぎゃふん』とか言ってなかったかな?」

「さあ。覚えてないな」

「誰かドロシイを呼んできてくれませんか?」オズマが言った。

　誰も動かなかった。

「じゃあ、僕が呼んでくるよ」ビルが名乗り出た。

「あなた一人で行くのはよろしくありません」

「どうして？」

「予想外の事態が起きていた場合、対応できない可能性があるからです」

「予想外の事態って何？」

「予想できないから予想外なのです」

「例えば、ドロシイが殺人事件の犯人だったとか？」

その場の空気が凍り付いた。

「それも可能性の一つです」オズマは冷静に答えた。「考えてみると、誰か一人が行くよりはみんなで呼びに行った方がいいでしょう」

一行はドロシイの部屋へと向かった。

「血の臭いがするよ」ライオンが言った。

「そりゃあ、あれだけ嘗《な》めれば、鼻の中に臭いも残ってるだろうよ」ニック・チョッパーが言った。

「いや。内側じゃなくて、外から臭ってくるんだよ」

「内の臭いか、外の臭いか、どうやって区別するんだ？」

「それは、うまく説明できないよ。野生の勘かな？」

オズマはドロシイの部屋の扉を開けた。

床は血の海だった。

「君の野生の勘は大したものだな」ニックは感心したように言った。

部屋の真ん中には金属でできた球体のようなものが転がっていた。

「あれは何かな?」案山子が言った。

「どう見ても、チクタクだろう」樵が答えた。

「そんな馬鹿な。あれがチクタクなはずがない」

「どうして、そう思うんだ?」

「だって、チクタクはロボットだから血を流すはずがない。証明終わり」

「あれはチクタクの血じゃない」

「そんな馬鹿な。だって、血はチクタクの下に溜まってるじゃないか」

「チクタクの下敷きになっている誰かの血だとは思わないのかい?」

「なるほど。そういう可能性があったね。もちろん、とっくに気付いていたけどね」

ビルはチクタクに近付いた。「本当だ。チクタクの下に誰かいるよ」

「誰かわかるかい?」ライオンが尋ねた。

「わからない。顔の上にチクタクが載っているからね」

「樵さん、ライオンさん、チクタクを誰かの上からどけてください」オズマが言った。

二人はオズマの指示通り、チクタクをどかした。

「チクタクの下にいたのは誰だったんだい?」案山子が尋ねた。

「わからないよ」ビルが答えた。

「でも、もうチクタクはどかしたんだろ?」

「うん。でも、顔が潰れちゃって、誰かわからないんだよ」

その遺体は何層もの美しいフリルの付いたドレスを着ていた。

「それはドロシイのドレスじゃないのかい？」案山子が尋ねた。

「違うよ。ドロシイも似たのを持ってたけど、赤じゃなくて白だったもの」ビルが答えた。

「ああ。どうして、こんなにも苛々《いらいら》するんだろう？」ニックが言った。「前はこれほどじゃなかったんだが」

「前はあの類のやつは一人しかいなかったからね」ライオンが言った。「最近、もう一人増えたから」

「ビル、これはドロシイのドレスよ」ジェリアは蒼ざめていた。「赤くなったのは血に染まったからよ」

ライオンは遺体に顔を近付けて匂いを嗅いだ。「確かに、ドロシイの匂いがするね」

「グリンダ、この遺体の顔を復元できますか？」オズマが尋ねた。

「頭蓋骨が形を保っていたなら、それに肉付けする形で復元できますが、この遺体は頭蓋骨が粉砕されているため、難しいでしょう」

「それでは、肉体的な特徴で判断しましょう」オズマは冷静な調子を崩さずに言った。「ジェリア、遺体のドレスを脱がしてください」

ジェリアはドレスを破らないように気を付けて脱がしたが、血を避けることは難しく、全身が血塗《ちまみ》れになってしまった。

「上半身は裸にしてください」オズマは続けて言った。

裸になった遺体の上半身をオズマはつぶさに観察した。

「これがわかりますか？」オズマはドロシイの乳首の斜め下を指差した。

「小さな乳首のようなものですね」

「これは副乳《ふくにゅう》です。ドロシイに間違いありません」

「前に見たのはいつですか？」

「しょっちゅう見ています。昨日も見ました」

「わかりました。それでは、間違いなさそうですね」ジェリアは頭の中を整理しようとした。

「わたしはジンジャー殺害の捜査責任者を任命されましたが、ドロシイ殺害の捜査責任者も兼任すると考えてよろしいでしょうか？」

「それが合理的でしょう」

「それでは、今から捜査を始めます」ジェリアは宣言した。「まずはここにいる皆さんから聞き取りを始めます。女王陛下、ここ数時間のあなたの行動を教えていただけますか？」

「ジェリア、あなたはオズマ女王を疑っているのですか？」グリンダが問うた。

「疑っている訳ではありません」ジェリアは答えた。「殺害が起きたときの状況を知るため、全員にお訊きするつもりです」

「しかし、女王を尋問するような真似は……」

「構いません」オズマは言った。「相手の身分に遠慮していては捜査が覚束《おぼつか》ないでしょう。わたしから聞き取りを始めるのは賢いやり方ですね。わたしが答えたなら、誰も聞き取りを拒否できないでしょうから」

「ありがとうございます、女王陛下」ジェリアは頭を下げた。

「わたしはここ数時間、着替えを兼ねた休憩でずっと自室にいました。誰も訪ねてこなかったし、何の物音にも気付きませんでした。これでよろしいですか？」

オズマの誕生会は三日三晩続くため、オズマ自身は日に数回の休憩をとるのが慣例となっていた。

「それって、アリバイはないってことだよね？」ビルが言った。

「アリバイの話をするのはまだ早いわ、ビル」ジェリアは窘《たしな》めた。

「ビルの言ったことは正しいのです」オズマは言った。「わたしにはアリバイはありません」

「じゃあ、犯人は決まりだね」ビルは誇らしげに言った。

「ビル、アリバイがないというだけで、犯人扱いをしたら、世の中冤罪《えんざい》だらけになってしまうわ」

「でも、ドラマだとだいたいアリバイ崩しで決着が付くよ」

「それは、アリバイ以外の証拠が揃っている場合よ」

「でも、アリバイがないんだから、やってないという証拠はないよね？」

「やってないという証拠は必要ないのよ。やったという証拠がない限り無罪よ。推定無罪の原則は知ってる？」

「じゃあ、これからオズマを問い詰めて白状させるんだね？」

「いいえ。ビル、わたしはそんなことはしないわ。第一、女王陛下には動機がないわ」ジェリアはメモをした。「グリンダ、あなたはどこにいましたか？」

「本来、あなたの質問に答える義務はないと思いますが」グリンダは言った。「女王が答えたので、わたしも答えざるを得ないようですね。わたしは宮殿の広間にいました。少なくともオズの魔法使いが証人です。他にもわたしを見掛けた人は何人もいるでしょう」

「何時間前からいましたか？」

「四、五時間前からです」

「その間、一度も広間を出ていませんか？」

「ええ。出ていませんとも」

「広間にいたのが、魔法で作り出したあなたの幻でないと証明できますか？」

「証明は難しいでしょうね。しかし、幻なんかではありませんでしたよ」

「あなたの主張は理解しました」ジェリアはメモを続けた。「オズの魔法使いさん、あなたはどうですか？」

「ずっと、グリンダと一緒におったよ。それが幻でないと証明できないのは彼女と同じだ」

「では」ここでジェリアは深呼吸をした。「案山子さん、あなたは……」

「順番から言うと、先に僕に訊くべきじゃないか？」ブリキの樵は主張した。

「どんな順番？」ジェリアは目を丸くした。

「偉い順だ。まあ厳密に言うと、オズの魔法使いに先に訊いたのもおかしいとは思うが、そこは師弟を纏《まと》めて尋問するということでわからんでもない。しかし、皇帝より只《ただ》のしがない案山子を先にするというのは納得がいかん」

「ニック、別にわたしは偉い順に訊いている訳じゃ……」

「ちょっと待ってくれ」案山子が言った。「君が僕より偉いってのは確定した事実じゃないだろ」

「確定してるさ。僕は皇帝だ。皇帝というのは、つまり帝国の支配者なんだ。案山子の方が偉いってはずがないだろ」

「案山子っていうのは、別に僕の地位じゃない。単なる出自だ。言ってみれば人種みたいなものだ」

「案山子っていう人種なのか？　だったら、身分を弁《わきま》えて黙ってればいいんじゃないか？」

「それって、差別じゃないか！」

「いや。案山子に差別も糞もないだろ」

「君だってブリキだ」

「ブリキは単に素材に過ぎない。僕は人間でしかも皇帝なんだ」

「それを言うなら、僕だって元国王だよ」

「『元』国王だろ。今は只の人……いや。只の案山子だ」

「エメラルドの都の国王はウィンキーの皇帝より上位なんだぞ」

「皇帝より王が上っていうのはおかしいが、そこはまあエメラルドの都が特別だということで納得しよう。しかし、君が国王だったのはあくまで過去の話だ」

「でも、いったんその地位に就いたんだから、尊重されるべきだ。元社長の会長は社長よりも尊重されるだろ」

「それは会長になったからだ。クーデターで放り出された社長には何の権限もない。そう言えば、君はジンジャーに国王の地位を奪われたんだったね」

「そうだけど、それが何か？」

「君はジンジャーに恨みを持ってたんじゃないのか？」

「まさか、僕は別に国王の地位に固執していた訳じゃないし……」

「はい。そこまで」ジェリアが二人に割って入った。「わたしは客観的な事実が知りたいだけよ。じゃあ、ニックから先に訊かせて貰うわ。案山子さん、構わない？」

「ああ。別に文句はないよ」案山子が答えた。

「ニック、あなたはここ数時間、どこにいたの？」

「パーティー会場にいた。あと、時々中庭に出ていた」

「どうして、中庭に出たの？」

「暇だったからだ。他の人たちはだいたい何か物を食いたがるからね。僕は何も食べなくていいので、他の人たちが何かを食っている間は手持ち無沙汰なんだ」

「あなたが庭にいたことを証明できる人はいるの？」

「ずっとじゃないけど、少しだけスクラップスと話をしたよ」

「継《つ》ぎ接《は》ぎ娘のことね」

「スクラップスって、布切れを繋ぎ合わせた中に綿を詰め込んだ女の子のことだよね」ビルが尋ねた。

「そうよ」ジェリアが答えた。

「彼女、どうして生きているの？」

「もちろん魔法の粉をかけられたからよ」

「継ぎ接ぎ人形なんか証人になれるの？」

ジェリアは案山子やブリキの樵やライオンの方をちらりと見た。「そうね。あなたは自分が証人になれると思う？」

「それは過去の判例を調べないと何とも言えないな」

「この国ではわたしが法律なのですよ、ビル」オズマが言った。「蜥蜴であろうと、継ぎ接ぎ人形であろうと、証人になれます。今、わたしが決定しました」

「オズマの言うことは理に適っているな。オズマの言うことが何もかも正しいのなら、ついでに犯人が誰かを決定してしまえば、話は早いのに」ビルは感心した。

「蜥蜴よ、今、何と言いました？」グリンダがビルを睨んだ。「独裁者に皮肉を言ったつもりですか？」

「グリンダ、ビルは皮肉を言った訳ではないのです。本気で言っているだけなので、気にしないように」オズマは優しく微笑んだ。「ジェリア、捜査を続けてください」

「案山子さん、あなたはジンジャーに最後に会った人物よね」

「いや。ジンジャーが最後に会ったのはたぶん犯人だと思うよ」案山子は答えた。

「犯人以外でということです」

「それって、案山子は犯人じゃないって決め付けてるってこと？」ビルが尋ねた。「案山子が犯人だったら、『犯人以外』ではなくなるよね」

「ビル、あなたの番はもうすぐだから、それまで黙っててくれる？」

「わかったよ」

「案山子さん、最後に会ったとき、ジンジャーに変わったことはなかった？」

「う〜ん」案山子は腕組みをした。「まあいつも通りだったかな。ドロシイを呼びに行ったけど、鼻で笑って追い返されたよ」

「それで腹を立てたと？」ニックが言った。

「いや。僕は寛大な人物だからね」

「では、ライオンさん、次はあなたよ」

「僕は何も知らないよ」

「あなた、血塗れだけど、それは誰の血？」

「ジンジャーだよ。僕が遺体から出た血を嘗めてたの見てたでしょ？」

「ええ。そして、今こっそりドロシイの血も嘗めてたわね」

「ごめんよ。ごめんよ。怒らないで。ぶたないで」ライオンは前足で頭を覆った。

「ぶったりしないから安心して。だけど、もう決して遺体の血を嘗めたり、肉を食べたりしないで」

「えっ？　肉も？　今からでも吐いた方がいい？」

「ああ。もう食べてしまったものはいいわ」ジェリアは顔を顰《しか》めた。

「奥歯に少し引っ掛かってるから、それは出しておくよ」ライオンは口の中に前足を突っ込んで、肉片を引っ張り出した。

「ありがとう、ライオンさん」ジェリアは肉片をドロシイの顔の上に置いた。

「あっ。それ、ジンジャーの方かもしれないよ」

「まあ、二人とも気にしないでしょ。……さて、ビル」

「何、ジェリア？」

「あなたの番よ。何か言いたいことある？」

「う～ん」ビルは腕組みをしてしばらく考え込んだ。

「特にないのなら、また思い出したときでいいわ」

「あっ！　わかった」

「どうしたの？」

「別に」

「今、あなたわかったって言わなかった？」

「だから、言いたいことは別にないってわかったんだよ」

ジェリアは特に言い返すことはなく、メモをとった。「さてと」

「これで尋問は終わり?」ビルが尋ねた。

「いえ。もう一人というか、一体残っているわ」ジェリアは横たわっているチクタクを指差した。

「ああ。チクタクが犯人なんだ」ビルが言った。

「そうだと簡単だけど、たぶん違うわ。おそらく彼は凶器だけど犯人ではない」

「凶器だったら、犯人じゃないの? チクタクがドロシイを殺したんでしょ?」

「『チクタクが』ではなく、『チクタクで』よ。とにかくネジを巻いてみましょう。行動のネジではなく、思考と発声のネジだけをね」

ジェリアはまず思考のネジを巻き、そして発声のネジを巻いた。先に発声のネジを巻いたりしたら、延々と戯言《ざれごと》を聞かなければならないからだ。

「やや。これはどうしたことだ?」チクタクは声を上げた。

「何があったの?」ジェリアが尋ねた。

「この部屋で、ドロシイさんと思い出話に花を咲かせていたんだ。エヴの国で初めて会ったときの冒険話の」

「それからどうなったの?」

「まず僕が喋るための発条《ばね》が戻りきってしまったんだ。そこで、ドロシイに手で合図して、ネジを巻いてくれるように頼んだんだが、ドロシイは眠かったようで、ソファで居眠りをしていたんだ。あまりに気持ちよさそうに眠っていたので、僕は彼女を起こさずに目覚めるのを待っていた。そのうち僕が動くための発条も戻りきってしまった。仕方がないので、そのまま待っていたけど、おそらく最後には考える発条も戻りきってしまったんだろう」

「動く発条より先に考える発条が戻りきってしまって、出鱈目《でたらめ》に動き回ったということはない?」

「いいえ。そんなことはなかったよ。でも、どうしてそんなことを訊くのかな?」

「あなたが思考をなくして出鱈目に動き回って、ドロシイを殺してしまった可能性があったからよ、チクタク」

「何だって?!」

「ドロシイが死んだことを知らなかったの?」

「ええ。今、初めて知った」

「だって、そこに……。あなたの顔はドロシイの方を向いてないので、見えなかったのね」

「そこにドロシイがいるのか?」

「ニック、彼の顔をドロシイの方に向けてあげて」

ニック・チョッパーはぎしぎしと音を立てて、チクタクの顔をドロシイの方に向けた。

「わっ!!」チクタクは叫んだ。「何があったんだ。血塗れじゃないか!」

「だから、ドロシイが何者かに殺害されたのよ」

「それはあなたに尋ねたいことよ。この部屋にあなたとドロシイ以外に誰か入ってこなかった？」

「何者って誰だ？」

「わからない。入ってきたとしたら、僕の発条が戻りきった後だ」

「よくわからないんだけど」案山子が言った。「君って、喋ったり考えたり動かなくっても、発条は勝手に戻っていくのかい？」

「喋るための発条は喋らなければ、そのままだ。だけど、考えをやめることはできないので、考える発条はどんどん戻っていく。動くための発条も同じだ。意図的に身体を動かさなくても、内臓は活動を続けるからね」

「ロボットに内臓なんかあるんだ」ビルが感心して言った。

「そりゃそうだろ。内臓がないと、エネルギーの循環が滞《とどこお》ってしまうからね」チクタクが答えた。

「ドロシイはあなたの下敷きになっていた。どうしてそうなったのかわからない？」ジェリアが尋ねた。

「申し訳ないが、全く記憶がない。今の話は僕がドロシイを殺す凶器になったってことかい？」

「そうとは言い切れないわ。彼女の鳩尾《みぞおち》には刺し傷があるから、たぶんこっちの方が致命傷かもしれない。その場合はおそらく彼女が絶命してから、犯人はあなたを倒してドロシイの顔を潰したのよ」

「チクタクが嘘を吐《つ》いているって可能性はないの？」ビルが言った。

「どういう意味？」ジェリアが尋ねた。

「チクタクがドロシイを刺してから、ドロシイの顔の上に倒れたのかもしれないよ」

「どうして、僕がそんなことをするんだ？」チクタクが憤慨《ふんがい》した。

「もちろん、その可能性も捨て去るべきではないわね」ジェリアが言った。「しかし、チクタクの胴体には血が付いているけど、指先には血が付いていない。ドロシイを刺した凶器は何かしら？」

「ジンジャーを刺したのと同じものじゃないかな？」

「だとすると、それはどこにあるのかしら？」

「外に捨てに行ったんじゃないかな？」

「こんな血塗れの恰好で？」

「刺したときは廊下にあった服を着てたんじゃないか？」

「つまり、こういうこと？　チクタクは、まず緑の服を着、靴を履く。ドロシイとジンジャーを刺す。廊下に出て、血塗れの緑の服と靴を脱ぎ、刃物をどこかに捨てる。そして、また部屋に戻って、ドロシイの顔の上に倒れる」

「凄い！　名推理だ！　それで間違いない‼」案山子が叫んだ。

「とんでもない。そんなことは絶対にしていないよ」

「その通り。今の推理は成立しないわ」ジェリアが宣言した。「まずあの緑の服と靴は人間用のものだった。いくら大きめだといっても、チクタクが着たり、履いたりはできない。もし着ることができたとしても、チクタクは靴を脱いだ後、もう一度ジンジャーの遺体がある警備室を通って、この部屋に戻ってこなければならない。あの部屋を通ったなら、必ず血の足跡が残っているはずよ」

「血の足跡ならいっぱいあるよ」ビルが言った。

「これは全部わたしたちのものよ。チクタクのものは一つもない」

「どうやら、僕の疑いは晴れたようだね」

「疑いが晴れた訳じゃないわ」ジェリアが言った。「ただ、あなたが犯人であることを積極的に示唆する証拠は今のところないということよ」

「どういうこと？」ビルが言った。「チクタクは犯人なの？　犯人じゃないの？」

「僕が犯人じゃないのはちゃんと自分でわかってる。君はどうしても僕を犯人にしたいのかい？」チクタクは憤慨した。

「推定無罪よ、ビル」ジェリアは言った。「証拠がない限り、チクタクを犯人扱いしてはいけないのよ」

「なんだか歯痒《はがゆ》いね。コロンボみたいに犯人が口を割るまで頑張るしかないんだね」ビルは残念そうに言った。

「君は僕が犯人だと決め付けているようだが、全くの事実無根だ」チクタクは言った。

「じゃあ、誰が犯人なの？」

「わかってるなら、とっくに言ってるさ。発条が切れていたんだから、何も覚えてないんだよ。さっきから言ってるじゃないか！」

騒ぎを余所にジェリアはじっと考え込んでいた。

「何か思い付きましたか？」オズマが尋ねた。

「いいえ。しかし……」

「どうしたのですか？」

「引っ掛かることがあるんです」

「何ですか？」

「今のところ、はっきりと申せません」

「どうしてですか？」

「誰かを犯人扱いしてしまうことになるからです」

「それはつまり犯人の目星が付いたということですか？」

「現時点では、そこまではいかないと思います」

「捜査を進めれば、はっきりしそうですか？」

「それも確実なことは申せません」

オズマはグリンダの方を見た。

グリンダはゆっくりと頷いた。

「わかりました、ジェリア。あなたはこのまま捜査を続けてください」オズマは厳《おごそ》かに言った。

「犯人がわかった場合、どうされるつもりでしょうか？　オズの国には裁判所も刑務所も存在しませんが」

「そのことについて、あなたは心配しなくても構いません。わたしたちが対応します」

ジェリアは目を瞑《つむ》った。そして、何かを決心したように目を開いた。「それでは、捜査を進めますので、失礼します」ジェリアはその場を去ろうとした。

「ジェリア」オズマが呼び止めた。

「はい。何でしょうか？」

「カンザスにこのことを知らせる役目をあなたに負わせてもいいですか？」

「はい」ジェリアは唇を噛み締めた。

「気を付けてください。ヘンリイおじさんは入院中だとのことです。くれぐれもショックを与えないように」

「畏《かしこ》まりました」ジェリアは部屋を後にした。

ビルは慌てて、ジェリアの後を追った。

10

「ドロシイと将子の死は事故ということで処理されたそうよ」樹利亜は言った。

井森は研究室で顔を手で覆っていた。「なぜ彼女たちがこんなことに……」

「わたしは……わたしたちはそれを突き止めようとしているのよ」

「オズマが捜査官に任命したのはジェリア・ジャムだ」

「もちろんだわ。だけど、地球での捜査が無駄とは限らない。こちらの人間関係を調べれば何かがわかるかもしれないわ」

「そんなことを言ってるんじゃない！」井森は辛そうに言った。「捜査責任者はジェリア一人だ。ビルは関係ないと言ってるんだ」

「どういうこと？」

「やはり僕は協力できない」

「何を言ってるの？　さっきは二人で協力して、調査するって言ったじゃない」

「ドロシイまでが殺されて状況が変わったんだ。ジェリアは正式に捜査責任者に任命された。僕には捜査できない」

「それを言うならわたしだって捜査の権限はないわ」

「ジェリアは……」

「ジェリアとわたしは別の人格だわ。単に記憶と生死を共有しているだけ」

「じゃあ、君もこんなことはやめればいいんだ」

「どうして、そんな投げやりなことを言うの？」

「嫌な予感がするんだよ。きっと、これだけでは終わらない」

「さらに誰かが犠牲になるってこと？」

「以前もこういうことがあった。関わっていいことは何もない」

「……それは無理よ」樹利亜はぽつりと言った。

「えっ？」井森は顔から手を離した。

「わたしたちはもうどっぷりと事件に関わってしまっているの」

「そんなことはない」

「すでに、ジェリアとビルは殺害現場での捜査を開始している」

「ビルは単にその場にいただけだ」

「その場にいたなら同じことよ。あの場には何人もの人間がいた」

「あの場にいた者たちなら信用できる……」井森は言葉を止めた。「信用できるんだろ？」

「それは何とも言えないわ。少なくとも、口止めできる者は限られていると考えた方がいいわね」

「だとすると、ジェリアとビルが危険だ」

「つまり、わたしとあなたも危険ということね」

「ああ。何てことだ」井森は泣きそうな声を出した。

「泣き言は言わないで」

「泣き言ぐらい言わせてくれよ」井森は何かを考え始めた。「今から物凄く頑張らなくっちゃならないんだから」

「やる気になったってこと？」

「やる気になったというよりは、やらざるを得ないことに気付いただけだよ」

「まずは何をする？」

「ドロシイ――地球のドロシイの交友関係を調べよう。ところで、僕はドロシイについて、何も知らないも同然だ。君は友達だからよく知ってるんじゃないか？」

「ええ。ある程度はね」

「おじさん夫婦がいるとか？」

「ええ。ドロシイのことを知らせなければならないのは気が重いわ」樹利亜は溜め息を吐《つ》いた。

「他には？　恋人なんかいたのかい？」

「恋人じゃないけど、彼女に恋をしていた人はいるわ」

「片思いということか？」

「まあ微妙な感じね。ドロシイが思わせぶりな態度をとっていたから」

「その彼にもドロシイの死を知らせなければいけないな」

「彼らよ」

「えっ？」

「三角関係だったの」

「それは注意が必要だな。名前は？」

「血沼《ちぬ》壮士《そうじ》と小竹田《しのだ》丈夫《たけお》」

「彼らは誰かのアーヴァタールだとか？」

「どうしてそう思うの？」

「根拠はない。そうだったら話が早いのにと思っただけだ」

「オズの国の話を出してずばり訊くことができるから？」

「そういうことだ」

「おめでとう。彼らはアーヴァタールよ」

「ビルの知っている人物かい？」

「案山子《かかし》とブリキの樵《きこり》よ」

井森は口笛を吹いた。「おめでたくはなかったな。厄介そうだ」

「そんなに心配する必要はないわ。あなたと同じでアーヴァタールは性格が違うから」

「連絡先はわかるか？」

樹利亜は肩を竦《すく》めた。「ドロシイなら知ってたと思うけどね」

「何か見付ける方法はないか？　勤め先とか？」

「二人とも、この大学の学生だから、キャンパスを歩いてれば見付かるんじゃないかしら？」

「そうだったのかい？　学部学科は？」

「知らないわ。興味なかったから」

「わかった。とりあえず、キャンパス内で片っ端から訊いて回ることにしよう」

二人は思いの外すぐに見付かった。二人して、事故現場でわあわあと泣きじゃくっていたのだ。

しばらく泣けば落ち着くだろうと見ていたが、三十分経っても一時間経ってもいっこうに泣きやむ様子はなかった。

「可哀そうに、よっぽど好きだったんだな」井森は憐《あわれ》みの目で二人を見た。

「泣きたいだけ泣かせるというのでもいいけど」樹利亜が言った。「こうして待っているのも時間の無駄よね」

「随分ドライなんだね」

「もちろん、わたしだって泣き崩れていいのなら楽よ。でも、わたしはオズマに任命された捜査責任者だから」

「オズマに任命されたのはジェリアなんだから、君がそこまで責任を感じなくていいんじゃないか?」

「ジェリアとわたしは一心同体よ。あなたとビルは違うの?」

「難しい質問だな」

「単純に言うと、どっちなの?」

「どっち付かずだな。頭では自分とビルは区別すべきだと考えていて、またそうであって欲しいと思っている。しかし、感覚的には自分をビルだと感じてしまうことが多い。ビルもそのようだ」

「だったら、自分をビルだと考えれば楽になるんじゃない？」

「別に楽にならなくてもいい」

血沼と小竹田が少し静かになった。

「おっ。泣きやみそうかな？」井森が言った。

「泣きやむというか、体力の限界で、意識がなくなりそうよ」

「泣くっていうのは、相当体力を消費するのかもな」

血沼は地面に座り込み、そのまま項垂《うなだ》れて、時々痙攣《けいれん》するような動きを見せていた。小竹田は地面に仰向けに倒れ、唸るような泣き声を上げていた。

「ちょっといいですか？」井森は血沼の肩に手を置いた。

血沼はぎろりと井森を睨んだ。「誰だ」

「ええと……ドロシイさんの知り合いの者です」

「ド……ロシイ？」初めはぽかんとしていた血沼の目は突然険しくなっていった。「おまえ、彼女の何なんだ?!」血沼は井森の首に摑みかかった。

「わっ！　知り合いです。只《ただ》の知り合いです！」井森はなんとか血沼の手を振り払った。

「本当だろうな？」血沼は人間のものとは思えないような目で井森を睨み付けた。

「勘弁して欲しいな……」井森は呟いた。

「何だと!!」倒れている小竹田が突然叫んだ。

「いや。だから……」

小竹田はぽんと跳ね上がると、すっくと地面に直立した。もはや人間の動きとは思えなかった。

「おまえ、彼女の知り合いなのか?!」まるでテレポートしたかのように小竹田は数メートルの距離をいっきに縮めて、井森の眼前に迫った。

「わっ！　わっ！　わっ！」

井森はまるでホラー映画のようだと思った。

「そうです。知り合いです。只の知り合……」

井森は物凄い力で突き飛ばされた。そのまま二メートル近く吹っ飛び、地面に倒れ、その後二、三回転がった。

「だから、只の知り合いだって言ってるじゃないですか」井森は泣きそうになりながら言った。

「誰の許可を得て……誰の許可を得て、彼女に近付いたんだ?」

「いや。許可とかではなくてですね……」

「勝手に近付いたのか?」

「勝手というかですね。彼女が親切にも僕を助けてくれて……」

「彼女の方から近付いたと言うつもりか?」

「まあ、そういうことです」

「嘘を吐くな!!」井森は背後から衝撃を受けた。

いつの間にか、血沼も立ち上がって背中を殴り付けてきた。

まずい。これじゃあ、挟み撃ちだ。

「彼女がそんなふしだらな女だと言うつもりか?!」小竹田も激昂している。

「違うんです。ふしだらとかそういうことではなく、倒れていた僕を助けてくれたんです」

「つまり、おまえは彼女の優しさに付け込んだということだな?!」血沼が目を充血させながら言った。

ええと。どう答えるのが正解なんだ?

井森は途方に暮れた。

どうやら、この二人は悲しみのあまり正気を失っているようだ。僕がどう答えても、ドロシイを侮辱しているか、よからぬ方法で誘惑しようとしていたか、どちらかにしか取れないのだ。イエスと答えてもノーと答えてもさらに彼らの怒りを誘うことは間違いない。だとしたら、この場はもう何も答えずに逃げるのが正解だろう。

井森は何も言わず、その場から逃げ出そうとした。

だが、突然、身体が前のめりになり、地面が顔面に迫ってきた。

慌てて手で顔を庇《かば》ったが、相当な衝撃を受けた。

何だ、これは? こんな倒れ方をしたのは子供のとき以来だ。

井森は立ち上がろうとしたが、立ち上がれず、また倒れた。

さっき倒れたときの衝撃で鼻血が出たようで、地面にぼとぼとと血溜まりが広がっていく。

井森は足が動かせないことに気付いた。振り向くと、二人の男が片足ずつ井森の足首を摑んでいる。

「逃がさない」小竹田がぶつぶつと言った。「彼女を汚そうとするやつは絶対に逃がさない」

「殺してやる」血沼も呟いた。「確実に」

これはひょっとすると、本当にこのまま殺されてしまうんじゃないかと思った。

問題はこれが地球だけで独立して起きていることなのか、オズの国の出来事にリンクしたことなのかだ。もし、オズの国でビルが殺されたのなら、井森の命も尽きてしまうことだろう。だが、ビルが殺されていないのなら、まだ望みがある。

いったいどっちだ？

血沼と小竹田の二人ともが雄叫びを上げた。

どっちにしても、殺されるのは間違いない。

井森は覚悟して、目を閉じた。

ふっと足首が軽くなった。

振り返ると、樹利亜が二人の男性の喉を背後からそれぞれ片手で押さえて、井森から引き剝がしてくれていた。

二人とも、バランスを崩し、そのままどうと背後に倒れた。

二人は起き上がるかと思いきや、倒れたまままた大声で泣きじゃくり出した。

「君、武道の心得でもあるの？」井森は尋ねた。

「いいえ。でも、二人とも何も見えてなかったみたいだから、できると思ったのよ」

「もし、喉を押さえても、僕の足首を放さなかったら、どうするつもりだったんだ？」

「その場合でも、いずれ窒息するから、結局手を放したはずよ」

「なるほど。合理的な判断だ」

「それで、聞き取りはどうする？」

「うむ。今は無理みたいだな。後日、二人が落ち着いてから、話を聞くことにしよう」井森は泣き続ける二人をただ見ているしかなかった。

11

「あの二人は案山子《かかし》とニックのアーヴァタールだったんだね」宮殿の中庭でビルがジェリアに尋ねた。

「ええそうよ」ジェリアは答えた。

「こっちでは、二人とも、ドロシイの死にそれほどショックを受けてなかったみたいだけどね」

「本体とアーヴァタールは別の人格だからね」

「それで、これから何を調査するの？」

「大したことではないの。ニックの証言の裏をとるだけよ」

「ニックを疑ってるの？」

「いいえ、ビル。残念だけど、わたしはニックをこれっぽっちも疑っていないわ」

「じゃあ、どうしてわざわざ裏をとるの？」

「これは確認作業なのよ。ニックが嘘を吐《つ》いていないとわかるのは一つの知見なのよ」

「じゃあ、もし嘘を吐いていたら？」

「それの方が大きな知見ね。でも、たぶんニックは嘘を吐いてはいないと思うわ」

「どうして？」

「ニックは馬鹿じゃない。簡単にばれるような嘘を吐いたりはしないわ」

「じゃあ、もし案山子が同じことを言ったら？」

「なかなか核心を突いたいい質問ね。でも、案山子さんでも同じよ。理由は、そもそも彼は嘘を吐くことを思い付かないからよ」

「なるほど。納得だね」

奇妙な少女が多くの花が咲き乱れている中庭で、歌いながら踊っていた。

「こんにちは、スクラップス」ジェリアは少女に声を掛けた。

「こんにちは、ジェリア・ジャム」スクラップスは踊りをやめようとはしなかった。「あら。その子は誰？」

「彼は蜥蜴《とかげ》のビルよ」

「初めまして、ビル。わたしは継《つ》ぎ接《は》ぎ娘のスクラップスよ」

「僕はまた継ぎ接ぎ娘というのは、綽名《あだな》かと思っていたよ」ビルが言った。

「あら。継ぎ接ぎ娘は綽名よ。本名はスクラップス」

「そういうことじゃなくて、本当に継ぎ接ぎなんだってことだよ」

「そうよ。わたしは元々パッチワークで作られた人形だったんだもの」

「ええっ‼　人形なのに、生きているの‼」ビルは驚きの声を上げた。

「ビル、案山子さんたちを見た後で、スクラップスに本気で驚いてるの？　それに、あなた継ぎ接ぎ娘のこと知ってたはずよね」ジェリアが小声で尋ねた。

「この間、ガンプのこと、驚かなかったら文句を言われたんだよ。だから、本当は驚いていないけど、わざと驚いたふりをしてるんだ」

「その子、わざと嫌味でそんなことを言ってるの？」スクラップスが無邪気な表情で尋ねた。

と言っても、目玉がボタンなこともあって、何を言っても、その顔は無邪気にしか見えなかったが。

「ごめんなさい、スクラップス。ビルには悪気はないのよ」ジェリアは謝った。

「平気よ。そんな気がしていたもの。わたしはただ自分の推測が正しいかどうか確認のために訊いてみただけよ。ららら〜」

「どうして、歌って踊っているの？」ビルが尋ねた。

「楽しいからよ」

「それ、どっちの意味？」

「どっちのって？」

「何か楽しいことがあったから、歌って踊ってるの？　それとも、歌って踊ると楽しくなってくるから歌って踊っているの？」

「ああ。そういうことね」スクラップスは陽気に飛び跳ねた。「どっちもよ」

「なんだ。どっちもか。でも、どうしてそんなに陽気なの？」

「わたしの頭の中にはみょうちきりんなものがいっぱい詰まっているからよ。それはわたしを作るときにオジョがやらかしたからよ」

「オジョって？」

「マンチキンの男の子よ。そのときの話を詳しく聞きたい？」

「ええと。長くなりそうかな？」

「たいして、長くはないわ。一時間半もあれば話し終えることができるわ」

「だったら、いいよ。興味ないから」

「あら。残念。るるるる〜」継ぎ接ぎ娘は全く気を悪くした様子もなく、踊り続けていた。

「あなたが誕生したときの話とは別の話が聞きたいんだけど」ジェリアが言った。

「いいわよ。何の話？」スクラップスは背中を反らし、頭を逆さにして言った。

「今さっき、ここにニックが来たかしら？」

「ニックって？」

「ほら。ニックは嘘を吐いていたんだ！」ビルが決め付けた。「あいつが犯人だ！」

「どうして、そう思うの？」スクラップスが尋ねた。

「だって、ニックは君と話したって言ったんだ。それなのに、君が知らないということはニックが嘘を言ったたってことだ」

「ふむふむ」スクラップスはふらふらと踊った。「興味深いわ」

「ビル、あまり余計なことは喋らないで」ジェリアはビルを叱った。

「その子は純粋な子のようね」スクラップスは言った。「でも、たぶんニックは嘘を吐いていないわ」

「だって、君は知らないって言ったよ」ビルは言った。

「知らないなんて言ってないわ」

「そうだっけ？　じゃあ、何て言ったの？」

「わたしは『ニックって？』って言ったのよ」

「ほら、君はニックを知らないじゃないか。知らないってことは会ったことがないってことじゃないの？」

「いいえ、ビル。わたしはニックを知ってるし、会ったこともあるわ」

「じゃあ、どうして『ニックって？』なんて言ったの？」

「どのニックのことか訊いただけよ」

「他にもニックがいるの？」

「さあ。知らないわ」

「知らないのに訊いたの？」

「そうよ。知らないから訊いたのよ。知っていたら訊かなくていいもの」

「なるほど。もっともだね。ジェリア、スクラップスは間違ったことは言ってないよ」

「ビル、さっきわたしは余計なことは喋らないでって言ったわよね」

「物凄くぞくぞくするわ！」スクラップスは二、三メートルの高さに飛び上がった。そして、風に吹かれながら、ふらふらと落下した。

「風邪でもひいたの？」ビルが尋ねた。

「いいえ。わたしは継ぎ接ぎ人形だから、風邪なんかひかないのよ」スクラップスは答えた。

「じゃあ、どうしてぞくぞくするの？」

「犯罪がないはずのオズの国で事件が起こったからよ」

ジェリアはビルを睨んだ。

「僕、何も言ってないよ」ビルは口を尖らせた。

「いいえ。あなたは喋り過ぎた。スクラップスの見掛けは案山子さんによく似ているけど、頭の中には知恵が詰まっているのよ」ジェリアは気落ちした表情で言った。

「正確に言うと、『知恵』じゃなくて、『利口』だけどね。まあ似たようなものよ」スクラップスは陽気な調子で言った。

「僕は何も言わなかったよね？」ビルは確認した。

「あなたはオズの国で何か犯罪が起きて、ブリキの樵《きこり》のニック皇帝が被疑者の一人だと言ったわ」スクラップスは陽気に言った。

「言ってない。言ってない」ビルは手を振って否定した。

「スクラップスはあなたの言葉を分析して結論に達したのよ」ジェリアは言った。「あなたをただの蜥蜴だと侮《あなど》らなかった。彼女の方が捜査責任者に向いているかもしれないわ」

「わたしは無理無理」スクラップスは言った。「お堅い捜査なんかやってられないわ。わたしには歌って踊るのがお似合いよ、らら〜」

「ねえ。どうして、犯罪が起きたってわかったの?」ビルは不思議そうな顔をした。

「あなたは『あいつが犯人だ!』って言ったわ。犯人がいるってことは犯罪が起こったってこと」

「それだけでわかったの?」

「それだけで充分。そして、あなた方はニックの証言の裏付けをとろうとした。つまり、ニックは被疑者の一人よ」

「凄いね。シャーロック・ホームズみたいだ」

「そして、ここからはわたしの推測。わざわざ捜査をしているということは重大犯罪ね。泥棒や、器物損壊ぐらいではわざわざ捜査なんかしない。そもそもオズの国では泥棒なんかしなくてもたいていのものは手に入るし、物が壊れても困りはしない」

「じゃあ、何だと思う?」

「ずばり殺人ね。そうでしょう?」

「うわっ! 凄……」

ジェリアはビルの口を押さえた。「殺人だなんて、何の根拠もないわ」

「あなたは自分の判断で勝手に犯罪の捜査を始めるような人じゃない。あなたは誰かに捜査の依頼をされた。あなたに捜査を依頼できるのは誰かしら？　ニックは被疑者の一人。だったら、もっと偉い人？　オズマ女王？　グリンダ？　この二人のどちらかが捜査をしなくてはならないとしたら、とても重要な犯罪のはず。だったら、きっと殺人よ」

「単なる推測ね」

「そう。単なる推測。それで、殺されたのは誰？」

ジェリアはビルの口を強く押さえた。

「殺人事件が起きたとして、グリンダなら魔法の本で犯人がわかるはず。でも、わからなかった。考えられる理由は二つ。一つは犯人も被害者も人間でなかった場合――魔法の本の対象は人間に限られている。もう一つの可能性は魔法で防御されているエリアで起こったというもの。魔法防御されている宮殿内で人目に付かない場所といえば奥向きよね。奥向きに入ることのできるメンバーは限られている」

「あなただって、入ることはできるわよね」

「そう。わたしだって、入ることはできる。でも、理由がなければ、わざわざ入っていったりしない」

「誰にどんな理由があったかなんてわかるはずがない」

「そうね。でも、しょっちゅう奥向きにいる人が誰かはわかる。可能性の問題よ」スクラップスはぴょんぴょんと跳ねた。「ジェリア、わたしからあなたに一つ教えてあげてもいい？」

「何？」

「あなたが捜査している殺人事件の犯人が誰かはわからない。だけど、もう一つ殺人事件が起こり掛けていて、その犯人はわたしにもわかるわ」

「何の話？」

「わたしの目の前の事実――ビルが泡を吹いて死に掛かっているってことよ」

ジェリアは慌てて、手を離した。

ぐったりしたビルは地面の上に倒れた。

「これは殺人ではないわ。事故よ」

「じゃあ、訂正するわ。業務上過失致死。るるる～」

ジェリアはビルを仰向きにして、胸を押した。

「もし蘇生しなかったら、食べれば罪にならないわよ。わたしも食べるのを手伝ってあげたいけど、食べられないからごめんね」スクラップスがモンキーダンスを踊りながら言った。

「ありがとう。でも、大丈夫よ。ビルぐらいなら、ライオンさんや腹ぺこ虎さんなら、一口だから」ジェリアは心臓マッサージを続けた。

「ぷはーっ」ビルが息を吹き返した。「今、誰か僕を食べる相談してなかった？」

「わたしとジェリアよ。でも、安心して。わたしは何も食べないから」スクラップスが答えた。

「だったら、ジェリアが僕を食べようとしたの？」

「他に手段がなかった場合よ」ジェリアが肩を竦《すく》めた。

「ビル、最近いつもあなたが一緒にいる子はどうしたの？」スクラップスが尋ねた。

「スクラップス、あなたビルのこと知ってたの？」ジェリアが驚いて言った。

「見るのは初めてよ。でも、噂は聞いていた。ドロシイが死の砂漠で死に掛かった蜥蜴を見付けたって」

「いつも僕と一緒にいる子って、ジェリアのこと？　彼女はたぶんオズの国にいると思うよ」ビルが答えた。

「ありがとう、ビル。でも、ジェリアはわたしにも見えているから、わざわざ訊いたりしないわ」

「そうか。やっぱり僕以外にも見えていたんだ。もしスクラップスがジェリアのことを僕に尋ねたのなら、スクラップスにはジェリアが見えてないってことになるから、そうだったらどうしようかとどきどきしてたんだ」

「あなたにしか見えないって、そんなことある訳ないでしょ」ジェリアが言った。

「ジェリアは幽霊だとか、僕の妄想だとか。どっちも怖くない？」ビルが尋ねた。

「それは怖いわ、まじで」スクラップスは震えて見せた。

「ジェリアじゃなかったら、ドロシイのこと？」

「そう。ドロシイのことよ」

「ドロシイはね……」ビルはちらりとジェリアの顔を見た。「おっと、危ない。危ない」

「何が危ないの？」スクラップスは陽気に跳ね回った。

「言っちゃあ、駄目なんだよね？」ビルはジェリアの顔を覗き込んだ。

「最初から無理だったんだわ」ジェリアは自分の額を押さえた。

「黙っててあげるわ」スクラップスは言った。

「本当？　信じていいのね？　ありがとう」

「御礼は要らないわ、ジェリア・ジャム。だって、自分のためだもの。オズマ女王を敵に回しても何もいいことがないじゃない？」

「あなたは常に正しい判断をするのね。スクラップス」

「あなたもよ、ジェリア？」

「こんなビルを連れているのに？」

「そうよ。ビルを連れているのはベストな判断よ」

「余計なことばかり言う子なのに？」

「だからこそよ。この子を野放しにしていたら、どうなったと思う？」

「わからないわ。ビルはあまり信用されていないから、誰も真に受けないかもしれないし」

「オズの国には知恵のある者もいるのよ」

「あなたのような、スクラップス？」

「わたしはただ利口なだけ。本当の知恵じゃない」

「知恵のある者たちはどこにいるの？」

「本当に知恵がある者は姿を見せない。でも、オズマ女王にはいないと思わせておいた方がいいかもしれないわよ」

「どうして?」

「知恵ある者は安全な者。他人にも自分自身にも。でも、知恵ある者を恐れる者もいる。彼らに知恵あることを知られてはいけない」

「あなたは知恵ある者なの?」

「忘れないで。わたしには知恵はない。ただ利口なだけ」

「スクラップス、わたしを手伝ってくれない?」

「わたしに捜査は似合わない。適任者はあなた」

「自信がないわ」

「自信を持って。きっと、あなたはもうすぐ犯人に到達する。今はただ確認をしているだけ」

「なぜ、そう思うの?」ジェリアは鋭い目でスクラップスを見詰めた。

「あなたの態度を見ればわかる。あなたは何も焦《あせ》っていない。まるで、すでに犯人を見据えているかのように」

「助言ありがとう、スクラップス。もう少しだけ調べてみるわ」

そう言うと、ジェリアはビルを連れて、その場を去った。

継ぎ接ぎ娘は何もなかったかのように、その場で歌い、踊り続けた。

12

あの騒ぎから数日が経っていた。

小竹田《しのだ》と血沼《ちぬ》の姿は大学で見掛けられなくなっていた。

樹利亜は知人に訊きまくって、二人の部屋を突き止めたのだ。

最初、血沼の住むアパートに向かったが、全く返事がなく鍵も掛かっていたため、諦めて小竹田のアパートに向かった。

小竹田の方もチャイムには返事がなかったが、ドアに鍵は掛かっていなかった。

「小竹田君、いる?」樹利亜はドアを開けると、薄暗い部屋の中に呼び掛けた。

やはり、返事はない。

昼間だというのにあまりに暗過ぎる。単にカーテンを閉めているだけではなく、窓のシャッターを下ろしているようだ。

「小竹田君、入るわよ」樹利亜は部屋の中に踏み入った。

「おい。勝手に入るのはまずいんじゃないか?」井森は慌てて言った。

「どうして? 知り合いだからいいんじゃない?」

「いや。よっぽどの親友か恋人同士じゃないと、勝手に入るっていうのはあり得ないんじゃないか？」

「事が事なんだから、ぐずぐずしている場合じゃないわ」

「事が事だからこそ、ちゃんと手順を踏むべきだよ」

「もう二人も殺されているのよ。小竹田君に何かあったらどうするの？」

「だから、そこだよ。何かあったら、どうするつもりなんだ？　僕たちの周囲で、死人が何人も出ていたら、警察にどう申し開きするんだよ」

「何も悪いことをしてないんだから、申し開きする必要はないんじゃない？」

「そんな正論が通じればいいけどね。特に僕なんか初めてじゃないから、目を付けられそうだよ」

「初めてじゃない？　どういうこと？」そう言いながら、樹利亜はどんどんと部屋の奥へと進んでいった。

「いや。話せば長いことになるんだけど……」井森も仕方なく、後を追った。

部屋の中はごみなのかそうでないのか、本や雑誌や食べかけの食料やパソコン部品やらが散乱していたので、足の踏み場を探しながら進まなくてはならなかった。

「いた」樹利亜が立ち止まった。

「何だって？」井森は樹利亜の視線の先を見た。「わっ！」

暗闇の中にぼんやりと体育座りをする人のような姿をした影があった。

どうか生きていますように。

井森は何かに祈った。

「もう落ち着いた？」樹利亜は人影に尋ねた。

「えっ？」小竹田はぼんやりと樹利亜と井森を見上げた。よかった。生きているみたいだ。

「わたしよ。わかる？」

「誰だ？」

「忘れたの？　樹利亜よ。餡樹利亜。ドロシイの友達よ」

「ドロシイ……」小竹田は状況を把握できていないようだった。

「覚えてる？　彼女は亡くなったのよ」

「……。えっ？　あれは僕の見た夢だよ」

「オズの国のことを言ってるのか？」井森は樹利亜に言った。

樹利亜は首を振った。「たぶん、違う。この地球であったことを夢だと思おうとしてるんだと思う。井森君、窓を開けてくれる？　日の光を浴びれば、少しはしゃんとするかもしれないわ」

井森は窓を開けようとして、窓を塞《ふさ》いでいるのはシャッターなどではないことに気付いた。考えてみれば、アパートの窓にシャッターがあるのは不自然だ。窓は全て段ボールの切れ端で塞がれていた。雑にガムテープで張り付けてある。

井森は段ボールをばりばりと引き剝がした。

日光が汚い部屋の中に差し込む。

小竹田は顔を顰《しか》めた。

「さあ、日の光を浴びて……」井森は小竹田に呼び掛けた。

「何すんだよう!!」小竹田は突然立ち上がると共に、井森に体当たりした。

井森は弾き飛ばされ、尻餅をついた。

何かべちゃべちゃとしたものが尻から背中の辺りにへばり付き、冷たい感触が走った。

「どうしたんだ、いったい？」

「日の光があっちゃいけないんだ」

「どうして？」

「だって……だって……」小竹田の目は虚《うつ》ろになった。「夜なのに太陽が出ていたらおかしいだろ？」

「おかしいのは君の方だ」井森は冷静に反論した。「今は昼の二時だよ」

「いや。夜に決まっている。だって……だって……僕は眠って夢を見ているんだから」

「どこから突っ込めばいいのかな？」

「落ち着いて、小竹田君」樹利亜は優しく小竹田の肩に手を置いた。「昼間だって、夢を見ることはできるわ」

「そこ?!」井森は声を上げた。

「そうか……そう言えばそうだね」小竹田は納得したようだった。

「ねえ。話を聞いていいかしら？」

「でも、僕は夢を見なくちゃいけないから……」

「夢を見たままでいいわ」

「ああ。それなら構わないよ」

「あなた、ドロシイを殺した犯人に心当たりがある？」

小竹田は絶叫した。

小竹田はしばらく肩で息をした後、ぽつりと呟いた。「それは……あいつかもしれない」

「ごめんなさい。夢の中でドロシイを殺した犯人だったわ」

「誰？」

「確か、ロードとか言ってた」

「前から知ってた人？」

「いや」

「いつ知り合ったの？」

「その……その……」また小竹田の様子がおかしくなり始めた。

「わかった。夢の中ね」

「そう。夢の中だ」

「僕と血沼がその夢の中で事故の現場にいたとき、あいつは近付いてきた」

「どんな顔か覚えている？　性別や年齢は？」

「男だ。だけど、サングラスとマスクをして、全身黒ずくめのいでたちだったので、年齢も顔もわからない。あいつは悲しむ僕たちの傍にやってきて言ったんだ」

「何て言ったの？」

「『調べても無駄だ』」

「何のこと？」

「わからない。『間抜けな案山子《かかし》とブリキの人形ども、俺は報復する者——ロードだ。この娘は俺がやった。だが、この世界でじゃない。だから、地球では誰も俺を捕まえられないのだ』」

「本当にそう言ったのね？」

「夢だけどね」

「それだけ？」

「『間抜けな小間使いと蜥蜴《とかげ》野郎にも言っておけ。俺は絶対に逃げおおせてやる。誰も俺の正体に気付きはしない』」

「自信家だな」井森は言った。「こんな挑戦的なやつは今までで初めてだ」

「今まで？」樹利亜が怪訝《けげん》な顔をした。

「ああ。だから、前にもこんなことがあったんだ。話せば長くなるけど……」

「とりあえず、その話は落ち着いてからでいいわ。……小竹田君、そいつは他にも何か言わなかった？」

「……よくわからない。それから何か言ったのかもしれないけど、はっきりとは覚えていない」小竹田はぼんやりと言った。

「それからロードはどうしたの？」

「わからない。いつの間にかいなくなっていた。……ひょっとしたら、そんなやつはいなかったのかもしれない。……そうか。夢だからいなくて当然なんだ」

「これは血沼君にも話を聞かないと埒《らち》が明かないようね」

「血沼はどこにいるんだろう？」井森は言った。

「少し心配になってきたわ」

「誰かいる？」掠《かす》れたような声がした。

外に誰か来たようだった。

様子のおかしい小竹田をその場に残して、井森と樹利亜は部屋の外に出た。

大きな帽子で顔を隠した女性がいた。全身をすっぽりと包む白い服を着ていたが、長く着続けているのかところどころ黄ばんでいて、着こなしもどこかアンバランスだった。まるで、幻のようにその場に立っていた。

井森は身構えた。

こいつはロードか、ロードの仲間だろうか？

「大丈夫。この子は知り合いよ」樹利亜が言った。

「知り合い？　ええと。オズの国でも？」

「ええ。そうよ」樹利亜は女性の方に近付いた。「今日は身体の方はいいの、夕霞《ゆか》？」

「ええ。今日は少し気分がいいのよ」夕霞と呼ばれた女性はやはり掠れた声で言った後、井森の方を見た。

井森はなぜか夕霞の顔をはっきり見てはいけないような気がして、視線を逸らした。

「彼は井森君よ」樹利亜は夕霞に言った。

夕霞はこくりと頷いた。

「ええと。僕たち、オズの国でも知り合いかな？」井森はなんとか笑顔を作った。

夕霞は滑るように、井森に近付いた。

井森はなぜか人でないものが近寄ってきたような感覚に囚われ、思わず退いてしまった。

夕霞はさらに井森に近付き、耳元で囁《ささや》いた。「ええ。そうよ」

「あの。誰かな？」

「わたしは継《つ》ぎ接《は》ぎ娘」

「えっ？　スクラップス？」

目の前の女性があの陽気で快活なスクラップスとはとても思えなかったが、本体とアーヴァタールの関係が一筋縄ではいかないことは今まで嫌という程経験している。そもそも、ビルと井森自身があまりにかけ離れた存在だ。今更、この程度のギャップに驚いている場合ではない。

そう頭では理解しているのだが、スクラップスと夕霞のイメージがあまりに違い過ぎた。一瞬、樹利亜が井森を騙そうとしているのではないか、あるいは樹利亜も含めて、この夕霞という女性に騙されているのではないか、そういう疑念が脳裏を掠めた。

「随分、感じが違うんで、驚いたよ」井森は言った。

「感じ?」

「君とスクラップスだよ。彼女は何と言うか、不思議ちゃんと言うか、常に歌ったり踊ったりして、落ち着きがなく捉えどころがない感じだけど、君はその……妙に落ち着いていると言うか……ああ。悪い意味じゃないんだけど……」

「わたしとスクラップスには大きな共通点があるのよ」

井森は夕霞の声に何となく嫌な予感がした。共通点など聞きたくないと思った。しかし、この流れでは聞かざるを得まい。

「わたしの裸の写真があるの。見たい?」

井森は返事ができなかった。うん、とも、いいえ、とも言葉を発することができなかったのだ。答えずにこの場から消えてしまいたいと思った。

夕霞は井森の返事を待たずにポケットから一枚の写真を取り出した。

写真というからてっきりスマホで見せてくれるのかと思ったら、昔ながらのプリントだった。それも長年持ち歩いたからか、すっかり皺《しわ》くちゃになっていた。

井森は拒否することもできず、震える指で受け取った。

カラーか白黒かもわからないぐらい変色したその写真には全裸の少女の姿が写っていた。そこには艶《なま》めかしさはいっさいなかった。少女の身体には無数の縫い跡があった。今の医療技術でこんな状態になるのはよほど縫合《ほうごう》を急いだのだろうか、と井森は思った。縫い跡を隠そうという意思は全くみられなかった。それどころか皮膚が引き攣《つ》る程、強く執拗に縫い付けられたように見えた。

井森は言葉を失った。

「ねっ？　継ぎ接ぎ娘でしょ？」

井森は助けを求めて、樹利亜の方を見た。

樹利亜は黙って首を振った。

「これはね、父が撮ったものなの。実験の記録として。おかしいでしょ？　スクラップスは命のない布切れを縫い合わせて作られた。そして、わたしは人間の遺伝子を組み込まれた豚《ぶた》の組織を全身に移植されたの。もはや、元の自分がどれだけ残っているかもわからない人獣細工《にんじゅうざいく》よ。わたしとスクラップスはそっくりだわ。……ねえわたしの声聞き取り辛い？　ごめんね。きっと豚の声帯だからだわ」

「あの……。何と言っていいか」

「夕霞、もうやめてあげて」樹利亜が言った。

「何、わたし何か悪いことした？」

「井森君を苛《いじ》めても仕方のないことだわ」

「そうね」夕霞はにたりと笑った。「井森君は関係ないわ。彼が今まで幸せに生きてきたとしても、それは彼の責任じゃないものね」

「夕霞、どうしてここに来たの？　何か用があったの？」

「ええ。あなたたちに知らせなければならないことがあったのよ。結構探し回ったわ」

「知らせなければならないこと？　それ重要なことなの？」

「結構重要だと思うわ。ドロシイ殺しの犯人を見付ける上でね」

「いったい何があったと言うの？」

「血沼君が死んだのよ」夕霞は掠れた声で言った。

13

「案山子《かかし》さんはどこにいるの？」ジェリア・ジャムはエメラルドの都をぶらついていたブリキの樵《きこり》を見付けると早速問い詰めた。

「なぜ、僕に訊くんだい？」

「あなたたち友達でしょ？」

「まあ、友達だろうな」ニック・チョッパーはきいきいと音を立てながら肩を回した。

「彼のアーヴァタールが死んだらしいわ」

「ああ。聞いたよ。なんか暗い感じの女が言ってたな。……これは小竹田《しのだ》の記憶だけれど、あいつ自身は理解したくないみたいだった」

「アーヴァタールの死は本体の死を意味するかもしれないの」

「ふむ。地球のアーヴァタールが死ぬとオズの国の本体も死ぬのか?」

「逆よ。オズの国の本体が死ぬと、地球のアーヴァタールが死ぬの」

ニックが頭を掻くと、きいきいと耳障りな音がした。「ここでは、滅多なことで死んだりしないだろう」

「今まではね」ジェリアは声を潜めた。「つい最近、ジンジャーとドロシイが殺されたのは覚えている?」

「二人を殺した犯人が案山子も殺したと言うのかい?」

「そうは言ってないわ。そもそも、案山子さんが殺されたとは限らないし」

「本体が死んでないのに、アーヴァタールだけが死んだらどうなるんだ? アーヴァタールとのリンクが切れるのか? だとしたら、自死を試す価値はあるな。地球人の記憶は鬱陶《うっとう》しくて仕方がないんだ」

「アーヴァタールが死んだというストーリーは自動的に回収されて、なかったことになるんだよ」ビルが言った。

「よく意味がわからないが……」

「つまり、夢として処理されるんだ。死んだという事実は消滅して、生きていることになる」

「なんだか、都合のいいシステムだな」

「でも、そうなってるんだ」

「つまり、小竹田が自殺しても苦しいだけで、すぐにリンクは復活するということか?」

「そうだね。でも、君が自殺すれば、リンクは完璧に切れるよ」

ニックはすばやくビルの尻尾を摑んだ。

「ニック、気付いていないかもしれないけど、君、僕の尻尾を摑んでいるよ」

「ちゃんと気付いているよ」

「じゃあ、放してくれないかな？」

「どうして？」

「とても痛いんだ。まるでブリキの工具で締め付けられているようだよ」

「でも、僕は放したくないんだ」

「僕が痛がっているのに？」

「君が痛がっているからさ」

ビルはしばらく考えた。「僕に痛がって欲しいの？」

「そうだよ」

「どうしてそんな酷いことをするんだ？　蜥蜴《とかげ》には汗腺《かんせん》がないから見てもわからないだろうけど、もし人間だったら痛みで冷や汗をかいているところだよ」

「僕が君に酷いことをするのは君が僕に酷いことを言ったからだよ」

「僕、何か言った？」

「僕に『死ね』と言ったよ」

「言ってないよ」

「ニック、やめてあげて」ジェリアは強い口調で言った。

「いや。言ったね」

「聞いてなかったのか？　こいつは僕に『死ね』って言ったんだよ」

「ビルは『君が自殺すれば、リンクは完璧に切れるよ』と言っただけよ」

「それは『死ね』ということだろう」

「ビルに悪気はないわ」

「悪気がなければ何を言ってもいいってことはないだろう」

「ニック、お願い」

「そうだな」ニックは自分の顎を金属音を立てながら撫でた。「実のところ、僕も悪気はない」

「ああ。よかった。放してくれるんだね」ビルはほっとして言った。

「僕は悪気があって、君の尻尾を掴んでいる訳ではないんだ」

「だったら、すぐ放して」

「だが、放す訳にはいかないんだな、これが」

「どうして？　悪気はないのに？」

「悪気はないが好奇心がある」

「好奇心って？」

「いろいろなことに興味を持つ心だよ」

「何に興味があるの？」

「蜥蜴の尻尾切りだよ」

「ああ。あれにはいろいろ誤解があるんだ」

「どんな誤解だい？」

「とっても簡単だと思われてる」

「切っても切ってもすぐ生えてくるんじゃないのか？」

「とんでもない。再生にはとても体力を使うんだ。再生のために体力を使い果たして死んでしまう蜥蜴もいるんだよ！」ビルは珍しく憤慨《ふんがい》しているようだった。「尻尾切りはあくまで最終手段なんだよ」

「でも、尻尾だけじゃなくて、脚を切り落としても生えてくるんだろ」

「それも誤解だ。手足が生えてくるのは蠑螈《いもり》だよ。蜥蜴はそんなことはない。僕ら爬虫類は両生類ほど単純じゃないんだ」

「確か、尻尾を切ると、尻尾からも上半身が生えてきて二匹の蜥蜴になったはずだ」

「それプラナリアだよ。蜥蜴は扁形《へんけい》動物なんかじゃない」

「じゃあ、身体を十個に千切っても、十匹の蜥蜴にならないのかい？」

「当たり前だよ。そもそも蜥蜴の尻尾の再生って不完全なんだよ。筋肉や皮膚は再生するけど、骨は再生しないんだ。だから、本当は再生じゃな……」

ビルは絶句した。

鈍《にぶ》い音を立てて、彼の尻尾は千切れたのだ。

「ごめん。ごめん。やっぱり好奇心には勝てなかったよ」ニックは手を放した。

ニック・チョッパーが握っているビルの尻尾はぱたぱたと血飛沫《ちしぶき》を飛ばしながら激しく蠢《うごめ》いていた。切断面からは尾骨が付き出していた。

地面に落下したビルは目を見張り、その場に蹲《うずくま》った。

「ビル！　大丈夫？」ジェリアが駆け寄ってきた。

「……大丈夫……じゃない」ビルは震えながら言った。

「ニック、あんまりじゃない」

「だから、ごめんって言ってるじゃないか。悪気はなかったんだから、そんなに騒がなくったっていいだろ。すぐに生えるんだから」ニックは悪びれずに言った。

「ビルは元通りにはならないって言ってたじゃない」

「骨はできな……んだ……」ビルは消え入りそうな声で言った。「その代わりに軟骨ができる。ぐにゃぐにゃだよ」

「ビル、自分を哀れに思う？」ジェリアは尋ねた。

「そりゃ、もちろん思うよ。だけど、まあ栗鼠《りす》よりはましかもね。栗鼠もピンチのときは最後の手段として、尻尾を切り落とすけれど、全く再生しないんだ」

「尻尾がない栗鼠って相当に不恰好だわ」

「そうなったら、もう栗鼠なんだか、ハムスターか何かなんだかわからないからね。僕はまだ尻尾風のものが生えてくるから、随分とましだよ」

「ましでよかったわね、ビル。おめでとう」ジェリアは慰《なぐさ》めた。

「あと、自切するポイントは決まってるんだ。それ以外だと再生は難しい。たまたま自切ポイントより先で千切れたから、自切し直せるからラッキーだった」ビルは改めて自切面から尻尾を切断した。

「このことはオズマ女王に報告させてもらうわよ」ジェリアはきつい調子で言った。

「食べれば罪にならない」ニックは平然と答えた。

「あなた食べられないじゃない」

「なに、腹ぺこ虎にでもやれば、喜んで食ってくれるさ」ニックはぴちぴちと動き回る二つの尻尾の断片を見詰めた。「ええと。さっき案山子がどうのこうのって言ってたよね？　結局、どういうことだい？」

「夕霞は血沼が死んだと言ったわ。つまり、わかっているのはそれだけよ」

「案山子君が死んだかどうかはわからないってことだよな」

「そう。だから、案山子さんの無事を確認したいのよ」

「無事じゃなかったら、確認できないけどね」息も絶え絶えになったビルが言った。

「ビル、あなたがこんな目に遭っているのも、一言多いせいだということに気付いた方がいいわよ」

「どの単語が一つ余計だった？　『無事』？　『確認』？」

「訂正するのは一言じゃなくて、百言ぐらいだわ」

「僕、今、百言も喋ったかな？　まあ、生まれてからずっとだと相当喋ってるよね。仮に毎日一万言ぐらい喋ったとしたら、一年で三百六十五万言か、三百六十六万言、十年だと……」

「ビル、たぶんあなたは最終的に百億言ぐらい余計なんだと思うわ」

「うわー、凄いな！」ビルは幸せそうな顔をした。

「ビル、尻尾の具合はどうなの？」

「尻尾？　わっ、尻尾が切れてる‼」ビルは再びがっくりと落ち込んだ。

「そう言えば、ここしばらく案山子君には会ってないな」ニックは腕組みをした。

「しばらくってどのぐらい？」

「君たちと一緒だ。君が捜査責任者に任命されたとき以来会ってない」

「ということは、現時点で案山子さんが生きているかどうかは確認できていないってことよね」

「そうなるな。質問が終わったんなら、さっさとどこかに行ってくれないかな？　僕は結構忙しいんだ」

「何に忙しいの？」ビルが尋ねた。

「主に考察だな」

「何の考察？」

「千切れた蜥蜴の尻尾に関する考察だ」ニックは手に持ったビルの尻尾の切り口から突き出している尾骨をいっきに引き抜いた。

勢いでぐるんと尻尾の皮膚が裏返り、筋肉が剝き出しとなったまま ぐねぐねと蠢いた。

ジェリアは不快そうに目を逸らした。

「おい、ビル、見て御覧。君の尻尾の裏側がよく見えるよ」

「見てると気分が悪くなるんだけど、見なくちゃ駄目？」ビルは尋ねた。

「見たくなかったら、見なくてもいいわ。さあ行きましょう、ビル」

二人はブリキの樵ことニック・チョッパーから離れた。

「ビル、気分が悪ければ宮殿で寝ていてもいいのよ」ジェリアが声を掛けた。

「もう大丈夫だよ。血も止まったし」ビルが答えた。

「蜥蜴ってそんなものなの？」

「しょせん野生動物だしね。野生動物は怪我をしても、あえて平気を装うんだよ。だって、そうしないと弱ってることがばれて天敵に襲われてしまうからね」

「野生動物は大変ね」ジェリアは言った。「自分が野生動物じゃなくて、よかったと思うわ」

「あれって、案山子じゃない？」ビルが指差した。

ビルが指す方向には、不恰好な木でできた人型のものが農作業らしきことをしていた。人間なら大男といってもいいぐらいの背の高さだった。

「あれが？　全然似てないじゃない。案山子さんは農作業用の服に藁《わら》を詰め込んであるけど、あの人は木でできているじゃない」

「案山子にもいろんな種類があるから、あれも案山子だと思ったんだよ」

「ああ。普通名詞の案山子ね」

「やあ」案山子のような者が挨拶してきた。その頭は南瓜《かぼちゃ》でできており、不気味な顔が彫ってあった。

「ぎゃあ‼」ビルが叫んだ。「お化けだ！　お化けがいるよ！」

「ええと。今更、そんなことで驚いているのはなぜ？」

「だって、本物のお化けを見たのは初めてだもの」

「案山子さんやニック・チョッパーは平気だったのに？」

「えっ？　あの人たちもお化けだったの？」

「そうね」ジェリアは腕組みした。「まあ、どちらかというと……お化けじゃないと思うわ」

「どちらかというと、程度なんだね」

「まあ仕方がないわ。そもそもお化けって、そんなに厳密に定義されていないから、グレーゾーンが広いのよ。まあ、定義できないからお化けだとも言えるし、それを言うならお化けは全部グレーゾーンかもね」

「結局、どっちなの？」

「どっちでもいいってことよ。でも、この南瓜頭のジャックは案山子さんやニック・チョッパーやガンプやスクラップスの同類だと思ってた方がいいわ」

「ええと。僕がお化けかどうかで揉めているみたいだけど？」ジャックが言った。

「ごめんなさい、ジャック。悪気はないのよ」ジェリアが答えた。

「それは君も悪気がないってことかい？」

「もちろん、わたしには悪気はないわ」

「ビルに悪気がないのはすぐにわかった。そして、君にも悪気がないのは今確認した。これで問題はないよ」

「ビルに悪気がないってどうしてわかったの？」

「たかが蜥蜴に悪だくみは無理だからさ」

「この人には脳味噌《のうみそ》はないの？」ビルは尋ねた。

ジェリアはビルの口を押さえようとして途中でやめた。そして、結局口を軽く摑むことにした。

これで充分なはずよ。また窒息させてしまったら洒落《しゃれ》にならない。

「どうして脳味噌がないと思ったんだい？」ジャックが尋ねた。

「だって、南瓜だからね。植物には脳味噌がないことは常識だよ」ビルはジェリアの手を払い除けて答えた。

「やっぱりすぐばれちゃうんだね」ジャックは悲しげに言った。

「いったいぜんたい誰がジャックを作ったの？」

「チップだよ」

「チップ……どこかで聞いたような名前だね」

「チップはオズマ女王の以前の名前だったんだよ。女の子に戻る前の」

「ああ。思い出した。……わっ!!」

「どうかしたかい？」

「驚いたんだよ」

「ええと。南瓜に命があることに？」

「いや。ジャックとガンプが兄弟だって気付いたからだよ」

「兄弟？」

「二人とも、オズマに命を貰ったんだろ？」

「なるほど。……ということはオズマ女王が僕らのお父さんってこと？」

「お母さんじゃないんだ」

「だって、僕らを作ったときは男の子だったからね」

「じゃあ、お母さんは？」

「う〜ん。考えたくはないけど、モンビかな？」

「モンビって誰？」

「悪い魔女みたいなやつだよ」

「ドロシイが殺したっていう魔法使いかい？」

「そんなに酷いやつじゃない。チップを奴隷にしてこき使ってたけど」

「その人がお母さん？」

「そう考えることもできるよ」

「ということは、チップとモンビは夫婦関係だったんだね」

「そうじゃなかったことを祈るよ。僕の生まれる前のことはよくわからないんだけどね」

「頭の中をよく見せてよ」

「ビル、失礼よ」ジェリアは注意した。

「まあ、別にいいさ」ジャックは跪《ひざまず》いて、頭を下げた。

「空洞だね。これじゃあ、物覚えはよくなさそうだ」ビルは興味深そうに言った。

「そもそも、この頭は最初のものじゃないから、生まれたときのことは覚えてなくても仕方がないんだよ」

「えっ？　最初の頭じゃないの？」

「そうに決まってるだろ。生の南瓜がどれほどもつって言うんだ？　せいぜい一週間かそこらだ」

「じゃあ、一週間毎に首を挿《す》げ替えているの？」

「そうだよ。君だって、腐りかけた頭で、生きているのは嫌だろ？」

「腐りかけてなくても、南瓜の頭というだけで、相当嫌だけどね」

「ビル、失礼よ」ジェリアは事務的に注意した。

「まあ、別にいいさ」ジャックはあまり気にしていない様子だった。

「新しい頭は八百屋《やおや》で買ってくるの？」

「いや。自分で栽培してるんだ」

ビルはこのとき初めて自分が南瓜畑にいることに気付いた。

「本当だ。南瓜がいっぱいだ」

「頭が腐りかかってくると、この畑の南瓜の中でそこそこ大きくて、日持ちしそうなのを選んで、自分の首と挿げ替えるんだ」

「顔は誰に彫って貰うの？」

「いろいろだね。友達に頼んだり、自分で彫ったり」

「彫りぐあいが気に入らなかったら、別のにしたりするの？」

「多少気に入らなくたって、そのまま使うのが殆《ほとん》どかな。どうせ使うのは一週間かそこらだし、もっとも二つの目が繋《つな》がってしまったり、口の位置がずれて右目よりも右になったりしたら、さすがに他の南瓜で作り直すけどね」

「記憶はどうやって引き継ぐの？」

「まあ、だいたい口頭かな」

「口頭なの？」

「口頭で充分じゃないかな。というか、口頭以外の方法ある？」

「なんか、コードで繋いで、びゅびゅっとかできないの？」

「オズの国にはそういうテクノロジーはないよ」

「首を取り換える前に新しい首に語りかけるってこと？」

「それ以外ないからね」

「そんなんで、記憶は全部伝わるの？」

「まさか。でも、大事なことはだいたい伝わるよ。ほら、大事なことって実はちょっとしたことだから」

「例えばどういうこと？」

「例えば、僕の名前とか、友達の名前とか、あと僕の生まれたいきさつとかかな？」

「名前だけでいいの？　姿かたちを言葉で伝えるのは難しいよね」

「そうでもないよ。案山子とかブリキの樵とか、だいたい一言で伝わるからね」

「ドロシイは？」

「まあ、可愛い女の子がいたら、とりあえず、君はドロシイかって訊けば答えてくれるよ。ところで、そこにいるのは、ドロシイかい？」

「いいえ。わたしはジェリアよ」

「ジェリア？」ジャックは首を捻《ひね》った。捻り過ぎたので、頭がぽたりと落ちた。ジャックは慌てて拾い上げ、挿げ直した。

「ジャック、大丈夫かい？　罅《ひび》が入ったみたいだけど」ビルが言った。

「罅ぐらい大丈夫さ。どうせ一週間も使わないし」

「ジェリアのこと、覚えてないの？」

「覚えてないというよりは、前の頭が伝えなかったのかもな。それともこの頭が忘れたのかも。今回のはあまり出来がよくなさそうだから」

「そんなに適当なのかい？」

「適当ってことはないよ。元々が南瓜だということを考慮してくれないと。南瓜なのに喋ってるんだから、もうそれだけで大したものだろ?」

「でも、口頭で引き継ぎしてるだけだったら、今と一週間前とじゃ別人なんじゃないかな?」

「別人ってどういうこと?」

「つまり、頭が換わってしまってるから、別の人じゃないかなって思ったんだよ」

「頭が換わったから別人?」ジャックはげらげらと笑い出した。「こりゃおかしいや」

「どうして笑うの?」

「だって、頭が換わったら別人ってことになったら、僕は一週間毎に死んでるってことになるよ」

「そうじゃないの?」

「そんな気持ちの悪いことあるはずがないさ」

「どうして?」

「どうしてって……」

「ビル、もうその話はいいんじゃない?」ジェリアが心配そうに言った。

「僕の頭……」ジャックは呟いた。「……新しい頭……古い頭……腐った頭……うわぁああ!!」

「ジャック、どうしたの?」ビルが尋ねた。

「僕は誰なんだ?!」ジャックは地面に頭を叩き付け始めた。

「何暴れてるの? 迷惑よ」ジャックの頭の奥から声がした。

「今の誰?」ビルが尋ねた。

「わたしよ」ジャックの目——を擬した穴から雌鶏《めんどり》が顔を出していた。

「さっき覗いたときは暗くてよく見えなかったけど、誰かいたんだね。君、寄生虫?」ビルが尋ねた。

「失礼ね。わたしが虫に見える?」

「鳥っぽいね。じゃあ、寄生鳥か」

「わたしは寄生なんかしてないわよ。たまたまこの中にいただけよ」

「どうして、そんなところにいるの?」

「この南瓜、まだ食べられるところが残ってるのよ。それに虫が食ってたから、その虫も食べられるしね」

「虫が食ってるのか、じゃああんまり上質じゃないね」

「そんなことはない。僕の頭は上質な南瓜だよ」ジャックが反論した。

「だって、虫が食ってたら、食べるのは気持ち悪いよ」ビルが言った。

「食べる? 僕の頭は食用じゃなくて、観賞用の南瓜だから多少虫が食ってても問題ないんだよ」

「観賞用の南瓜なんかあるんだ」

「日本じゃ珍しいけどね。ハロウィンの飾りはだいたい観賞用なんだ」

「欧米か」

「漫才の練習？」雌鶏が尋ねた。

「違うよ。ジャックは頭を取り換える度に別人になってるんじゃないかって話をしてたんだ」

ビルが言った。

「ああ。そうだった」ジャックはがくりと肩を落とした。

「馬鹿馬鹿しい」雌鶏が言った。

「何が馬鹿馬鹿しいの、ビリーナ」

「あんたの身体はだいたい木でできているのよ」

「知ってるよ」

「南瓜の部分なんて十分の一ぐらいよ。それが換わったからって、大部分は同じなんだから同じジャックよ」

「そう言えば、そうだな。安心したよ。ああ、よかった」

「でも、頭って他の部分より重要なんじゃないかな？」ビルが異議を唱えた。

「どうして？」ビリーナが尋ねた。

「だって、頭には脳味噌が入っているもの」

「そういうことね」ビリーナは鼻で笑った。「よく御覧なさい。ジャックの頭の中は空っぽよ。重要なものなんてどこにもないわ」

「ああ、よかった」ジャックはげらげらと笑った。

「本当だ」ビルもげらげらと笑った。

「ジャック、ビリーナ、最近案山子さんを見なかった？」問題が解決したようなので、ジェリアは質問を開始した。

「今日は見てないよ」ジャックは言った。

「昨日は？」

「今日、頭を換えたところなんでね。昨日のことはよくわからないよ」

「前の頭からの引き継ぎはなかったの？」ビルは尋ねた。

「案山子を見たとか、そんなつまらないことはいちいち引き継ぎしようとは思わないと思うな」

「前の頭は見たかもしれないってことよね？」ジェリアは言った。

「ああ。そうかもしれないね」

「前の頭はどこ？　昨日まで現役だったんなら、多少傷んでたとしても、まだ話せるわよね？」

「ええと。たぶん前の頭は生ごみとして出したと思うけど？」

「生ごみの箱はどこ？」

「あれだよ」

ジェリアは箱をひっくり返した。腐りかけた野菜や肉の屑が飛び散り、独特の臭いが一同の鼻を突いた。

「頭がないわ」

「あるよ」ジャックが欠片《かけら》を指差した。「大き過ぎて、箱の口に入らないから砕いたんだよ」

「糊でくっ付かないかしら？」

「やめなさいよ」ビリーナが言った。「くっ付けたとしても碌《ろく》なことは言わないわよ。どうせ中身が空っぽの南瓜よ。手が汚れるだけ損というものよ」

「確かにそうかもしれないわね」ジェリアが言った。

「わたしは見たわよ」

「何を？」

「案山子をよ。昨日、宮殿に入っていくのを見たわ」

「誰かと一緒だった？」

「ブリキの樵とライオンもいたわ」

「なら、新しい情報ではないわ。その後は見ていない？」

「ええ。わたしあまり案山子には興味がないから。ほら、わたしってオズでは結構重要人物でしょ。案山子って別にどうってことないでしょ？」

「彼はオズの国の元国王よ」

「今は只《ただ》の人……案山子じゃないの」

「ビリーナはどうして重要人物なの？」

「武器製造担当者だからよ」

「オズの国で武器なんか製造しているの？」

「ええ。オズマはこの国に武器製造産業が存在していることを公《おおやけ》には認めてないけど、わたしは生物兵器を製造しているのよ」

「凄いな！」ビルは目を輝かせた。「どんなの？」

ビリーナはちょこんと尾羽を振った。「今、一個作ったわ」

「えっ。どこ？」

「ここよ」ビリーナは身体を持ち上げた。

そこには卵があった。

「えっ。どこ？」

「だから、ここよ」

「卵しかないよ」

「だったら、それが兵器に決まってるじゃない」

「普通の卵に見えるけど？」

「あんたの目は確かね」

「只の卵ってこと？」

「そうよ」

「どうして、これが生物兵器なの？」

「卵はノームを殺せるのよ」

「どうして？」

「毒だからよ」

「ビリーナは毒の卵を産む特別な鶏なんだね」

「まさか。毒なのはノームにとってだけで、他の者には毒なんかじゃ……。卵どこ？」

「どの卵？」ビルは口の端から黄身を垂らしながら言った。

「まさか、あんた、わたしの子供を食べたの？」

「今、ちょっと蛋白質《たんぱくしつ》が不足してるんだ。ついさっきニック・チョッパーが……」

「人殺し！」ビリーナはビルを突《つつ》き始めた。「よくもわたしの子を！」

「ビリーナやめて、まだ卵でひよこになってた訳じゃないわ」ジェリアが言った。

「でも、オズの国では、卵は全部最初から受精卵なのよ！」

「へえ。交尾なしなんだ」ビルは口をもぐもぐさせながら言った。

「こいつをすぐ逮捕して！」ビリーナは激しく暴れた。

「ビリーナ落ち着いて、ビルはちゃんと食べたんだから、罪にはならないわ」ジェリアが言った。

「法律なんか、関係ないわ。わたしは自分の子供を食べたやつは生涯許さないわ」

「ビル、ビリーナに謝って」

「食べただけなのに？」

「それでも、謝った方がいいわ」

「どうして？」

「許して貰うためよ」

「ビリーナ、謝ったら、僕を許してくれるかい？」

「誰が許すもんですか！」ビリーナは火を噴きそうな勢いで言った。「何があっても、わたしは生涯あんたを許さないわ‼」

「ほら。ビリーナは謝っても僕を許さないって言ってるよ」

「それでも謝った方がいいわ」ジェリアは言った。

ビルは首を振った。「許して貰えないのに謝っても面倒なだけだからやめておくよ」

「そこでじっとしていなさい！　今から目玉をほじくり出すから！」

ジャックが後ろからビリーナの二つの翼を摑んだ。

ビリーナはぎゃあぎゃあと大騒ぎした。

「いつものことだから気にしなくてもいいよ」ジャックが言った。

「いつもってどうしてわかるの？」ビルが尋ねた。

「前の頭からの引き継ぎ事項さ。……まあ引き継いではいないかもしれないけど、きっと引き継ぐつもりだったと思うよ」

「取り込み中のところ、申し訳ないけど」突然ライオンが現れた。「重要なことを知らせにきたんだ」

「何？　じゃまするなら、あんたの目玉もほじくってやろうか！」

「やめてよ！」ライオンは怯えて、ぶんと前足を振った。

爪の先がジャックの目の穴に引っ掛かって、南瓜を引き裂き、上半分を吹き飛ばしてしまった。

ジャックはそのままどうと後ろに倒れ、弾みで南瓜の下半分も砕け散った。

「また、生ごみが出ちゃったね」ビルは南瓜の破片を拾った。「これも食べていいかな」

「あなた肉食じゃないの？」ジェリアが尋ねた。

「雑食性だよ」ビルは南瓜の欠片を頬張った。

「僕は遠慮しておくよ」ライオンは言った。

「でも、君が殺したんだから、食べておいた方がいいと思うよ」ビルが忠告した。

「ありがとう。でも、ジャックはまだ死んでないと思うよ。頭が取れるのはいつものことだし」

「そうなの？　じゃあ、僕がいただくよ」ビルはがっついた。

「ライオンさん、重要なことって何？」ジェリアが尋ねた。

「ああ。オズマ女王が『案山子君が見付かったって、ジェリアに知らせるように』って」

「よかった！　無事なのね」

「それはどうだかね」ライオンは気まずそうに言った。「そもそも絶対に案山子君だという話ではなく、たぶん案山子君だってことだと思うよ」

「どういうこと？　案山子君は見付かったの？　見付かってないの？」

「残っている部分から考えてたぶん案山子君だと思うんだ。その……帽子と靴が少しだけ燃え残っていたからね」

14

「夜中の火事だったから、発見が遅れたのよ」夕霞が掠《かす》れた声で説明した。「それでも、ほぼ全員が助かったのは奇跡的だったのよ」

「逃げ遅れたのは血沼《ちぬ》君だけ？」樹利亜が尋ねた。

夕霞は黙って頷いた。

「その亡くなったのが血沼だというのは確かなのかい？」井森は尋ねた。

「状況から考えてね」

「遺体は見付かったのか？」

「ええ。彼の部屋で黒焦げになってね。性別すら判別不可能だったけど、今検死中だから間もなく発表があると思うわ」

「もし、これが殺人だとして、なぜ彼が殺されたんだろう？」

「血沼君のことを言ってるの？」樹利亜が尋ねた。

「いや。殺されたのは案山子《かかし》だろう。血沼は連動したに過ぎない」

「案山子が殺されたとしたら、犯人にとって彼が生きていては困ることがあったんじゃないかしら？」

「案山子本人に恨みがあった可能性は？」

「その可能性もなくはないわね。でも、ドロシイを殺した犯人と同一犯だとしたら、動機が思い付かないわ」

「彼はドロシイと一緒に西の魔女を殺したんじゃなかったかい？」

「殺したのはドロシイ一人よ。それに魔女は死んでしまったから、復讐できない」

「魔女の配下は？」

「魔女が死んで大喜びよ」

「魔女の罪に連座した者は？」

「一人もいないわ」

「魔女の軍団は相当悪事を働いたと聞いたけど。オズの国の刑法は結構ゆるゆるなんだね」

「罪を憎んで人を憎まず、ってやつ？　そもそも当時のオズの国の支配者はオズマじゃなくて、オズの魔法使いだったけど」

「案山子が何かを見たってことかな？」

「見てたらみんなに言ったんじゃない？」夕霞が言った。

「自分が何かを見たということすら覚えてないとしたら？　案山子ならあり得ることだ」井森が言った。

「覚えてないなら、わざわざ危険を冒して殺す必要はないんじゃない？」

「じゃあ、覚えてたのかもしれない。ただ、それが証拠だと気付いていなかった」

「それはありそうなことね。でも、この時点で気付いてないんだったら、永久に気付かないんじゃないかしら?」

「それは……。そうか。血沼だ。血沼は案山子の記憶を持っているから、案山子が見たものの意味を理解するかもしれない。犯人はその可能性に気付いたんだ。血沼は何か言ってなかったか、樹利亜?」

「いいえ。ドロシイの死に動転していたから……」

「犯人は血沼がドロシイの死のショックから立ち直る前に殺さなければならなかったんだ」

「小竹田《しのだ》は何かに気付かなかったのかしら?」夕霞が言った。

真っ暗な部屋の中から絶叫が聞こえた。

「彼もまだ動転中だからな」

「とりあえず、血沼君のことを伝えましょう。何か思い出すかもしれないわ」樹利亜が言った。

小竹田はぶるぶると震えていた。

「ええと。どっちの方が小竹田君と古くからの知り合いかな?」

「わたしよ」樹利亜が手を挙げた。「夕霞はつい最近だったはずよ」

「じゃあ、もう一度彼に声を掛けて貰えるかな。なるべく馴染《なじみ》の方がいいだろう」

樹利亜は蹲《うずくま》る小竹田に近付いた。「小竹田君、ちょっといいかな?」

小竹田は顔を上げた。「まだ悪夢の続きかい?」

樹利亜は井森と夕霞の方を見た。

井森はゆっくりと首を横に振った。

夕霞は無表情なまま俯《うつむ》いた。

「ええ。そうかもしれないわね」

「だったら、放っておいてくれないか？　嫌なことはもう聞きたくないんだ」

「夢だったら嫌なことでもいいんじゃない？」

「僕は可能性について考えていたんだ」

「何の可能性？」

「これが全部夢じゃないって可能性だよ」

「そうしたら、どうなるの？」

「きっと僕は現実に耐えきれない」

樹利亜は無言になった。

「これが夢じゃない可能性は常に存在するんだ」小竹田は言った。

「そうなの？」

「だから、もうこれ以上、嫌な話は聞きたくないんだ。もしこれが現実だったら、きっと僕の心は壊れてしまう。そして……」

「そして？」

「僕はこの世界を受け入れられなくて、夢の世界だと思い込むと思うんだよ」

「小竹田君、あなた……」

「もしこの世界が現実だったとしての話だけどね」小竹田はにやりと笑った。

「重層的に込み入った話ね。彼は放っておいてもいいんじゃない?」見知らぬ声がした。

一人の女性が部屋の中に入り込んでいた。サングラスをし、黒猫を抱いていた。

「知り合いかい?」井森は樹利亜に尋ねた。

「ええ。田中和巳《たなかかずみ》。わたしとドロシイの共通の友達よ」

「彼女は誰かのアーヴァタール?」

「彼に教えても問題ない?」樹利亜は和巳に尋ねた。

和巳は少し首を傾げた。「特にデメリットは思い付かないわね。こちらでも事件の調査をするなら、教えておいた方がいいかもしれないわ」

「スクラップスのときはすぐに教えてくれたのに、どうして彼女は躊躇《ためら》うんだ?」

「彼女は重要人物だから。彼女はグリンダよ」

「どうして、サングラスを?」井森は尋ねた。

「気になる?」

「もう夕方だからそんなに眩しくないと思って」

「でもまだ明るいわ。暗くなるまで外さないのよ」

井森はそれ以上質問しなかった。和巳の持つ迫力に負けたのだ。

「その代わり、この子の目を見てもいいわ」和巳は抱いていた猫を持ち上げ、井森の顔に近付けた。

猫の片目は金属の玉でできていた。

15

「わたしが見付けたときには、すでに燃えていました」オズ軍最高司令官のオンビー・アンビーが報告した。「わたしは中庭を警備中でした」

「どうして、最高司令官が警備してるの？」ビルがジェリアに尋ねた。

「彼が警備をしなかったら、誰がするの？」

「二等兵とかいないの？」

「いないわ。オズ軍は最高司令官が一人、大将が八人、大佐が六人、少佐が七人、大尉が五人だから。もっとも少し前までは一人だけ兵隊さんがいたんだけど」

「その兵隊はどうなったの？　戦死？」

「いいえ。出世したのよ。最高司令官に」

「確かに、案山子《かかし》さんだったんですね？」オズマは燃え滓《かす》を見ながら言った。

「はい。わたし以外の軍人たちも全員見ていました。あれは案山子に間違いありませんでした」オンビー・アンビーは規律正しく答えた。

「軍人の皆さん、確かですか？」

八人の大将と六人の大佐と七人の少佐と五人の大尉は一斉に頷いた。

「案山子さんによく似た只《ただ》の藁《わら》詰め人形に火を点けただけではありませんでしたか？」

「それはないと思います。ちゃんといつもの案山子の声で喋って、動いていましたから」

「何と言っていましたか？」

「確か『熱い。熱いよ。誰か今すぐ水を持ってきて』とかなんとか言っていました」

「誰が水を持ってきたのですか？」

「誰も」

「誰も水を持ってこなかったのですか？」

「わたしが頼まれた訳じゃないので」

「わたしでもない」

「もちろん、わたしも頼まれてなんかいない」

軍人たちは口々に言った。

「でも、案山子さんは『誰か』と言ったんですね」

「はい。その通りです」

「それなのにあなた方は水を持ってこなかったんですね」

「はい。『誰か』に頼んでいるので自分たちは関係ありませんから」

「その『誰か』が自分たちだとは思わなかったんですか」

「はい。もちろんです」オンビー・アンビーはきびきびと敬礼をした。

他の軍人たちも同時にきびきびと敬礼した。

「『熱い。熱いよ。誰か今すぐ水を持ってきて』の後には何も言わなかったんですね？」

「何か言っていたようですが、炎の勢いが強くて何も聞き取れませんでした」

「では、その前には何か言っていましたか？」

「『わあ！　火だ！　僕に火が点いている‼』と言っていました」

「その前は？」

「『だんだんと熱くなってきたぞ』と言っていました」

「その前は？」

「『それにぱちぱちと何かが焼ける音だ』と言っていました」

「その前は？」

「『何か焦げているような臭いがするな』と言っていました」

「何が焦げていたのでしょう？」

「案山子でした」

「どうして、わかったのですか？」

「案山子の背中から煙が出ていたからです」

「そのとき水を掛けていたら消えていたと思いますか？」

「はい。初期消火できていれば、大事には至らなかったと思います」

「あなたたちは案山子さんが燃えていることに気付いていたのに、水を掛けなかったんですね」

「はい。そのような命令はありませんでしたから」

「この人たち、全員死刑？」ビルは尋ねた。

「オズの国では意図的でなければ罪にはならないわ」ジェリアが答えた。

「そのとき近くに別の人はいましたか？」オズマが尋ねた。

「継《つ》ぎ接《は》ぎ娘が話していたと思います」オンビー・アンビーが答えた。

「スクラップスはここにいますか？」

「はい、女王陛下」スクラップスが踊りながらオズマの前に出た。

「何が起こったのか、教えてください」

「案山子さんが燃え出したのです」

「それはわかっています。なぜ燃えたのでしょう？」

「原因は不明です。でも、宮殿の中には大勢の人がいるので、その中の誰かが火を点けたのかもしれません」

「火を点けたのは、あなたではないのですね？」オズマはスクラップスのどこを見ているのかわからない目を見詰めた。

「もちろんです。わたしは案山子さんの正面にいました。そして、火は案山子さんの背中側から出ました」

「あなたと案山子さんが話しているとき、誰かが彼の後ろを通りましたか？」

スクラップスは少し考えた。「たぶん五、六十人の人が通ったと思います」

「その中で怪しい動きをした人はいますか?」

「殆《ほとん》どの人が案山子さんの肩か背中か腰を叩いていきました。『よっ! 案山子の旦那、調子はどうだい?』とか言いながら」

「彼は愛されキャラでしたからね」

その場の何人かが目頭を押さえた。

もちろん、チクタクは反応しなかった。

樵《きこり》のニック・チョッパーは最初反応がなかったが、周りの人々が目頭を押さえているのを見て、慌てて泣き真似を始めた。

「そのような案山子さんを意図的に燃やすような人はいないでしょう。今回のことは不幸な事故だったのだと判断できます」オズマは宣言した。

オズマが宣言したのだから、これは事故以外ではあり得ない。

「女王陛下!」臆病ライオンが言った。「今度こそグリンダの魔法の本で何が起こったのかを突き止めたらどうでしょうか?」

オズマは首を振った。「前にも言った通り、残念ながら、例の魔法防御はこの宮殿自体に掛かっているため、本には載っていないのです」オズマは奇妙な身振りをしながら、呪文を唱えた。「これで、魔法防御は解除されました。こんなことなら、もっと早く解除しておくべきでした」

「これは拙《まず》かったかもしれないわ」ジェリアは呟いた。

「魔法防御を解除したこと？」ビルが尋ねた。

「オズマが魔法防御のこととそれを解除したことをみんなに明かしたことよ」

「どうして？」

「元々犯人が魔法防御のことを知っていたとしたら、また宮殿内で殺人を犯す可能性があった。もし、こっそり防御をはずしておけば、それに気付かない犯人が墓穴を掘ったかもしれなかったの」

「元々、魔法防御のことを知らなかったとしたら？　宮殿内で人を殺したのは単に偶然とか」

「その場合でも事情は同じよ。犯人はオズの国のどこかで、次の殺人を犯したかもしれない。だけど、このことが公《おおやけ》になったら、もう犯人は次の殺人は決して行わないはずよ」

「もちろん、オズマ女王はそのことを見越しているのですよ」二人の背後から声がした。

振り向くと、そこにはグリンダがいた。

「女王陛下は意図的に魔法防御のことを漏らしたということですか？」ジェリアは尋ねた。

グリンダは頷いた。「確かに、次の殺人が起これば、魔法の本で犯人を突き止めることができるでしょう。しかし、また一人犠牲者が出ることになります。犯人に魔法の本で監視されていることを知らしめれば、もはや次の殺人は起こらないはずです」

「しかし、それでは、犯人を突き止めるのが難しくなります」

「オズマ女王は、犯人の追及よりも、殺人を防ぐことの方が重要だと判断したのです。そして、わたしもそれに同意します。オズの国では犯罪など起こってはならないのです」

「わたしが浅はかでした」ジェリアは頭を下げた。

「謝る必要はありません。あなたは捜査責任者を命じられました。事件の究明を最優先しようとするのは当然です。しかし、為政者には様々な使命があるのです」

「グリンダ、あなたは案山子さんは殺されたと思いますか？」

グリンダは杖を振った。

ジェリアとビルとオズマと魔法使いを除いて、その場の全員が凍結した。

「これで、ゆっくり話をすることができます」グリンダは言った。

「こんなことが可能なのですか？」

「ええ。オズマと魔法使いにもできますよ」

「魔法防御されている場所でも可能ですか？」

「外からはできません。しかし、内部で行うことは可能です。……ジェリア、わたしを疑っているのですか？」

「そういうことはありません」

「凄いな」ビルが言った。「この力があれば殺人し放題だ。片っ端から嫌いなやつを殺して回れるぞ」

「先程の質問に対する答えですが」グリンダはビルを無視した。「案山子は殺害されたのだと思います」

「どうして、そう思われるのですか？」ジェリアは尋ねた。

「宮殿内でぼや騒ぎは一度も起きていません。宮殿内は禁煙なので、煙草を吸っている人間がいたらすぐにわかるはずです。つまり、案山子は意図的に火を点けられたのです」

「案山子さんはなぜ殺されたのだと思いますか?」

「彼は何かを見たのでしょう」

「樹利亜と井森も同じ結論だったよ」

「だとすると、その推測はほぼ間違いなく正しいでしょう」

「案山子を復活させることはできないの?」ビルが言った。「魔法でぱぱっと」

「それができるのなら、まずドロシイを復活させていたことでしょう」グリンダは言った。

「魔法も物理法則を破ることはできないのです。エントロピーを減少させること、失われた情報を復活させることはできません。新しい農夫の服と袋と藁から新しい案山子を作ることはできますが、それはもはや別の案山子なのです」

「じゃあ、ジャックは?　しょっちゅう頭を取り換えているんでしょう?」

グリンダは咳払いをした。「それはまあほぼ元のままということです。ジャックが少し変わったとしても、誰も気にしないでしょう」

「それはそうだね」ビルは納得した。

「ジェリア・ジャム」オズマが呼び掛けた。「捜査は進んでいますか?」

「いろいろと不可解な点が見付かりました。しかし、確証には至っていません」

「案山子さんは何を見たのだと思いますか?」

ジェリアは肩を竦《すく》めた。「それを案山子さん本人に訊きたかったです」

「しかし、案山子さんは燃えてしまいました。彼が持っていた情報は永遠に失われました」

「そうとは限りません」

オズマとグリンダはジェリアを見た。

「南瓜頭《かぼちゃ》のジャックは一週間毎に頭を換えます」ジェリアは言った。「しかし、ジャックのことはみんなジャックのままだと思っています」

「それはほぼジャックのままだからです」オズマが言った。

「それだけではありません。頭を換えてもジャックがジャックのままなのは、ジャックとしての情報を継承しているからです」

「しかし、案山子さんは誰にも情報を継承していません」

「そうとは限らないんではないですか？　彼は燃える直前、誰かと話をしていました」ジェリアはスクラップスを見詰めていた。

「グリンダ。継ぎ接ぎ娘を解凍してください」

グリンダは杖を振った。

継ぎ接ぎ娘は解凍と同時に踊り出した。そして、一頻《ひとしき》り踊った後、周囲を見て、言った。

「これは魔法だわ。そして、ここにオズマ女王がいるから、不正に使われたものではない。ふむ。わたしは凍結されたプロセスを記憶していないからきっとみんなと一緒に凍結させられて、一人だけ解凍されたのね」

「もしあなたに真の知恵があったなら、自らの賢《さか》しさを隠したことでしょうね」オズマは言った。

「女王様、怒ってます？」

「いいえ、スクラップス。怒ったように見える？」

「怒っているようには見えません。でも、微笑《ほほえ》んでいるのに、目に笑いが全くないのです」

「スクラップス、適当なことを言うのは慎んだ方がいいですよ」グリンダが助言した。

「すみません、女王様。わたし、常識がなくって。なにしろ、只の継ぎ接ぎ人形なので」スクラップスは慌てて弁解した。

「スクラップス、わたしはあなたを咎《とが》めようとしているのではありません。ジェリアがあなたに質問があるそうです」

「なるほど」スクラップスは中庭の中を飛び跳ねるように見て回った。「みんなを凍結したということは、聞かれてはいけないことを話していたのね」

「スクラップス……」ジェリアは彼女を窘《たしな》めようとした。「わたしが訊くことだけに答えて。余計なことは言わないで」

「ジェリア、あなたは凍結されなかった。つまり、これは殺人事件の捜査の一環ね。ということはつまり、案山子さんも事件に巻き込まれたということになる」

「ジェリア」オズマは静かに言った。「あなたはスクラップスに話したのですか？」

「いいえ、女王陛下。彼女は、僅《わず》かな証拠から推理をしたのです」

「彼女は利口な子ですね」

「わたしより捜査責任者に適任かもしれません」

「いいえ、ジェリア。捜査責任者は単に利口なだけでは務まらないのです。知性と良識を兼ね備えている必要があります」

「その通り。わたしには捜査なんか無理。らら～」スクラップスは歌い始めた。

「ジェリア、捜査を始めてください」グリンダがジェリアを促《うなが》した。

「スクラップス、案山子さんと最後に話したのはあなたよね？」ジェリアは確認した。

「ええ。そうよ」

「何の話をしていた？」

「何だったかしら？　わたし、あんまり真剣に聞いていなかったわ」

「どうして、彼の話を真剣に聞いていなかったの？」

「特に理由はない。わたしはいつも人の話より自分の歌と踊りが気になるの」

「じゃあ、今もわたしの話は真剣に聞いていないの？」

「そう言わなかった？」

「重要なことなので、真剣に聞いて欲しいわ」

「大丈夫。わたしはあなたの言葉を聞き漏らさないから。真剣じゃなくてもちゃんと意味はわかるから」

「スクラップス、案山子さんはあなたと何を喋ったのか思い出して頂戴」

「そうね。……彼は焦《あせ》っていたわ」

「何に焦っていたの？」

「報告しなけりゃいけないって、言ってたわ」

「報告？　誰に？　何を？」

「それは知らないわ。でも、慌てていたからきっと殺人……」スクラップスはオズマの方をちらっと見てから小声で言った。「事件絡みのことだと思うわ」

「彼の言ったことをできるだけ正確に思い出して」

「『ジンジャーの言ったことの意味がやっとわかった。僕は間抜けだった。殺人者は外から来たんだ』」

「彼がそう言ったのね」

「彼、自分のことが漸《ようや》くわかったみたいだったわ」

「ジンジャーの言ったことって、何かしら？」

「さあね。彼、昔、ジンジャーと揉めてなかったかしら？」

「案山子さんが国王だったとき、ジンジャーが革命を起こして、彼を宮殿から追い出したわ」

「そのとき、何か言ったんじゃないかしら？」

「そんなこと、今となっては……」

「あのとき、ジンジャーは外部からエメラルドの都に攻め入りました。したがって、案山子との直接の交渉は行われていません」グリンダは言った。「交渉を行ったのはわたしです」

「ジンジャーは何か重要なことを言いませんでしたか？」ジェリアは尋ねた。

「もちろん、重要なことはたくさん言いました。しかし、全てエメラルドの都の引き渡しに関することで、今回の事件に関連する発言はありませんでした」

「スクラップス、他には何か言ってなかった？」ジェリアは言った。

「『ジンジャーの残した言葉から、ドロシイを殺した犯人は誰かがはっきりわかる。ジンジャーは口封じをされたんだ。このままだと僕も口封じされてしまう』」

「つまり、案山子さんは事件の真相に到達していたということですね」オズマが言った。

「案山子にどうしてそんな洞察力があったのでしょう？」魔法使いが言った。

「彼のアーヴァタールは血沼《ちぬ》という人物でした」ジェリアが言った。「ドロシイの死によって一時的に動転はしていましたが、本来彼は冷静な分析ができる人間でした」

「つまり、案山子の記憶に基づいて血沼が推理を行って、犯人を特定したということか？」

「おそらくそうだと思われます」

「しかし、ジンジャーはすでに殺害され、案山子も燃焼してしまった。その言葉はもはや誰にもわからないのではないか？」

「そうとは限りません」ジェリアは言った。「ジンジャーは案山子さん以外の誰かにも同じことを言ったかもしれませんし、案山子さんも誰かに喋ったかもしれません」

「そうかもしれませんね」オズマは言った。「しかし、聞いた人間がその言葉の意味に気付いていない可能性があります。その言葉が何かわからなければ、どうしようもありません」

「スクラップス、本当に案山子さんはあなたにジンジャーの発言が何だったかを言わなかったの?」ジェリアは再度確認した。

「ええ。それ以外は何も聞かなかったわ」スクラップスは断言した。

一同は黙った。折角《せっかく》摑みかけた解決の糸口が失われてしまったのだ。

「一つ言ってもいいかな?」ビルが沈黙を破った。

「どうしたの、ビル? そう言えば、しばらく静かだったけど」ジェリアが言った。

「僕、もう駄目な気がするよ」

「何を言ってるの、ビル?」

「野生動物は怪我をしても平気なふりをするんだよ。どんなに痛くても」

「それはさっき聞いたわ」

「でも、それにも限界があるんだ」

「もちろんそうでしょうね」

「今、限界が来たみたい」ビルはその場で倒れた。

16

「大丈夫?」樹利亜が顔を覗き込んでいた。

「何があった？」井森は自分がとてつもなく汚い部屋の中に寝転がっていることに気付いた。部屋の中は薄暗かった。

「あなたは、わたしの猫の目を見た後、気を失ったのよ」和巳が言った。

「気を失ってたのは、長い間かな？」井森が尋ねた。

「ほんのちょっとよ。一分もなかったぐらい」

「大丈夫？」樹利亜が心配そうに言った。「熱中症の後遺症かしら？」

「たぶん、そうじゃない。あまりに痛みが強くて失神してしまったんだと思う」井森は答えた。

「つまり、あれ？ ビルが尻尾を千切られたことに関係ある？」

「ああ」

「興味本位で訊くけど、どこが痛いの？」

「う〜ん。尻尾かな？」

「あなた、尻尾あるの？」

「尻尾がある人はたまにいるらしいけど、僕にはない」

「だったら、痛くないでしょ」

「でも、尻尾が痛いんだ」

「具体的にどこが痛いの？」

「この辺りだよ」井森は腰の後ろ三十センチぐらいの位置の空間を指差した。

「何もないわよ」

「知ってる」

「つまり、幻肢痛《げんしつう》みたいなもの？」

「幻肢痛は経験したことはないけど、たぶんこんな感じだと思うな」

「どんな感じ？」

「尻尾を万力《まんりき》で潰されるような感じだ」

「痛み止め飲む？」

「どうかな？　実際には存在しないから効かないような気がするな」

「じゃあ、自分には尻尾がないということを理解するしかないんじゃないかしら？」

「それは理解しているつもりだけど」

「知識として理解しているんじゃなくて、感覚的に脳が納得してないんじゃない？　自分のお尻を見て、自分に尻尾がないと確認し続けるとかすればいいんじゃないかしら？」

「自分の尻を見るのは結構苦労だよ。尻尾の痛みがなくなっても、背中と腰を痛めてしまいそうだ」

「だったら、鏡で見るようにしたら？」

「それもまた他人が見たら、おかしいんじゃないかな？」

「どうせここにいるのはわたしたちだけだから、大丈夫じゃない？」

「でも、鏡なんか持ってないよ」

「わたしのコンパクトを貸すから、これで見てみたら？」

井森は自分の横にコンパクトを置いて、それを覗き込むようにした。

「う〜ん。鏡が小さ過ぎて、何を見ているのかよくわからないな」井森はコンパクトを樹利亜に返した。「とりあえず、気を失う程ではなくなったから、これで我慢することにするよ」

「警察の発表があったわ」和巳がスマホを操作しながら言った。「血沼《ちぬ》君だと確認された」

「案山子《かかし》が燃えたからには血沼が死んだことは間違いないとは思ってたけどね」井森は溜め息を吐《つ》いた。「これで三人も死んでしまった。なんてことだ」

「三人の中に真のターゲットはいるのかしら？　それとも、最初から三人ともターゲットだったのかしら？」樹利亜が言った。

「君はどう思う？」井森は尋ねた。

「確証はないわ。でも、スクラップスの言ったように、案山子がジンジャーの言葉から何かを摑んでいたとしたら、少なくとも案山子は口封じに殺された可能性が高いわ。たぶんジンジャーも」

「案山子が死ぬ前に言ったことはスクラップスの言った通りよ」夕霞が言った。「わたしも憶えている」

「『案山子は〝殺人者は外から来たんだ〟と言ってた』ということだったね」

「ええ。案山子はそう言ったわ」

「外というのはどういうことだろう？　宮殿の外？」

「そうかもしれないけど、やや不自然ね。犯人が宮殿の中にいるという根拠は全くないんだから、わざわざ宮殿の外にいるなんて、大発見のように言うかしら？」樹利亜は言った。

「では、エメラルドの都の外という意味か？」

「その可能性もあるけど、グリンダや案山子や南瓜《かぼちゃ》頭のジャックみたいに普段から都の外に住んでいる者も多い。それが際立った特徴と言えるかしら？」

「つまり、君は国外からの招待客が怪しいと言っている訳かい？」

「当日はオズマの誕生パーティーだった。いろいろな国の人たちが宮殿内に入り込んでいたわ」

「しかし、殺人が行われたのは奥向きだった。犯人は奥向きに入り込んだことになる」

「ええ。そうなるわね」

「だとすると、ジンジャーは犯人の顔を見たはずだ」

「彼女が殺された理由はそれでしょうね」

「そして、案山子はジンジャーから何かを聞いたんだ。犯人の名前かな？」

「それほど直接的なものじゃないかもしれないけど、何か犯人を推定できる言葉だった可能性があるわ」

「犯人の名前じゃない可能性か。でも、それが犯人の名前じゃなかったとしたら、どうしてジンジャーは犯人の名前を伝えなかったんだろう？」

「その時点では犯人だと知らなかったからよ」

「なるほど。合理的な考えだ。もちろん、その時点では案山子もその人物が犯人であるとは知らないから、ジンジャーの言葉を聞き流した可能性が高い」

「そして、殺人事件が発覚した。ジンジャーが犯人が誰か気付いていたか、気付いていなかったのかはわからないけど、少なくとも犯人は彼女を殺すべきだと考えた。そして、その後で案山子がジンジャーから何かを聞いたことに気付いて、彼も殺害したのよ」

「案山子を殺すには燃やすしかないからね」

「じゃあ、どうする？　現在、エメラルドの都にいる国外からの客を全て足止めして、尋問するか？」

「どうかしら、和巳？　オズマは承知する？」

「まず無理でしょうね。国外からの客を疑えば、即国際問題になるわ。オズマは容認しないでしょう」

「いや、別に疑う訳じゃない。捜査の一環として話を聞くだけだ」井森は言った。

「そんな単純な話にはならないわ。取り調べをするということは即ち犯人である可能性があると考えていると捉えられても仕方がないわ」

「じゃあ、どうすればいいんだ？　これ以上の捜査を諦めるか？」

「オズマを説得できるだけの証拠があればいいのよ」夕霞が言った。「証拠があればオズマも納得するわ」

「その証拠はどこにあるんだ？」

「地道に探すしかないわね」夕霞は肩を竦《すく》めた。

井森は腕組みをして考え込んだ。「何か方法があるはずだ」

「あなた、ビルと違って、考えるのが好きなのね」

「みんなも何か思い付いたら言ってくれ」井森が言った。

「わたしたちも？」樹利亜が言った。

「ビルの記憶だと、ジェリア・ジャムやスクラップスは事件について何か気付いているようだったけど？」

「それは錯覚じゃない？」

「ビルは間抜けな蜥蜴《とかげ》だが、記憶は確かだ。少なくともジェリア・ジャムは何かに気付いている様子だった」

「正直言うと、あまり覚えてないのよ」

「君はジェリアと一体感があるって言ってなかったっけ？」

「ええ。でも、記憶の種類によっては、うまく継承できないものがあるのよ」樹利亜は言った。「言語化された記憶、それから強い感情を伴った記憶は伝わりやすいけど、言語化される前の漠然とした思考は記憶から抜け落ちている感じよ」

「つまり、ジェリアはまだ犯人の特定までは至ってないってことか？」

「ええ。何かの違和感のようなものがあるのは確かよ。ただ、それを言語の形にはできないの」

「夕霞、君の方はどうだ？」

「わたし？」

「君というよりはスクラップスだ」

「彼女は捜査責任者ではないわ」

「しかし、ビルの記憶によると、彼女はオズの国で最も洞察力がある。真実を見抜く目があると言ってもいいだろう」

「彼女に言ってあげると喜ぶと思うわ」

「そんなに喜ぶかな？」

「いいえ。たいして喜ばないと思うわ。もちろん、悲しむこともないけどね。彼女はいつも上機嫌よ」夕霞は微笑《ほほえ》んだ。「わたしと正反対」

「彼女は何かに気付いているんだろ？」

「もし彼女が本気を出せば、すぐに真相に到達することでしょうね。でも、彼女はあえてそんなことはしないの」

「どうして？」

「今まで通り面白おかしく暮らしたいからに決まってるじゃない。彼女は特別な役目など欲しくはないわ」

「捜査に協力したって、今まで通り暮らせるだろう」

「オズマがどう感じるかなんて誰にもわからないわ」

「スクラップスはオズマを恐れているのかい？」

「スクラップスは決して恐れないわ。ただ、今まで通りの暮らしを守りたいだけ」

「じゃあ、こうしよう。スクラップスの考えだとは誰にも言わない。だから、スクラップスの考えを教えて欲しい」

　夕霞はちらりと和巳の方を見た。

「わたしも余計なことは言わないわ。犯人がわかればそれでいいのだから」和巳はサングラスを外した。美しい瞳だった。

「スクラップスはそれほど難しい謎だと考えていないわ」夕霞は言った。「ジグソーパズルを組み立てるようなものだと思っている。ピースはすでにそこにある」

「だから、犯人は誰なんだ?」

「彼女はピースを組み立てていない」

「どういうことだ?」

「彼女は推理しないのよ」

「どうして?」

「だから、それが彼女の生き方なのよ。楽しいことしかしない。楽しみを奪いかねない余計なことはしない」

「それじゃあ、埒《らち》が明かないじゃないか」

「そうでもないわよ。スクラップスが簡単な謎だと思ったのなら、それは本当に簡単な謎に違いないわ」

「何かヒントをくれないか?」

「ヒントは誰でもわかることよ。なぜ犯人は案山子を殺す決心をしたのか?」

「それは彼がジンジャーから犯人の情報を得ていたからだ」

「犯人はどうしてあの衆人環視下で彼の殺害を決行したのか？」

「彼が何かまずいことを今にも口走りかねなかったからか？」

「もしくはすでに喋ってしまったかよ」

「喋ってしまった。……」井森は考え込んだ。「樹利亜、案山子は僕たちに何か重要なことを言っただろうか？」

「彼は常に何か喋り続けていたわ。どれが重要かなんて今更わからないわ」

「そう、彼は常に無意味に見えることを喋り続けていた。でも、その中に真実があったとしたら？」

「で、その真実って何？」

「わからない」井森は頭を抱えた。

17

ビルが最初に感じたのは激しい悪臭と吐き気だった。悪臭は糞尿と血の臭いが入り混じった濃厚なものだった。微《かす》かな明かりを通して見ると、周囲には気持ちの悪い色の煙だか湯気だかが漂っており、ずるずると湿った音が響き渡っている。

もこもこと黒い塊がビルに迫ってきた。「何者だ？」

「僕は蜥蜴《とかげ》のビルだよ」ビルは吐き気を堪えて答えた。

「生きるのが嫌になったのか？」

「そんなことはないよ」

何か湿った臭いものがビルの顔を押さえた。「面白い。本当に只《ただ》の蜥蜴のようだ」

「そう言っているじゃないか」

「ファンファズムの国にどうやって来た？」

「魔法でだよ」

「誰の魔法だ？」

「オズマ女王のだよ」

「どこの女王だ？」

「オズの国だよ」

「そこはいいところか？」

「感じ方によると思うよ。僕は結構いいところだと思うんだけど、井森は懐疑的なんだ」

ビルに向かっていくつもの影が近付いてきた。おのおの熱い蒸気と我慢ならない臭気を放っている。

「食いでがなさそうな蜥蜴だが、食わないよりは腹の足しになるだろう」大きな蛙《かえる》の頭と蛸《たこ》の身体を持つ怪物がビルを摑んだ。そして、だらだらと大量の唾液を垂らしながら、大きな口を開き、ビルに嚙み付こうとした。

「食うのはちょっと待て」最初に話し掛けたファンファズムが言った。「まだ聞きたいことがある」

だが、蛙と蛸のファンファズムは聞く耳を持たないようだった。そのまま、ビルの胴体を口の中に突っ込み、嚙み付いた。

蛙の癖に鋭い牙があった。

ビルはあまりの恐怖に脱糞した。だが、ファンファズムは気にしていないようだった。歯に力が籠った。

てっきり胴体が食い千切られると思った瞬間、ビルの身体から蛙と蛸のファンファズムの牙が離れた。

口が大きく開き、大量に流れ出すどろどろの汚物のような唾液に流され、ビルは湿った場所に落下した。

ビルが見上げると、蛙の上顎と下顎を何者かの毛むくじゃらの両手が摑んでいるのがぼんやりと見えた。

「俺、食うのはちょっと待てって言ったよな?」

蛙と蛸のファンファズムはもごもごと言った。

「はあ? 何言ってんだ、おまえ? 全然聞き取れないぞ?」

蛙と蛸のファンファズムはまたもごもごと言った。

「おまえにチャンスをやろう」最初のファンファズムが言った。「今すぐ俺に申し開きをしろ。おまえが俺を説得できたら、命を助けてやる」

蛙と蛸のファンファズムはもごもごと言った。

「はあ？　まだ何言ってるか、わからないぜ。残念だが、ちゃんと聞こえるように言えないんなら、命を助けてやる訳にはいかない」

蛙と蛸のファンファズムはもごもごと言おうとしたが、それは不可能だった。顎が上下に引き剝がされてしまったからだ。蛙と蛸のファンファズムの身体は前後に綺麗に裂かれた。

大量の体液と消化液が飛び散った。

最初のファンファズムはげらげらと笑い、今しがた殺したファンファズムの血肉を貪《むさぼ》った。

「考えてみると、俺が口に手を突っ込んでたから、喋れなかったんだな。これは愉快だ」ファンファズムは陽気に言った。

「今、仲間を殺したの？」ビルは目を見張った。

「そうだよ。俺は第一にして最高のファンファズムだから何をしてもいいのさ」

狼の頭と蝙蝠《こうもり》の翼を持つファンファズムが涎《よだれ》を垂らしながらビルに近付いてきた。

「第一にして最高のファンファズムがこの国の支配者なの？」

「まあ、そうかな」

「だったら、今僕を食べようとしているこいつも止めてくれないかな？」

「おい。おまえ、食うのはちょっと待て。この蜥蜴は俺と話してるんだ」

だが狼と蝙蝠のファンファズムは聞く耳を持たないようだった。そいつはビルに飛び掛かった。

第一ファンファズムはそいつを空中で捕まえた。

「面倒だから、いちいち命乞いするかどうか聞くのは省略するぞ」第一ファンファズムは狼と蝙蝠のファンファズムの頭を引き千切った。

大量の血と共に砕けた骨と肉と血管が撒《ま》き散らされた。

第一ファンファズムは自分が引き千切った首を放り投げると、首がなくなった後の断面をじっと見詰め舌なめずりをした。食道部分に指を突っ込むと、それを押し広げる。そして、自分の腰の位置に持ってくると、徐《おもむろ》に凌《りょう》辱《じょく》し始めた。

ビルはあまりに凄惨な様を見せ付けられたため、その場でげえげえと吐き始めた。

「どうした、蜥蜴？　気分でも悪いのか？　俺はこんなに気持ちがいいのに。はあ。ひい。ふう」

「あんたたちはずっとこんなことをしているの？」

「こんなこと？」第一ファンファズムの下半身は今殺したばかりのファンファズムと融合を始めている。「仲間同士で殺し合ったり、食い合ったり、犯し合ったりってことか？」

「そうだよ」

「だったら、答えはイエスだ。俺たちはいつもこんなことばかりしている」

「どうして、そんな酷いことを？」

「酷い？　そんなことはないぞ。素晴らしいことだ。うきうきわくわくする」第一ファンファズムはうっとりとした表情を浮かべた。「ここは天国かと思うぐらいだ」

「僕の思う天国とはだいぶ違うね」

「オズの国から来たと言ったな？」

「うん」

「そこの人間は善良か？」

「そうだね。いい人が多いんじゃないかな？」

「その国はどこにある？」

「それは言いたくないな」

「もうすぐ言いたくなるさ」第一ファンファズムは両手を広げた。

様々な姿をしたファンファズムたちが泥の中から湧き出してきた。みんないろいろな生き物たちの姿を中途半端に象《かたど》っていた。

「俺たちは融合するんだ」第一ファンファズムの右肩に蛙の顔が現れ、左肩に狼の顔が現れた。「相手の力を吸収し、さらに強くなる。俺たちはそうやって進化してきたんだ」

「それって、たぶん普通の進化じゃないよ」

「普通の進化などかったるくてやってられないさ。俺たちは強い。超能力や魔法だって使える」第一ファンファズムの肉体は炎に変化した。

ビルは自分の身がじりじりと焼けるのに気付いた。

炎は美しく若い女の姿となった。「どうだ？　この姿とオズマ女王はどちらが美しい？」

「服を着ないと較べられないよ。同じ条件じゃないからね」

「苦しんで死ぬのと、苦しまずに死ぬのとどっちがいい？　オズの国の情報をくれるのなら、好きな方を選ばせてやる」

「どっちも嫌だな」

「じゃあ、ずっと死んだ方がましだと思いながら、何万年も生き長らえさせてやる。さあ、どのファンファズムと融合したい？」

無数のファンファズムたちがビルに近付いてきた。

「僕の質問に答えてくれる？」ビルが尋ねた。

「嫌だ。まずおまえが答えろ。この糞忌々しいけだものどもめ！」

「仕方がないね。腹ぺこ虎君」ビルは背後にいた腹ぺこ虎に呼び掛けた。「ここに着いたら、君に言うようにってオズマから言付《ことづ》かってきたんだ」

「何をだい？」腹ぺこ虎は尋ねた。

「ファンファズムたちに遠慮は要らないって、好きなだけ食べていいよ」

「本当？　食べたくて仕方がなかったんだ」腹ぺこ虎は喜び勇んで、ファンファズムたちの中に飛び込み、次々と引き裂き、がしがしと食べた。

「味はどうだい？」ビルは尋ねた。

「大味だな。人間の赤ん坊の方がずっとジューシーだ。でも、まあ肉は肉だから、贅沢は言えないな」

第一ファンファズムの目は怒りに燃えた。「ファンファズムども、こいつらを血祭りに上げろ。ばらばらに引き裂いた後、融合してその苦しみを数百万年に引き延ばすのだ」

ファンファズムたちはビルたち一行に飛び掛かった。

「怖いよ！　やめてよ」腹ぺこ虎の隣にいた臆病ライオンは両前足を振り回した。

ばらばらとファンファズムたちの手足や首や内臓が飛び散った。

「わあっ！　気持ち悪いよ！」ライオンはパニックになり、さらに暴れ回り、ファンファズムたちは挽き肉と化した。

「貴様！　俺を嘗《な》めているのか！　魔法で粉々にしてやる！」第一ファンファズムは両手を挙げた。

「わっ！　怖いこと言わないで！」ライオンは第一ファンファズムの手を慌てて下ろそうとした。

ライオンの爪が第一ファンファズムの両腕に食い込み、そのまま両肩から引き千切った。

ぴゅっぴゅっと脈動に合わせて血が噴き出した。

第一ファンファズムは自分の両肩を見て、しばらく呆然としていたが、突然絶叫した。

絶叫に驚いたライオンは後ろを向くと、第一ファンファズムを蹴り飛ばした。背骨が嫌な音を立てて折れ、口と肛門から臓器を垂れ流し、その場に倒れた。

「いただき！」腹ぺこ虎が第一ファンファズムの乳房を食い千切った。そして、そのまま顔を噛もうとした。

「顔を食べるのは、ちょっと待って！」ビルが慌てて止めた。「その人にはいくつか訊かなきゃいけないことがあるんだ」

「いいよ。少し待ってあげる。でも、できるだけ早く切り上げてね。僕は腹ぺこなんだ」虎は答えた。

「第一にして最高のファンファズム、あんたたちはこの国で幸せに暮らしてるんだろ？」

「もちろんだ」第一ファンファズムはがぶがぶと血を吐きながら言った。

「だったら、オズの国を攻めたいとは思わないよね」

「オズの国には善良な人間が多いんだろ？」

「ああ。そうだよ」

「だったら、そいつらをむちゃくちゃにしてやりたい。家族を一人ずつ苦しませながらじっくりと殺していくんだ。俺たちは人々が不幸のどんぞこに落ちていくのを見るのが大好きなのだ」

「あんたたちがオズの国にとって危険だということがわかったよ」

「質問はそれだけか？」

「まだあるよ。君たちのうちの誰かがオズの国に来て、ドロシイという女の子を殺さなかったかい？」

「何のことかはわからないが、俺たちのうちの一人でもオズの国に侵入したのなら、女の子を一人殺すだけで終わるはずがない。一呼吸毎に千人の人間を殺していくだろう」

「じゃあ、君たちはドロシイ殺しとは関係ないみたいだね。じゃあ、最後の質問をするよ。不思議の国がどこにあるか知らない？」

「どこだって？」

「不思議の国だよ。赤の女王が支配している」

「どこだか知らないが、場所を教えてくれたら、その国の住民を奴隷にして、順番にじっくりと虐殺してやろう」

ビルは項垂《うなだ》れた。「折角《せっかく》来たっていうのに、大した収穫はなかったな」

「どういうことだ？　何のために俺はこんな身体にされたんだ？」

「もう質問はないんだね？」虎は言った。「食べていい？」

「ああ。いいよ」ビルは答えた。

虎は第一ファンファズムの顔全体を咥《くわ》え込み、ばきばきと骨ごと食い千切った。後にはぽっかりとした穴が残っていたが、次の瞬間には血でいっぱいになった。舌も歯もなくしたため、第一ファンファズムは獣のような唸り声を出すしかなかった。血が気管の方に流れ込んだのか、激しく咽《む》せて、血を撒き散らした。

虎はばりばりと顔の骨を咀嚼《そしゃく》し、苦々しい表情になった。「何だ。思った程おいしくなかったよ」

熊のようなファンファズムが現れ、第一ファンファズムの上に跨《また》がると、凌辱しながら、食べ始めた。

あまりの光景にビルは胃液を吐いた。

「この力は俺のものだ」熊のようなファンファズムは浮かされたように言った。「俺が新しい第一にして最高のファンファズムだ‼」

虎はファンファズムたちを次々と平らげ、ライオンは目を瞑《つむ》ったまま、ファンファズムの肉の山と血の池を作り出していた。

「もうここにいる必要はないな」ビルはオズマに向かって合図をした。

ファンファズムの国からビルとライオンと虎の姿が消えた。

18

「ああ。さんざんだった」井森は呻くように言った。

ここは大学の敷地内にある小広場だ。まるで公園のような雰囲気で、ベンチまである。

「今のはどっちの世界の話?」少し離れて座っている樹利亜が尋ねた。

「どっちもだけど、主にフェアリイランドでのことだよ」

「ビルの尻尾は癒えたんでしょ?」

「その後の話だよ」

「ああ。ビルはファンファズムの国に行ったのね」

「あいつらは最悪だ」

「神々も恐れるって話だったわよね」

「悪魔そのものだ。高度な知性を有しているのに、本能のままに生きていて、良心とか罪悪感とかいうものは全くないようだ」

「どうして、そんなやつらのところに行ったの？」

「何か摑めると思ってね」

「何かって？」

「不思議の国についての情報とか、ロードについての情報とか」

「どうして、ファンファズムがそんな情報を持っていると思ったの？」

「やつらは、あまりにも凶暴故《ゆえ》に他の種族との接触は殆《ほとん》どなかったんだ。接触した種族は食われるか、凌辱《りょうじょく》されるか、凌辱された挙句食われるか、凌辱された挙句融合されるかだ」

「絶対に近付きたくない感じね」

「オズの国と国交を持つ国から来た人々は不思議の国のことを知らなかった。だから、今まで接触のなかったファンファズムなら何か知ってるかと思ったんだ」

「でも、知らなかったのね」

「そう。よく考えてみたらあんな連中が不思議の国のことを知ったが最後、只《ただ》じゃすまなかったはずだよな」

「わからないわよ。不思議の国もオズの国みたいな強力な魔力で守られているのかも」

「そんな感じはしなかったな。もしそんな人物がいたとしたら、それこそ自らをうまく隠していたということだから、オズマやグリンダ以上の魔法使いだということになる」

「ロードについては？」

「やつのやり口があまりに無慈悲だったからファンファズムが関与しているんじゃないかと思ったんだ。だが、そうではなかった。ファンファズムがオズの国に侵入したら、こそこそと殺人を行うんじゃなくて、即時に大量殺戮《さつりく》を行っていたはずだ」井森は真っ青な顔で俯《うつむ》くと、額の汗を拭い、溜め息を吐《つ》いた。

「ファンファズムたちのおぞましい行いを思い出して、落ち込んでいるの？」

「いや。ファンファズムもそうなんだけどね」

「何、ファンファズム以上のものがあったっていうの？」

「ああ。単に気付いていなかっただけなんだが、そのおぞましいファンファズムどもをばらばらに刻んだり、ばくばくと貪《むさぼ》り食ったやつらがいるんだ。僕は、心底彼らが恐ろしいんだ」

「いったい何者？」

「臆病ライオンと腹ぺこ虎だ」

「何だ」

「何だって何だよ」

「あの二頭の強さは有名よ」

「だって、ライオンは臆病なんだろ？」

「臆病よ」

「でも、めちゃくちゃ強かったよ」

「そう。めちゃくちゃ強いのよ」

「……それから、虎は凄い勢いで食べていた」

「それは何にもおかしくないでしょ？」

「腹ぺこだから？」

「そう。腹ぺこだから」

井森は沈黙した。

「どうしたの？」

「考えていたんだ」

「ドロシイ殺しの犯人のこと？」

「ライオンはめちゃくちゃ強いのにどうして臆病なのか」

「それって、どうして案山子《かかし》に知恵がないのか、とか、ニックに心がないのか、とかと同じような話？」

「う〜ん、どうかな？　その二人は一種の魔法生物だから、設計ミスというか……」

「設計ミス？」

「最初からそういうふうに設計してるんだからミスじゃないか。あれだよ。仕様だよ」

「ライオンも同じじゃない？」

「ライオンが魔法生物だという気はしないな」

「わたしもそんな話は聞いたことがないわ。自然界の野生動物だと思う」

「だったら、仕様はおかしいだろう」

「だから、元々そういう性質だったってことよ」

「普通、物凄く強かったら、勇猛にならないかい？」

「強さ故、臆病になったとかじゃないかしら？　己の力のあまりの強大さに恐れおののいたとか」

「野生のライオンが？」

「きっと、いろいろあったのよ。獲物と間違えて親友を引き裂いたとか」

「そういうエピソードはあってもおかしくない気がするけど、普段の言動からすると、そんなことがあっても気にしないような気がするな」

「それはライオンの内面のことだから、わたしには何ともコメントできないわ」

「じゃあ、腹ぺこ虎の方はどうなんだ？」

「さっきも言ったけど、虎は単に腹ぺこで強いだけよ。何の疑問もないでしょ？」

「いや。おかしいだろう。あんな凶暴なやつのいつもすぐ傍にいるなんて」

「大丈夫。彼は食欲は強いけど、それにも勝る理性があるから」

「それはつまりオズの連中は野生動物の理性を信じているってことか？」

「疑う理由はある？」

「もし彼に理性があるなら狡猾《こうかつ》さも持ち合わせているかもしれない」

「どういうこと?」

「子供や老人などをこっそり食べているかもしれない」

「それ、根拠があって言ってるの?」

「いいや。単に可能性の問題だよ」

「証拠もないのに、そんなことを言うのはよくないわ」

「オズの国で誰かが行方不明になることはないのかい?」

「もちろん、そういうことはたまにあるわ」

「ライオンや虎が疑われたことは?」

「彼らはオズマ女王のペットだから、疑うなんて畏《おそ》れ多いことはしないわ」

「あくまで仮定の話だけど、彼らが人間を食べていると判明したら、どうするんだ?」

「忘れているかもしれないけど、食べれば罪にならないのよ」

「人間を食べても?」

「オズの国では人間の定義が曖昧だからね。たいていの動物は人語を解するの。つまり、兎や鹿を食べるのも、人間を食べるのも、基本的には同じことなのよ」

「彼らが人語を解するものを食べるのは放置されているのかい?」

「当たり前じゃないの。彼らは肉食動物よ。これは自然の摂理なんだから」

「でも、もしオズマのペットが国民を食べたりしたら、しこりが残らないかな?」

「それは当然予想されることね」

「だったら、どうして放置されているんだ？　ちゃんと調査すればいいのに」

「だからこそ放置してるんじゃないの。女王のペットが人食いだとわかったりしたら、物凄くばつが悪いから。そんなことにならないようにみんな気を遣って調べないようにしているのよ」

「なるほど。合理的な訳だ」井森は言った。「ただ、ビルを食ってないところをみると、知り合いなら大丈夫そうだな」

「そうね。二人っきりにならないようにすれば、ほぼ大丈夫だと思うわ」

井森は少し考えた。「それって、つまり……」

「そんなことより、ロードを捕まえる方法はないかしら？」

「ロードを？　そんなことをしてどんな意味があるんだい？」

「だって、自分で殺人犯だって白状しているのよ」

「ロードの言ったことを百パーセント信じる必要はないと思うけどね」

「でも、自分で犯人だと言ってるんだから、見過ごせないわ」

「まあ、僕もその人物が犯人でほぼ間違いないと思う。だけど、犯人だとしても地球の法律ではどうしようもないだろう。実際にドロシイを殺害したのは、オズの国にいるロードの本体だ」

「犯人が誰か、何かヒントが摑めるかもしれないわ」

「そんな軽率なことはしないような気がするよ。わざわざ自分から名乗りを上げたということは自信があるんだろ」

「その自信が欠点だと思うの」

「どういうことだい？」

「完全に合理的な人物なら自分への手掛かりになるようなものはいっさい残さないはずよね。でも、彼もしくは彼女はわざわざ被害者の関係者の前に姿を現して自分が犯人だと名乗った」

「それはアーヴァタールは実際の犯罪を行った訳じゃないので、捕まらないと高を括《くく》ってるんだろう」

「でも、その行為は本来不要よね。自分の正体を隠すことを優先するなら、僅《わず》かな確率であったとしても、わざわざ自分の情報が漏れるような真似をするはずがないでしょ？　その人物は、本当はオズの国で名乗りを上げたかったんじゃないかと思うの。だけど、それをすると捕まるから、代償行為として地球で名乗りを上げた」

「どうして、そんなことをするんだろう？」

「自己顕示欲が強いからよ。自分の犯罪を自慢せずにはいられないの」

「なるほど。その推測が当たっているとしたら、地球でロードに接触すれば、自分の方から何か情報を与えてくれる可能性が高そうだな」

「そのためには、まずロードの居場所を突き止めないと」

「簡単なの？」

「それは簡単なんじゃないかな？」

「だから、そいつは自己顕示欲が強いんだろ？　だとしたら、自分の居場所を隠しておく方が辛いんじゃないか？　僕たちが大っぴらにロードを探せば、あいつの方から正体を現すと思うよ」

井森と樹利亜は手分けをして、大学の内外でロードについて訊き回った。とは言っても、黒ずくめでロードと名乗る人物は知らないかと片っ端から尋ねるだけだ。もちろん、何かしらの回答を得ることが目的ではない。ロードにこちらが探しているということを伝えるのが目的だ。

数日後、井森が研究室に入ると、彼の机の上に黒ずくめの人物が座っていた。たまたま部屋には他の学生も職員もいなかった。

「わわわっ！」井森は身構えた。もちろん、武道の心得がある訳ではないので、映画などでよく見るそれらしい格闘技の構えをしただけだったが。

黒ずくめの人物はそのような井森の行動をじっと眺めていた。

「君はロードか？」井森の方から話し掛けた。

「ああ。確か、あのときそんなふうに名乗ったな」黒ずくめの人物が言った。全く聞き覚えのない声だった。「おまえら、俺を探してたそうだな」

「君はドロシイとジンジャーと案山子を殺したのか？」

「どうかな？　俺は殺人犯のアーヴァタールだが、俺自身が殺したと言っていいのかどうかわからないな」

「三人を殺した記憶はあるんだな？」

「殺したときの話をしてやってもいいぞ。ただ、話を聞いているうちに激昂して、俺を殺してしまうってのはない方向で頼むぜ」

井森はじっとロードと名乗る男を観察した。

全身黒ずくめだ。と言っても、黒い布を被っている訳ではない。黒いシャツに黒いスーツを着て、黒いネクタイを締めている。その上、マスクまで黒く、サングラスを掛けている。銃や刃物のような武器は手にしていない。ただ、服の中に隠している可能性はある。

「言っとくけど、この大学の中は防犯カメラだらけだ。この部屋の中にも見付からないように隠しカメラが……」

「はったりはやめておけ」ロードは面倒そうに言った。「この大学はそんなことに金を掛けたりはしない」

井森は身構えた。

「安心しろ。おまえをここで殺す気はない。地球で殺人なんか犯したら元も子もないからな」

「ということは、つまりオズの国では殺す気があるということか？」

「それは何とも言えないな。それはビルの出方次第だ」

「君の正体は何者だ？」

「それは地球での俺のことか？　それとも、オズの国にいる俺の分身のことか？」

「君は僕たちの知っている人物なのか？」

「地球では知らないだろうな」

「オズの国では知り合いということか？」

「さあ。それは自分たちで解明してくれよ」

「僕の目の前に現れて、そのまま帰れると思っているのか？」

「思ってるよ」

「このまま逮捕だってできるんだ」

「できないよ。俺はこの地球では犯罪者じゃないんだから」

「取り押さえて監禁することはできるぞ」

「そんなことをしたら、そっちが犯罪者になるぞ。それに、おまえに俺が取り押さえられるもんか」

「どうして、そんなことがわかる？」

「ちゃんと見てたんだよ。小竹田《しのだ》と血沼《ちぬ》みたいなやつらにすら手も足も出なかった」

「いや。あのときは不意を突かれたから……」

気が付くと、ロードは井森の喉を押さえていた。二、三メートルの距離をいっきに跳躍したらしい。

「どうだ？　俺だって、いつでも不意打ちできるんだぜ」ロードは井森の耳元に囁《ささや》いた。

井森はぞっとして、目を見開いたままロードを見詰めた。

「怖がるなって。殺さないって言っただろ」ロードはすっと手を離した。

確かに殺す気はないようだった。だが、殺す気になったらいつでも殺せる。ロードからはそんな殺気を感じた。

こいつはすでに三人殺しているんだ。殺すとまずいことはわかっているだろうが、殺し自体には抵抗がないようだ。あまり刺激するのはよくないかもしれない。

「僕を殺す気がないのなら、何しにきたんだ？」

「いい質問だ」ロードは自分の爪を触りながら言った。「う〜ん。そう言われてみると、自分でもよくわからないな。ちょっとした暇つぶしかな？」

やはり、相当自己顕示欲が強いらしい。どうすればいい？　自己顕示欲を満足させてやるのがいいのか？　それとも、満足させない方がいいのか？

井森は頭脳をフル回転させたが、答えは出なかった。あまりにロードのことを知らな過ぎて、推測することすらできないのだ。

ええい。一か八かだ。

「トリックはどうして思い付いたんだ？」井森は大声で尋ねた。

「えっ？　トリックなんかあったかな」

「いろいろ工作したじゃないか。返り血を浴びた服を脱いだり、チクタクをドロシイの顔の上に倒したり」

「馬鹿にしてるのか？　ああいうのはトリックなんて言わないんだよ！」

「じゃあ、本物のトリックというのはどんなものなんだ？」

「本物のトリックというのは、作り出すものじゃないんだ。偶然や環境をどれだけうまく利用するかというところが頭の使いどころだ」

「例えば今回の事件では、どういう工夫をしたんだ?」

「今回、俺は自分の正体が……」

井森は身を乗り出した。

ロードはげらげらと笑い出した。「おまえ、本当に俺が乗せられてべらべら喋るなんて思ったのか?」

「試しにやってみただけだ。期待はしていなかった」

「悔しいか?」

「君をここまで引き摺り出したんだ。効果はあった」

「でも、おまえには何もできない」

「できることはいろいろあるんじゃないかな?」

「知力だけではどうにもならないんだよ。おまえは非力な院生に過ぎない」

「オズの国ではもっと非力だけどね」

「だが、向こうではおまえには協力者がいる。だから、向こうで、俺は決して姿を見せない」

「こっちにだって、協力者はいるよ」井森は少し大きな声で言った。

「あの女か? 二人いればなんとかなると思ってるのか?」

夕霞と和巳の存在は知らないようだ。わざわざ教えてやる必要はないだろう。

「俺が恐れているのはオズマとグリンダと魔法使いの強力な魔法だ。特にオズマとグリンダは要注意だ」ロードは続けた。

「こっちにも彼女たちのアーヴァタールはいるかもしれないぞ」

「でも、こっちでは魔法は使えない」

「地球には魔法はないからね」

ロードは高笑いした。「おまえ、本当に知らないのか？　こっちにも魔法はあるんだぜ」

「まあ、地球と異世界のリンクは一つの大きな魔法だとは思うけど……」

「もちろん、それもだが、それだけじゃない。この世界にはこの世界の魔法があるんだよ」

「『充分に発達した科学は魔法と区別が付かない』クラークの第三法則だ。君の言いたいのはこういうことか？」

「魔法でも科学でもどっちでもいいんだよ。要はこの世には人間の知らない力があるってことだ」

「そりゃ、そういうものはあるかもしれないけど、日常生活には関係ないだろ」

「おまえにはな」

「君には関係あるのか？」

「俺は一度死んだんだよ」

「比喩的な意味ではなく？」

「比喩的な意味ではなくだ」

「心肺停止状態からでも人は蘇生することがある」

「いや。そうじゃなくて、完全に死んだんだよ」

「君はそう思ってるってことだね」

「妄想なんかじゃない」

「証明できるかい？」

「家族の話を聞くか、病院に残っている医療記録を見ればいい」

「病院の記録に君が死んだと書かれているのか？」

「そうじゃない。一度死んで生き返ってからの異常現象が記録されているんだ」

「つまり、直接的な記録じゃないんだろ？」井森は肩を竦《すく》めた。

「だが、俺ははっきり覚えているんだ。姉に殺されたことを」

「覚えていると思ってるってことだろ？　そういう話はそんなに珍しくないんじゃないかな？

まあ、とりあえずお姉さんとの関係はよくなさそうなのはわかったよ」

「俺の妄想だと思ってるんだな？」

「そう思うのが常識というものだ」

「確かにな。だが、これが妄想じゃないことは俺自身が一番よくわかっている」

「自分で妄想かどうかなんて、わからないんじゃないか？」井森は少しずつ移動した。

「あの強烈な体験が現実かどうかわからない人間なんているはずがない。だが、そのときはそれを不思議だとは思わなかった。ただ、恐ろしい。そして苦しかっただけだ」

「苦しかったのか？」

「切り刻まれるのは何でもない。死んでいるんだから。だが、組み立てられるとき、俺は少しずつ意識を取り戻していたんだ。組み立てられるのは切り刻まれるのと同じぐらい痛いんだよ」

「ごめん。君の言うことは全く理解できないし、その痛さも想像できないよ」

「それがおまえの想像力の限界か？　まあ、いい。俺が言いたいのは、この世界にも魔法があるってことだ。そして、それはとても禍々《まがまが》しい代物だってことだ。俺はその力を手に入れようとした」

「何のために？」

「その力があれば何もかも望みが叶うからさ。俺は真の人間になりたかった」

「真人間ってことか？」

「そうじゃない。組み立てられた紛《まが》い物の人間ではなく、本物の人間になりたかったんだ。おまえたちのように」

「同じような悩みを抱えた女の子を知ってるんだけど、紹介しようか？」

「だが、魔法の力を手に入れるヒントは何一つ見付からなかったんだ。あの力は確かに、この世界に存在しているはずなのに」

「思い込みってことはあるからね」

「そんなときに不思議な夢に気付いた」

「何だ。夢の話か」

「茶化すのはよせ。おまえも毎日見ているフェアリイランドの夢だ」

「それ自体が妄想かもしれないぞ」

「だったら、なぜおまえの夢と辻褄《つじつま》が合うんだ?」

「さあ。集団妄想かもな」

「無駄な議論は省《はぶ》かせて貰う。とにかく、俺は二つの世界のリンクに気付き、密かに観察して、法則を導き出したんだ。そして、それこそが魔法であると気付いたんだ」

「おめでとう。願いが叶ってよかったな」

「願いなんか叶っちゃいないさ。ただ、これで少しは姉に仕返しができるんじゃないかと思ったのさ」

「ドロシイがお姉さん? それとも、ジンジャーか?」

「そうじゃない。だが、少しは腹いせになった。姉の面目も潰せたし」

「つまり、君のお姉さんの面目を潰すためにドロシイは殺されたってことかい?」

「それもあるけどね。ただ、彼女が殺されたのには自業自得の側面がある」

「どういうことだい?」

「それは……」ロードは突然考え込んだ。

「どうしたんだ?」

「おかしいと思ってね」

「どの点について?」

「おまえは俺を捕まえたいはずだ」

「それはそうだろう」

「だとすると、俺の逃げ道を塞《ふさ》ごうとするはずだ」

「そうかな?」

「とぼけるのはよせ。この部屋の出口はそこのドア一つだ。おまえは、俺が逃げないように出口への道を塞いで立つのが自然だ」

「『自然だ』って言われたって、それは君の個人的な感覚だろ?」

「おまえはさっきからじわじわと入り口の反対側へ移動している」

「無意識の行動だ。意味はない」

「正直、俺はおまえが出口を塞ぐと思っていた。だから、そのときの対策を考えていた」

「どんな対策だ?」

「自分の手の内をしゃべる訳がないだろ」ロードは開きっ放しになっているドアの方を見た。

井森はロードの死角に入ったことになる。

井森は一瞬迷ったが、じわじわとロードに近寄った。

あと一メートルというときにロードは振り返った。「もちろん、おまえの動きは見なくてもわかっている。もちろん、背後から襲われても、逃げる自信はある。問題はドアの陰に隠れているやつだ」

「そんなやついないよ」

「おまえは移動を始める前、ドアの近くでわざと大きな声を出した。あれはつまり、こっちに向かってくる人物の注意を引くためだ。今、誰かと喋っているから悟られないよう、静かにこの部屋に近付け、と伝えようとした」

「君にそう思わせるために、わざとそんな行動をとったのかもしれないぞ。そこから覗いて確かめてみろよ」

ロードは考え込んだ。「畜生。おまえなんか楽勝だと思ったが、ちょっと厄介な局面になっちまったかもな」

「もう観念したらどうだ？」

「しかし、考えてみれば、捕まったとしても、怖がることは何もないんだ。さっきも言ったが、俺はこの世界では誰も殺していない。もし俺を監禁したり、拷問したりしたら、捕まるのはおまえたちだ」

「ところが、監禁しても拷問しても簡単に証拠を隠滅する方法があるんだよ。君は知らないかもしれないけど」

「はったりだ」

「はったりじゃないよ」

「じゃあ、どうするんだ？　言ってみろよ」

「君を殺すんだ」

「はあ？　ここで殺人なんかしたら、さらに罪が重くなるだろうが」

「ところが、君はオズの国の誰かのアーヴァタールだから、殺しても死なないのさ。君を殺せば、監禁も拷問もなかったことになってしまう。そして、聞き出したことは、僕たちの記憶に残る」

実のところ、井森は監禁や拷問の事実もなかったことになるのかどうかには自信がなかったし、そんなことをするつもりもなかった。だが、そう言うことによって、ロードに諦めさせようとしたのだ。

「おまえは部屋の外の人物に『ここにいる誰かを捕まえろ』とはひと言も言っていない。つまり、外の人物は事情を知っているということになる。つまり、それは十中八九、樹利亜だ。だとしたら、勝算はある」

「女だから、大したことないと?」

「いや。そもそも、おまえと樹利亜の二人を相手にすることは想定内だ。生き返るとわかっていても、殺されるのは嫌だから、とりあえず失礼させて貰う」ロードは出口に向かって、素早く動いた。

「行ったぞ！」井森は叫んだ。

「あっ！」ロードは驚いて、動きが止まった。

井森は後を追った。

入口から飛び出した瞬間、ロードは身構えると同時に左右を見た。

ドアの外に隠れていたのは、樹利亜と和巳の二人だったのだ。

井森はすぐ背後に迫った。

ロードは三人の人物に囲まれることになった。

「なるほど。三人がかりできたか」

「まあ、こうなったのは偶然だけどね。二人が来るとは僕も知らなかった」井森が言った。

「おまえは自分は運がいいと思ってるだろうな」ロードが言った。

「どうかな。『天は自ら助くる者を助く』というからね。常に状況を的確に判断している者は運がいいように見えるのかもしれないよ」

「じゃあ、きっと俺も運がいいように見えるかもな」

「二人とも気を付けろ。何か思い付いたみたいだ」井森は二人に警告した。

「もう声で半分気付いてるかな?」ロードは和巳の方を見た。

和巳はぴくりと反応した。

「僕だよ」ロードはマスクとサングラスをはずした。

和巳は目を見開いた。

次の瞬間、ロードは和巳の脇を擦り抜けて疾走していった。

井森と樹利亜は追おうとしたが、立ち尽くす和巳を避けようとして、一瞬出遅れてしまった。

ロードは廊下の角を曲がった。

二人が角に到着したときには、ロードはすでに階段を下りていったようで姿はなかった。

二人も階段を下りる。階段の下はすぐ外への出口に繋《つな》がっている。そして、昼休みの学内はごった返していた。

「今、ここを下りてきたやつがどこに行ったか知らないか?!」井森は大声で言った。

だが、何人かがちらりと井森の方を見ただけで反応はなかった。無理もない。建物から飛び出していくやつなんかいくらでもいる。誰も関心を払わないだろう。

二人を追って、和巳も下りてきた。

「いったいどうしたの?」樹利亜は和巳に尋ねた。

「知っている顔だったのよ」

「じゃあ、取り逃がしはしたが、正体はわかったってことか?」井森は言った。「誰なんだ、あいつは?」

「ロードは……あの子は……忍成道雄《おしなりみちお》――わたしの弟よ」

19

「魔法って結局何なの?」ビルはオズの魔法使いに尋ねた。

魔法使いは薄暗い部屋の中で、奇妙な薬を調合しているところだった。

「これはまた難しい質問だな」魔法使いは言った。「哲学的ですらある」

「そんな難しいことじゃないよ。魔法使いは科学を知ってるんだろ? 科学と魔法はどう違うの?」

「わたし自身は科学者ではない。だが、昔は一流の手品師だった」

「ペテン師だろ？」

「手品師だ」

「みんなを騙してたって聞いたよ」

「まあ、結果的に騙したことにはなったがね」魔法使いは少し憤慨《ふんがい》しているようだった。「あれは国民がそう望んだんだ。この国には魔法使いの王が必要だってね」

「でも、この国には元々国王がいたんでしょ？　確かオズマのお父さんでパストリアとかいう」

「その話はしたくない」魔法使いは言った。

「でも、僕は知りたいんだ。ペテン師が本物の魔法王から、どうやってこの国の王座を奪ったのか」

「おまえにその話をするのは無理だ」

「どうして？」

「いろいろと禁忌に触れるのだ」

「禁忌って、オズの国のだろ？　僕は不思議の国から来たから関係ないよ」

「駄目だ。おまえは口が軽過ぎる」

「じゃあ、魔法の話をしてよ」ビルは口を尖らせた。

「今、忙しいんだ」

「粉を混ぜるのに？」

「これは魔法の粉なんだよ」

「これって、薬剤師が薬を調合するのと一緒？」

「似て非なるものだ」

「どう違うの？」

「薬剤師の扱う薬品は化学物質なのだ。だが、我々が扱う魔法薬は違う」

「化学物質じゃないってこと？」

「いや。物質そのものは化学物質なのだが、魔法の力を帯びているんだ」

「僕が知りたいのはそこだよ。魔法の力って何？　電気とか磁気とか放射能みたいなもの？」

「今、おまえが言ったものは全て物理的な実体を持っている。魔法の力は物理的な実体はないのだ」

「でも、それは物体にいろいろな物理的現象を起こすことができるんだよね？」

「できなかったら、魔法ではなく単なる妄想だ」

「だったら、物理的実体はあるんじゃないの？」

「何だと？」

「電気だって磁気だって放射能だって、昔は物理的実体はないと思われてた。でも、それが物理的な現象を起こすから、物理的実体があるってわかってきたんだろ？」

「蜥蜴《とかげ》よ」オズの魔法使いは真顔になった。「今のはおまえの考えか？」

「いいや」ビルは首を振った。「井森の考えだよ。井森は今、魔法について考えを巡らせてい

「るんだ」

「おまえは意味がわかって言ってるのか?」

「単語の意味はわかるよ。でも、井森が何を知りたいのかは全然わからない」

「おまえがこの世界に持ち込めるのが井森の記憶だけで、彼の知性を持ち込めないのは、随分幸せなことだぞ」

「どうして？」

「もし井森の知性を持っていたとしたら、危険人物と見做《みな》されたろうからな」

「危険人物と見做されたら、どうなるの？」

「そんな人物はいない」

「もしもの話だよ」

「オズの国には危険人物はいない。それだけだ」

「もし僕が危険人物だったらどうなるかって訊いてるんだ」

「だから、その場合、おまえはいないんだよ」魔法使いはどすの利いた声で言った。

「やっぱりよくわからないよ」

「たぶん、井森は理解するだろう。それで充分だ」

「充分なんだね。それで、井森の質問の答えは？」

「井森はおそらく魔法とは原理の知られていない科学技術だと考えているんだろう」

「ああ。確か、そんなことを考えていた」

『充分に発達した科学は魔法と区別が付かない』」

「ああ。そんなことも言ってたよ」

「ひょっとすると、そうなのかもしれない」

「そうかもしれないんだね」

「だが、わたしはそうは思わない」

「そうは思わないんだね」

「そもそも人間は科学だって真に理解してはいないんだ」

「そうなの？」

「電球が光るのはなぜだ？」

「電気が流れているからだよ」

「電気が流れるとなぜ光るんだ？」

「よくわからないよ」

「普通はもう少し粘るぞ！」魔法使いは拍子抜けしてひっくり返り掛けたようだった。「熱が発生するからとか、電子の運動エネルギーが熱エネルギーに変換するからとか」

「じゃあ、それでいいよ」

「何だ、それは？……まあいい。つまり、突き詰めていくと、自然現象もその原理は人間にはわからないんだ」

「偉い物理学者でも？」

「ああ。最後にはいくつかの法則に辿り着き、そこでストップしてしまう。つまり、数学における公理のようなものだ。ピタゴラスの定理とか、フェルマーの定理とか、ゲーデルの不完全性定理等の定理は証明なくして真とはされないが、公理は理由なく正しいとされ、それは証明しなくてもいいとされている。つまり、『二つの点を通る直線が引ける』とか、『どんな自然数でも、その次の自然数が存在する』とかだ」

「当たり前のことだから？」

「『誰でもわかる当たり前のことだから』という考え方もあるし、『そういうルールだから』という考え方もあるが、蜥蜴にとっては、どっちでも関係ないから、今は深入りしないが、自然科学における法則とか原理には、公理的な側面と定理的な側面がある。つまり、惑星の軌道に関するケプラーの法則は、ニュートン力学と万有引力の法則から導くことができる。特殊相対性理論は光速度不変の原理を元にしているし、一般相対性理論は等価原理を元にしているし、量子力学は不確定性原理を元にしている。まあ、厳密にいうと、こんな単純なものではないが、蜥蜴相手だから、大雑把《おおざっぱ》でもいいだろう」

「当然だね」

「で、全ての法則が別の法則で説明できるとすると、無限に法則が必要になるか、循環論法になるかしかない。つまり、常に人間には説明の付かない法則が存在することになる」

「よくわからないけど、そうなんだろうね」

「だとすると、全ての科学はブラックボックスに依存していることになる。魔法と何ら変わらない。我々魔法使いは得体の知れない『魔力』を利用しているが、科学者の使っている『エネルギー』や『エントロピー』だって、その真の正体はわからないんだ。だったら、魔法使いと同じ穴の貉《むじな》だとは思わないか？」

「貉って、狸《たぬき》みたいなやつ？」

「貉と狸の違いは結構曖昧で裁判になったこともあるが、面倒なのでこれも深入りはしない」

「なるほど。それで、今までの話って、ちゃんと筋が通ってるの？　それとも単なる屁理屈？」

「ええと。もちろん、今の話、全てを理解できてる訳ではないんだろうな」

「もちろんだよ」ビルは胸を張った。「僕を何だと思ってるんだ？」

「どの辺りからわからなくなった？」

「途中までは理解していたよ」ビルは言った。「だけど、『薬剤師の扱う薬品と魔法薬は違う』とかいう辺りからよくわからなくなってしまったんだよ」

オズの魔法使いはげんなりした表情になった。「わたしはいったい何分間、時間を無駄にしたんだろう？」

「まあ、そんなにがっかりすることもないよ」ビルは魔法使いを慰《なぐさ》めた。「ずっと独り言を言ってたと思えばいいんじゃないかな？　独り言はストレス軽減の効果もあるらしいよ」

魔法使いはビルに返事をせずに、きょろきょろと見回した。

「何を探しているの？」

「ジェリア・ジャムだ」

「どうして?」

「彼女におまえの相手をして貰おうと思ってな。最近、おまえは彼女にくっ付いていただろ?」

「それなら、たぶん無理だよ。ジェリアは大事な捜査があるから、僕の相手はできないって」

「わたしも大事な仕事があるんだが」

「大事な仕事って?」

「魔法薬の調合だ」

「魔法薬って?」

「だから、魔法の力を帯びた薬だと言っとるだろう!」魔法使いは苛立《いらだ》たしげに言った。「魔法だよ。魔法。わたしは魔法使いなんだ!!」

「魔法って結局何なの?」ビルはオズの魔法使いに尋ねた。

20

「いったん整理してみよう」井森は言った。

「整理しなくても、道雄に逃げられたのはわたしのミスだというのははっきりしてるわ」和巳が言った。「そんな気はしてたんだけど、さすがに顔を見せられて動揺してしまった」

「そういうことではなくてだね」

「苗字が違うこと？　わたしは養女に出されたの。だからよ」

「うん。そういうことでもないんだが」井森は困った顔で言った。

「まず何を訊きたいか纏《まと》めたらどう？」樹利亜が言った。

「だから、まず整理しようと言ってるんだよ」

「自分自身に言ったたってこと？」

「そうじゃない。……いや。そうかな？」

「混乱してるの？」

「混乱しない方がどうかしている」井森は深呼吸した。「つまり、ロードの正体は田中和巳さんの弟である忍成道雄だということは確かなんだね？」

「ええ。確かよ」和巳は言った。

「ここまでは大進歩だ。で、次の質問だ。彼は誰のアーヴァタールなんだ？」

「知らないわ」

「弟なのに？」

「そもそも今の今まで、彼が誰かのアーヴァタールだとは知らなかった」

「家族なのに？」

「滅多に会わないから。わたしはよその家に行ったから」

「彼自身は知ってたのかな？　君がグリンダのアーヴァタールだということを」

「知らないわ。念の為に言うけど、『知らない』というのは、『彼がわたしの正体を知らない』

ということではなく、『わたしは彼が知ってるか知らないかを知らない』ってことよ」

「でも、彼は僕や樹利亜や小竹田《しのだ》や血沼《ちぬ》の正体を知っていた」

「ジェリア・ジャムやビルは割と平気で自分たちのアーヴァタールについて、オズの国で喋ってたと思う。案山子《かかし》やニック・チョッパーだって、秘密にしておこうという意識はなかったと思うわ」樹利亜が言った。

「グリンダについては？」

「わたしや夕霞やドロシイは知ってたわ。でも、口止めされていたから、誰にも言ってない」

「グリンダ自身も誰にも言ってないわ」和巳が言った。

「ということは、君の正体はまだ知られていない可能性が高いってことだな」井森が言った。

「そうかもしれないし、そうでないかもしれない。思い込みは禁物だわ」

「まあ、君が僕たちと一緒にいたことを知られてしまったので、誰かのアーヴァタールかもしれないということは思ってるだろうな。君が僕たちと一緒にいたことには驚いていたかい？」

「サングラスとマスクで表情は見えなかったけど、わたしの姿を見た瞬間、少し動きが鈍《にぶ》ったような気がしたわ」

「だとすると、やはり知らなかったんだろうな」

「それ自体が演技かもしれないわ」樹利亜が異議を唱えた。

「疑い出したら、きりがないな。その問題は措いておくことにしよう。田中さん、プライベートに関することを訊いても構わないかな？」

「それは質問の内容によるわ」

「ロード……道雄は言ったんだ。自分は姉に殺されたと」

「そうか！」樹利亜が叫んだ。

「どうしたんだ？」

「わかったのよ！」

「犯人が？」

「ロードって、road――道のことよ！　つまり、自分の名前をそのまま名乗ってたのよ！」

「ええと。どこまで話したかな？」井森は頭を掻いた。

「道雄がわたしに殺されたって言ったこと」

「そう。具体的にどういうことなのかなって」

「殺した訳じゃないわ」

「そうだろうと思ったよ」

「事故よ」

「事故か。そのときはもうアーヴァタール現象は起きていた？」

「わからない。知ってたら、もう少し待ってたかもしれないけど」

「ちょっと待ってくれよ。アーヴァタール現象で生き返った訳じゃないってことかい？」

「あのとき、道雄はまだ赤ん坊だった。まさか覚えているとはね」

「何があったんだ？」

「だから、事故よ。わたしが目を怪我したのと同じとき」

「この間、君の目を見たときには怪我なんかしてなかったけど？」

「そう見えるわよね」

「道雄もそんな瀕死の重傷だったようには見えない」

和巳は返事をしなかった。

「どうしたんだ？　何か隠しているのかい？」

「玩具《がんぐ》修理者《しゅうりしゃ》って知ってる？」

「さあ。聞いたことがない」

「だったら、この話はここまで。今回の事件には関係ないから忘れて」

「そんなことを言われたら、余計に気になるよ」

「じゃあ、きっと道雄のイマジナリイフレンドの名前よ。彼は何でも治せる。道雄はそう思っていた。そういうことでいいでしょ。重要なのは、道雄がわたしを恨んでたってことだけだから」

「恨んでたって限らないんじゃないかな？」樹利亜が言った。

「わたしに殺されたと思ってるのよ」

「それもミスリードかもしれない」

「道雄とドロシイや小竹田、血沼との接点は？」

「わたしの知る限りないわ」和巳は言った。「わたしたちを通じて間接的に接点はあると言えるかもしれないけど」

「地球では無関係だけど、オズの国では関係があるのかもしれない」井森は言った。

「その可能性は高いと思う」樹利亜が言った。「動機だって、地球ではなくオズの国にある可能性が高いと思う」

「つまり、田中さんへの恨みが動機だというのはフェイクだと?」井森が言った。

「絶対とは言い切れないけど、和巳に恨みがあるのなら、ドロシイではなく、グリンダを殺すはずよ」

「グリンダは強力な魔女だから殺害するのは難しいだろう」

「だとしても、和巳への恨みはドロシイを殺す動機にはならないわ」

「ドロシイはグリンダと親しいからじゃ?」

「オズマとドロシイの結び付きは強いけど、グリンダとはそれほどじゃないわ。むしろ、グリンダが愛しているのは、グリンダの城に住む美少女たちよ」

「少女は何人いるんだい?」

「何十人といるわ。オズの国中から集められているから」

「その少女たちの命を狙うのは簡単かな?」

「簡単ではないでしょうね。グリンダの城の中にいたんだから。でも、ドロシイの命を狙うのと較べて特段に難しいということはないと思うわ」

「なるほど。もし動機がグリンダを困らせるためだとしたら、ドロシイを殺すより同じぐらい殺害が困難なグリンダの城の少女たちを狙うはずだということだね？」

「その通りよ」

「う〜ん。何とも言えないなぁ」

「どうして？」

「実際にドロシイを殺すのと美少女たちの一人を殺すのとどっちが難しいかは簡単に判断できないし、ましてや道雄がどう考えたかもわからない」

「つまり、和巳への恨みがドロシイ殺しの動機になりうると言いたいの？」

「まあ、なりうるってだけで、そうだとも言えないんだけどね」

「こうして話し合っていても、結論は出なそうね」樹利亜は言った。「道雄君を問い詰めるのが一番の近道でしょうね。和巳、道雄君が行きそうな場所ってわかる？」

和巳は首を振った。「ここ何年も疎遠になっているの。今、住んでいる場所すらわからないわ」

「両親や親戚に尋ねたらどうかしら？」

「両親はすでに亡くなっているわ。親戚もわたしの養親ぐらいしかいないわ」

「打つ手なしか」井森が呟くように言った。「あとはジェリア・ジャムの働きに期待するしかなさそうだな」

樹利亜は井森に返事をせずに何かを考えていた。

21

ジェリア・ジャムはオズマにグリンダとオズの魔法使いを含めて報告会を開きたいと申し出た。

オズマはそれを承認し、彼女の部屋にメンバーが集められた。

「会議に参加するのは四人だけだと聞いたが?」魔法使いが不服気に言った。「どうして、蜥《と》蜴《か》《げ》がここにいるんだ?」

「ビルのアーヴァタールは優秀な人物です。彼の助力を得ない手はありません」ジェリアは言った。

「でも、現在、ここにいるのは間抜けな蜥蜴だ」

「ビルの記憶はそのまま井森に伝わります」

「君のアーヴァタールがこの会議の様子を井森とかいう人物に説明すればいいんじゃないか?」

「間接的だとどうしても情報は抜け落ちてしまいます。それに、わたしが知ったことをいちいち井森に伝えるのは、二度手間以外の何ものでもありません」

「しかし、会議にこんな蜥蜴が参加するのは……」

「魔法使いさん」オズマは言った。「ビルが会議に参加すると何かまずいことでもあるのでしょうか？」

魔法使いはびくりと反応した。「いえ。何もまずくはありません。わたしはただ一般論を申したまでです」

「だったら、ビルの参加を許しませんか？　彼が参加したとしても、それほど不都合は感じません」オズマは冷たい目でじっと魔法使いを見詰めた。

魔法使いは恐怖でも感じたかのように目を伏せた。「承知いたしました。ビルが参加することに同意いたします」

「グリンダはどうですか？」

グリンダは無表情のまま、ちらりとビルを見た。「わたしも特にビルを排除する必要はないと思います」

「では、ジェリア、ビルの参加を正式に認めます」

「ありがとうございます」ジェリアは頭を下げた。

ビルはその話し合いの間、ずっと部屋の中をちょろちょろと動き回っていた。

「ビル、あなたの参加が承認されたわよ」ジェリアはビルに呼び掛けた。

「オリンピックか何かへの参加？」ビルは動き回りながら言った。

「いいえ。この会議によ」

「これって会議なんだ」

「ええ。もちろんよ」

「僕、会議に参加してた？」

「いいえ。たぶん参加してなかったと思うわ」

「じゃあ、今から参加するよ。……ええと何か宣言しなくっちゃならないのかい？　開会宣言とか」

「こういうやりとりが延々続くことになるんだぞ」魔法使いが言った。「効率が悪いとは思わないか？」

「会議を早く済ませることが目的ではありません。真実に到達することが重要なのです」ジェリアが言った。「ビル、あなたは開会宣言をする必要はないわ。できるだけ、わたしたちの話をよく聞いて頂戴。それがあなたの一番重要な仕事よ。あと、できる限りでいいから、余計なことは言わないようにして」

「質問とかはしちゃ駄目なの？」

「……もちろん、質問してもいいわ」

「異議申し立てとかは？」

「どういうことを言ってるのかわからないけど、したいならしてもいいわ」

「異議あり！」ビルは手を挙げた。

「それを言ってみたかっただけ？」

「違うよ。ちゃんと異議があるんだよ」

「今までの会話の中で、何か異議を唱えるような言動があったかしら？」

「あったよ」

「ビル、わたしはできる限り余計なことは言わないでって言ったわよね？」

「構いません、ジェリア」オズマが言った。「ビル、何に異議があるの？」

「蜥蜴なんかに異議申し立ての権利を認めるなんておかしいってことだよ」

「それは……」ジェリアは戸惑った。

「なるほど。それは単純そうに見えて、極めて複雑な異議ですね」オズマは言った。「もしその異議申し立てを認めるなら、あなたに異議申し立ての権利はないということになります。だとしたら、その異議申し立ては認められません」

「ほら。僕は正しいんだ」ビルは胸を張った。

「しかし、その異議申し立てを認めないとするなら、蜥蜴にも異議申し立ての権利があるということになります。そうなると、あなたの異議申し立てを認めなければなりません」

「ほら。僕は間違ってるんだ」ビルは胸を張った。

「ええと。このやりとりが終わるまで、自分の部屋で休んできてよろしいですか？」魔法使いが皮肉を言った。

「ビル、あなたの異議申し立ては保留とします」オズマが言った。

「いつまで？」ビルが尋ねた。

「保留期間が終わるまでです」

「それはつまり……」ビルは考え込んだ。

「さあ、会議を進めましょう」オズマは言った。

「はい」ジェリアは言った。「まず最初にご報告すべきことは、自らが犯人だと名乗り出た者がいたということです」

「知っています」グリンダが言った。「道雄——わたしのアーヴァタールの弟ですね」

「それなら、事件はほぼ解決ではないのか？」魔法使いが言った。「その人物が嘘を吐《つ》いていないとしてだが」

「そう簡単にはいかないのです」ジェリアは言った。「彼は自らの本体が誰であるかを明かしていません」

「捕まえて吐かせればいいのではないか？　本当のことを喋ってしまう魔法薬はいくらでもあるぞ」

「残念ながら、魔法薬を地球に持っていくことはできません。また、レシピを教えていただいたとしても、地球で材料を集めることは不可能でしょう。なぜなら、魔力は調合の過程で発生するのではなく、元々材料に含まれているものだからです」

「何も魔力に頼る必要はない。地球にだって、自白剤や拷問という手段があるだろう」

「わたしのアーヴァタールが地球でそんなことをしたら、犯罪者になります」

「緊急避難なので、問題ないだろう」

「地球の警察や検察はオズの国の存在を認めていないので、緊急避難も認められません」

「警察にもアーヴァタールはいるだろう」

いたとしても、夢の話ですからね。裁判では証拠になりません」

「いろいろと厄介なことだ」

「それに現在、道雄の身柄は確保できていません」

「それは大失態ではないか！」魔法使いはいきり立った。

「わたしのアーヴァタールのせいです」グリンダが言った。「彼女が動揺して見逃してしまったのです」

「まあ、誰にもミスはありますな」魔法使いの声はどんどん小さくなった。

「彼の本体の目星は付いているのですか？」オズマが尋ねた。

「それはまだです。その人物を見付けるために、皆さんの御意見を伺おうと思ったのです」ジェリアは言った。

「しかし、道雄を取り逃がしてしまったのなら、手掛かりはほぼないのではないか？」魔法使いが指摘した。

「手掛かりが皆無という訳ではありません。道雄は姉に恨みがあると言っていました」

「それはグリンダへの嫌がらせのために、ドロシイを殺害したということですか？」オズマが尋ねた。

「そういう可能性もあるということです」

「グリンダはドロシイと親しい関係にあったと言ってもいいでしょう。しかし、どうも動機としては弱いように思います」

「地球での樹利亜と井森の結論もそうでした」

「では、他にも理由があるということですか?」

「そう考えるのが自然です。地球においては、道雄とドロシイの接点はまずないと思われます。となると、動機はこちらの世界にあると考えた方がいいかもしれません」

「結局、堂々巡りだ」魔法使いが言った。「こちらの世界で動機のある者を絞りきることはできなかったではないか。ドロシイはオズの国やオズの国以外のフェアリイランドで、いくつかの冒険を行った。その過程において、彼女を恨むことになった者は大勢いるだろう」

「いえ。新たな知見により、犯人を少しだけ絞り込むことができます」ジェリアが言った。

「知見は何もなかったと聞いたが？」

「確かに、道雄からは何も引き出せませんでした。しかし、知見がなかった訳ではありません」

「ジェリア、もったいぶらずに教えてくれませんか？」グリンダが言った。

「実に簡単なことです。まず一つの仮定を行います。道雄の告白は正しい」

「彼が犯人のアーヴァタールだということ以外に何か意味のあることを言ったのか？」魔法使いが言った。

「それだけで、一つの知見です」

「馬鹿馬鹿しい。結局何もわからないということではないか」

「道雄が犯人のアーヴァタールであるということは、道雄以外は犯人のアーヴァタールではないということです」

オズマは顔を上げた。ジェリアの言葉に注目しているようだった。

「つまり」ジェリアは続けた。「地球に道雄以外のアーヴァタールを持っている人物は犯人ではないということになります。例えば、わたしやビルは地球に道雄以外のアーヴァタールを持っています。つまり、わたしとビルは犯人ではないのです」

「おめでとう。君たちは無罪だ」魔法使いは手を叩いた。「しかし、それがそんなに重要なことか？　消去法で犯人を見付けるのは、随分骨だぞ」

「いいえ、魔法使いさん。そうではないのです」オズマは言った。「消去法で直接犯人を見付けることの他に重要な意味があります。誰を信用すべきかがわかるのです」

ジェリアは頷いた。「例えば、わたしとビルは犯人ではないのは確実ですから、その発言の信用度は高いということになります」

「それはどうかな？」魔法使いは腕組みをして考えているビルの方をちらりと見た。「彼の信用度は上がったか？」

「ビルが犯人かもしれないと疑ってましたか？」

「まさか、とんでもない。ビルに何ができると言うんだ？」

「元々犯人だと疑われていなかったのですから、信用度に変化がなくて当然です」

「君自身は信用できると言いたい訳だ」

「それは言っておいた方がよいでしょう。わたしは女王陛下から捜査官を任命されたのですから、自身の潔白を示すのは義務とも言えます」

「ふむ」魔法使いは面白くなさそうに鼻を鳴らした。

「ジェリア、あなたとビルの他に信用できる人は誰ですか?」オズマは尋ねた。

「まず、ニック・チョッパーは信用できます」

「あいつを信用するだって? 遺体を何の躊躇《ちゅうちょ》もなく縦に裂くようなやつだぞ。やつにはハートというものがない」

ビルを除くその場の全員が魔法使いを見た。

「何ですか?」魔法使いはどぎまぎと言った。

「ニック・チョッパーはあなたに温かいハートを貰ったと言って、しょっちゅう自慢していますよ」ジェリアは言った。

「ふむ。そうだった。最近、物忘れが酷くなってね。自分がやった善行をよく忘れるんだよ。まあ、わたしが善行することなんか日常茶飯事だから、いちいち覚えていろっていう方が無理な訳だけどね」

「ニックの行いは乱暴ですが、彼は馬鹿ではありません。彼は信用できるでしょう」オズマが言った。

「ドロシイと案山子《かかし》さんは被害者なので、そもそも被疑者ではありませんが、この二人のアーヴァタールも犯人ではないことが明確だったことを伝えさせていただきます」ジェリアが言った。

「なぜ、わざわざ被害者である二人の名前を出したんだ?」魔法使いが尋ねた。

「ドロシイ、案山子さん、ブリキの樵《きこり》であるニック・チョッパー、この三人は有名なグループのメンバーでした」

「ああ。覚えているよ」魔法使いが言った。「わたしに願い事をしにきた連中だ。だが、願いは全部で四つだったが」

「そう。ライオンさんも願い事を言ってきた一人です。願い事をしにきた四人の中で、アーヴァタールが明確になっていないのは彼だけです」

「彼が犯人だと？　あの臆病者には無理だろう」

「彼は臆病者ですが、とてつもなく強いのです」

「それは知ってる」

「もし、彼が本気を出したなら……」

「彼のアーヴァタールははっきりしています」グリンダが口を挟んだ。

「誰なのですか？」ジェリアは尋ねた。

「知ってると思っていました。言ってませんでしたか？」

「誰なんですか？」

「猫です。わたしのアーヴァタールが抱いていた、片目が弾丸の」

「……なるほど。アーヴァタールが人間とは限らない訳ですね」

「彼の場合、本体もけだものですが」

「つまり、オズの魔法使いさんに願い事にきた四人は全て犯人ではないということですね」

「だからと言って、それは何も意味しないぞ」魔法使いは言った。

「そうですね」ジェリアは言った。「そして、もう一人継《つ》ぎ接《は》ぎ娘のスクラップスも地球にアーヴァタールが存在します」

「彼女は案山子さんが燃やされたとき、正面にいて話していたので犯人である可能性は元々低いですね」オズマが言った。「軍人たちも見ていましたし」

「さらにもう一人います」ジェリアが言った。

魔法使いは怪訝《けげん》な顔をした。

「それはグリンダです。彼女のアーヴァタールは田中和巳です」

「それも無意味な指摘だ」魔法使いが言った。

「どうしてですか?」

「グリンダのアーヴァタールが地球にいるかどうかなどどうでもいい。グリンダは最初から犯人ではあり得ないのだから」

「その根拠は何ですか?」

「ジェリア、君はグリンダを疑うのか?」

「いいえ」

「だったら、今のは必要のない証拠だ」

「わたしがグリンダを疑わないのは、彼女が犯人でないという証拠があるからです。それは彼女のアーヴァタールが和巳であるということです」

「何だと？　君は自分の言っていることの意味を理解しているのか？」

「はい。わたしは一つずつ根拠を挙げながら議論を進めているつもりです。もし、道雄が本当のことを言っているのなら、今わたしが述べた人々は犯人ではないということになります」

「道雄が嘘を吐《つ》いているとしたら、どうなりますか？」オズマが尋ねた。

「道雄が嘘を吐く理由がありません。彼の言ったことが嘘だとすると、彼は犯人のアーヴァタールではないということになります。どうして、わざわざそんな嘘を吐くのでしょうか？」

「真犯人を庇《かば》うためではありませんか？　道雄以外のアーヴァタールを持つ者を被疑者から除外するため」

「表面的には、今の説は妥当な気がしますが、もしそうだとすると、道雄は全く馬鹿なことをしたことになります。五十万人に及ぶオズの住民のうち、アーヴァタールが判明しているのはほんの数人です。つまり、道雄が何もしなければ、その数人に関心が及ぶことはなかったのですから、逆に捜査対象をいっきに狭めることになってしまいます。もしアーヴァタールを持つ者を庇いたいという動機を持っていたら、道雄はあえて姿を現すはずはありません」

「あなたがそう考えるのを見越していたとしたら？」

「それは分の悪い賭けなのです。つまり、強盗が家に入ってきたときに、宝物の隠し場所の前に行って『ここに宝物がある』と言うようなものです。疑り深い強盗なら、その言葉を疑って、そこ以外を探すかもしれないという賭けです。しかし、そんなことをしなければ、強盗はそこに関心を持たなかった訳ですから、非常に分の悪い賭けなのです」

「自分が絶対に間違っていないという自信はありますか?」

「いいえ」ジェリアは断言した。「そして、そんな自信は必要ないのです。もし自分が間違っていると感じたら、改めてアーヴァタールが判明している人たちを調べれば済む話ですから。今は道雄が嘘を吐いていないという仮説に基づいて捜査を進めます」

静寂が流れた。

「わかりました」オズマが言った。「あなたはあなたの考え通りに捜査を進めてください」

「ちょっと待ってください」オズの魔法使いが言った。「ジェリアは何か大きな捜査上の進展があったかのように言いましたが、実際には殆《ほとん》ど進んでいないも同然です。しかも、グリンダを被疑者の一人に数えるような真似をしました」

「わたしはグリンダは被疑者には入らないと申しました。被疑者だとは言っていません」ジェリアは反論した。

「そういうことを言っているのではない。そもそもグリンダを疑いの目で見ること自体がおかしいと言っているのだ」

「どうしてですか?」

「オズマ女王、南のよい魔女グリンダ、そしてわたしことオズの魔法使い——この三人はオズの国で魔法の使用を認められている特別な存在なのだ。それはこの三人が正しい者であるからだ。だから、この三人の誰かが犯人であることはあり得ない」

「この三人が正しい者だと誰が決めたのですか?」ジェリアは尋ねた。

魔法使いは息を飲んだ。

グリンダは目を見開いてジェリアを見詰めた。

オズマは表情を変えなかった。

魔法使いは息をゆっくり吐いた後に言った。「この三人が正しくない者だと？」

「そんなことは言っていません。誰が決めたのか訊いているのです」

「オズマ女王の御判断だ」

「それは知っています」ジェリアは言った。「この三人が正しい者だと判断した根拠をお訊きしているのです」

「女王陛下の御判断そのものが根拠だ」

「もし、本当にその理屈が成り立つのなら、女王陛下に犯人を決めて貰えばよろしいでしょう。陛下の発言は無条件に正しいのですから」

「君は大変な間違いをしようとしているぞ、ジェリア」

「魔法使いさん、彼女の言葉を少し検討してみましょう」グリンダが言った。

「検討する価値などありません」

「本当に？」

「ジェリアはオズマ女王の発言に疑問を呈したのです。彼女は捜査官に相応《ふさわ》しくありません。別の者を任命しましょう」

「常識に疑問を持つのは捜査官の資質の一つと言ってもいいでしょう」

「では、この女の言い分が正しいとおっしゃるのですか?」

「それを判断するのは尚早でしょう」

「では、この女を野放しにしておけとおっしゃるのですか?」

「ジェリアをどう扱うかは、オズマ女王が決定されることです」グリンダはオズマの方を見た。

オズマは氷のような視線でジェリアを見た。

ジェリアは黙ってオズマを見返した。

魔法使いは杖をジェリアに向けようとした。

だが、グリンダはそれを手で制した。「オズマ女王に任せるのです」

「ジェリア、あなたはわたしの判断が間違っていると言うのですか?」

「いいえ。ただ、その判断が正しいかどうか、検証が必要だとは思っています」

「具体的にはどういうことですか?」

「取り調べを行いたいのです」

「誰に対して?」

「オズの魔法使いに対して」

「無礼者!」オズの魔法使いは杖を振るった。

だが、グリンダも同時に杖を振り、魔法使いの杖から放たれた何かは空中で四散した。

「ジェリアに手を掛けることは許しません」グリンダは冷徹に言った。

「しかし、ジェリアは無礼なことを言いました」

「誰に対して？」

「それは……」魔法使いは一瞬躊躇した後に言った。「オズマ女王です。ジェリアはオズマ女王が正しき者として選んだわたしを疑ったのです」

「ならば、それが無礼かどうかはオズマ女王自らが決めることとです」

「ジェリア、魔法使いさんへの取り調べはドロシイを殺した者を見付けるのに必要不可欠なのですか？」オズマは言った。

「不可欠だとは申せません。現時点では、魔法使いさんを犯人だともそうでないとも断定できないからです。しかし、だからこそ、取り調べの必要があります」

「彼が犯人でなかったら、取り調べは完全に無駄ではないのですか？」

「いいえ。彼が犯人でないという確証が得られれば、それは一つの知見になります」

「魔法使いさん」オズマはオズの魔法使いに言った。「ジェリアがあなたを取り調べることは絶対に容認できませんか？」

「わたしは……取り調べ自体を拒否している訳ではありません。彼女が陛下の御判断に従わないことに対して憤《いきどお》りを感じたのです」

「それでは、わたしの新たな判断について説明します。事件の解決へのプロセスとして、ジェリアがあなたを取り調べることは意味のあることだと判断いたしました。そして、この判断はわたしがあなたを疑っているということを意味しません」

魔法使いはオズマに一礼した。「オズマ女王の御判断に従いましょう。ジェリア、訊きたいことがあるなら、さっさと訊くがいい」

「ここではなく、別室ではいかがですか？」ジェリアが言った。

「オズマ女王やグリンダに聞かれてまずいことは何もない」

「わかりました。それでは、ここで取り調べを行いたいと思います。まず、最初の質問です。地球にあなたのアーヴァタールはいますか？」

「その質問の意味は？」

「わたしが尋ねているのです」

「無条件に質問に答えるとは言っていない。質問の必要性に納得した場合だけだ」

「あなたのアーヴァタールが地球にいて、それが道雄でないなら、あなたは犯人ではないことになります。もちろん、道雄が犯人のアーヴァタールであるのが本当だと仮定しての話ですが」

「議論の煩雑化《はんざつ》を防ぐために、今後は暫定的《ざんてい》に道雄の話が正しいとして、話を進めて構わない。だが、もしわたしが地球に自分のアーヴァタールがいると発言したとして、それをどうして確かめるのだ？」

「地球にはわたしのアーヴァタールがいます。ビルやグリンダやスクラップスのアーヴァタールも。調査することは可能でしょう」

「もし、地球にわたしのアーヴァタールが存在して、それが道雄でないことがはっきりしたら、わたしの疑いは晴れるということか？」

「誤解して欲しくないのですが、わたしはあなたを疑っている訳ではありません。ただ、情報を収集したいだけなのです」

「もし、わたしのアーヴァタールが地球にいなかったらどうなる？」

「どうにもなりません。それが本当だとしても、あなたはそれを証明することはできないでしょう。逆に、わたしがそれを否定することもほぼ不可能だと思われますから」

「なるほど。では、わたしの答えはこうだ。黙秘する」

「黙秘ですか？」

「今、言ったはずだ」

「なぜ黙秘するのですか？」

「わたしには黙秘の権利はないのか？」

ジェリアはちらりとオズマの方を見た。

オズマは無表情のままだった。

「あなたに黙秘の権利があるかどうかはわたしの関知するところではありません。しかし、わたしとしては無理強《じ》いはしたくありません。ただ、黙秘するのなら、その理由を知りたいと思います」

「わたしは嘘を吐きたくないのだ。そして、本当のことも言いたくない。したがって、黙秘する」

「嘘を吐きたくない理由は？」

「オズマ女王の前で正しくない行いはできないからだ」

「本当のことを言いたくない理由は?」

「黙秘する」

「黙秘する理由をわたしが勝手に推測するかもしれませんよ」

「黙秘自体が不利な証拠になると言うのか?」

「いいえ。そんなことは言っていません。わたしの心証の問題です」

「ならば、黙秘する」

「わかりました。次の質問です。あなたは誰かを恨んでいますか?」

「難しい質問だな。わたし程長く生きているといろいろな感情の縺《もつ》れを経験することになる。しかし、今現在、殺意を抱く程の他人に対する感情は持っていない」

「三つ目の質問です。あなたは誰かに恨まれていますか?」

「これこそ難しい質問だ。わたしの気持ちではなく、他人の気持ちについて答えよ、と言うのか?」

「推測で結構です。過去に、誰かに恨まれるようなことがありましたか?」

「思い当たらない」

「あなたはあなたに願い事を頼みにきた四人を騙しましたね」

「それは誘導尋問ではないのか?」

「単純な質問です。騙したのですか?」

「単純な事実ではないのだから、単純な質問をされても、答えることはできない」

「単純な答えでなくても構いません」

「案山子と樵とライオンについては、わたしは彼らに言葉通りのものは与えなかった。しかし、与えたものによって、彼らは満足し、幸せになった。これは願い事を叶えたのと等価だ。違うかね？」

「等価かどうかは判断できませんが、彼らが満足したのなら、恨むことはないでしょう」ジェリアは続けた。「それでは、ドロシイについてはどうですか？」

「ドロシイについては、本当に願い事を叶えてやろうとしたし、その能力もあった」

「しかし、叶えることはできなかったんですね」

「その通りだが、実際には叶える必要はなかったのだ。願い事を叶える力は彼女自身が所有していた」

「それは結果論であって、あなたが願い事を叶えられなかったのは事実ですね？」

「まあ、そのようにとる者はいるかもしれない」

「そのようにとる者がいても仕方がないと？」

「君の質問は、いささか誘導尋問じみてはいるが、同意しよう」

「もしドロシイがあなたを恨んでいたとしたら、彼女の存在が煙たいとは思わなかったでしょうか？」

「いや。ドロシイはわたしを恨んでなぞいないし、わたしは彼女を煙たいとは思わなかった。今の質問には何か根拠があるのか？」

「もちろん、ありません。わたしは単に質問をしただけです」

「質問はこれだけか？」

「はい。あなたへの質問はこれだけです」ジェリアは深呼吸をした。「次は女王陛下です」

「女王陛下を取り調べると言うのか？」

「以前、オズマ女王への質問は問題ないとのお答えをいただいています」

「只《ただ》の質問と取り調べは別だ」

「構いません」オズマは言った。「捜査は最優先事項です。わたしへの取り調べが必要だとジェリアが判断したのなら、それはなされるべきです」

「ありがとうございます」ジェリアはおじぎをした。「早速お訊きします。地球に女王陛下のアーヴァタールはいますか？」

「これは秘密事項で他言は無用ですよ」

「はい。もちろんです」

「地球にわたしのアーヴァタールはいます」

「それは誰ですか？」

「言う必要はありません」

「なぜですか？」

「必要がないからです。どんな必要があると言うのですか？」

「道雄でないかどうか知るためです」

「わたしのアーヴァタールは道雄ではありません」

「それを確かめる術《すべ》はありますか?」

「では、もしわたしが地球にアーヴァタールはいないと言ったなら、それを確かめる術はあったのですか?」

「いいえ。それはありませんでした」

「それなら、わたしの言葉を信じて貰うしかありません。わたしは嘘を言うことも可能でした。しかし、真実を述べました。それはオズの魔法使いさんも同じです」

「わかりました。では、もう一つ質問をします。もし、あなたにとって存在して欲しくない人間がこのオズにいた場合、あなたはどうしますか?」ジェリアは言葉を選びながらゆっくりと言った。

「質問の意図が不明確です」

「では、質問を変えます。オズの国に存在してはいけない者は誰でしょう?」

「犯罪者です」

「オズの国に犯罪者がいた場合、あなたはどうされますか?」

「今、やっています。捜査官を任命し、犯罪者を見付け出します」

「もし、犯罪者が見付かったら、あなたはその人物をどうするのですか?」

「あなたはわたしが犯罪者を殺すと思っているのですか?」

「仮定の話です」

「もしわたしが死刑を執行したのなら、オズの国で犯罪が起きたことを認めることになります。わたしは死刑を含め、あらゆる刑罰を執行しません」

ジェリアはオズマの目を見た。

オズマは静かにジェリアの目を見詰め返した。

「ありがとうございます。これで、取り調べを終了したいと存じます」ジェリアはほっとしたように溜め息を吐いた。

「それでは、これで報告会を終了することにします」オズマが言った。「何か言っておくべきことがある人はいますか?」

「異議あり!」ビルが手を挙げた。「よく考えたら、『保留期間が終わるまでが保留期間』って当たり前だよ!!」

22

「手詰まり感が凄いよ」井森が誰に言うともなく言った。

大学近くの喫茶店で、井森は三人の女性とテーブルを囲んでいた。

別に対策会議という訳ではない。誰が呼び掛けた訳でもなく、自然に集まってきたのだ。

すでにホットコーヒーは冷めきっており、ジュースの氷も溶けてしまっていた。

「手詰まり?」和巳が言った。「何に対する手詰まり?」

「ドロシイ殺しの犯人についての捜査だよ」

「手詰まりなの、樹利亜?」

「よくわからないわ」樹利亜が答えた。「手詰まりと言えば手詰まりかもしれないけど、捜査というものはこういうものなのかもしれないし」

「僕の経験から言うと」井森が言った。「前の事件のときはもう少し進展があったんだ」

「そう言えば、そんなこと言ってたわね」

「いっきに謎の解明が進んだ訳じゃないが、少しずつ手掛かりが集まってきて、それを推理の材料にできた。ストーリーを組み立てると、いろいろ矛盾点が出てきたりして、そこを辻褄《つじつま》の合うように組み立て直すと、自《おの》ずと真相が見えてくる訳だよ」

「手掛かりはいろいろとあるんじゃない?」夕霞が言った。

「例えば、どんな?」井森は尋ねた。

「ドロシイもジンジャーも出入り口が一つしかない奥向きで殺された訳よね?」

「そうだよ」

「つまり、これは密室に近い状態だったと考えられるわ」

「密室ではないけどね」

「でも、犯人の出入り口は一か所に絞られる。これは大きなことよ」

「でも、出入り口を見張っていたジンジャーは殺されてしまったんだから、それ以降は出入りは自由になってたはずだよ」

「ところが、ジンジャーの殺害後はむしろ密室は完成したと考えられるのよ」

「どういうことだ？」

「奥向きと表を繋《つな》ぐのはジンジャーがいた警備室だけだった訳よ。そして、その部屋はジンジャーの殺害により、血塗《ちまみ》れとなった。つまり、あの部屋を出入りしたら、血の足跡が必ず残ることになるのよ」

「血が広がる前なら何とかなったんじゃないかな？」

「犯人はジンジャーの頭部を刃物を使って念入りに破壊していたわ。その間、ずっと出血が続いたとしたら、部屋の床は血塗れにならざるを得ないわ。それに対し、ドロシイの頭部はチクタクを使って一瞬で潰せたので、床が血塗れになるまえに部屋を出られたと考えられる」

「警備室にはチクタクのようなちょうどいい凶器がなかったんだろ？　それに、その事実から何がわかるって言うんだい？」

「重要なことがわかるわ。殺害の順番よ」

「順番？　ジンジャーとドロシイのどっちを先に殺したかってこと？」

「そう。もしジンジャーを先に殺したとしたら、廊下に血の跡が付いているはずよ」

「それはどうかな？　部屋の中で靴を脱いで、裸足でドロシイの部屋に向かったのかもしれないよ」

「……まあ確かにその可能性はあるわね」樹利亜は少し気分を害したようだった。「だとしても、重要なポイントは刺し傷が背中にあったということよ」

「それは後ろから狙ったからだろ？」

「その通り、でも、後ろから狙えるタイミングっていつかしら？」

「ジンジャーは奥向きへの扉を背にして座っていた。だから、チャンスはいくらでもあったはずだよ。ジンジャーの前を通ってから奥向きへのドアを開けると見せ掛けて、後ろから刺すとか、あるいは、いったんドアを開けて奥向きに入った後、そっとドアを開けて刺すとか、あるいはドロシイを殺した後、ドアを開けて素早く刺すとか」

「纏《まと》めるとどういうことかしら？」

「だから、犯人は後ろからジンジャーを刺したんだよ」

「後ろからジンジャーを刺せるのはどんな人？」

「それは誰でも刺せるだろ？」

「よく考えて。犯人が自分で開けるにしても、ジンジャーに開けて貰うにしても、最初、ジンジャーと犯人は正面同士で向き合うのよ。そして、その後、何らかの方法でジンジャーの背後に回る。犯人がジンジャーにとって見知らぬ人物だったとしたら、部屋に入った瞬間に追い出されて終わりよね？」

「犯人はジンジャーの知っている人物だったってこと？」

「おそらく」

井森は顎を触りながら考え込んだ。

「何を考えているの？」

「君の推理に穴がないかだよ」井森は言った。「犯人がドアを開けた瞬間、たまたまジンジャーがドアに背を向けていた可能性はないかな？」

「ないわ」樹利亜は即答した。「もしたまたま背を向けていたジンジャーを刺せたとしたら、それは最初からジンジャーを刺そうと思ってドアを開けたことになるわ」

「もちろんそういうことになるね」

「基本的にジンジャーは入り口の方を見て椅子に座っているんじゃなかったかしら？」

「もちろん、殆《ほとん》どの時間はそうしているだろうが……」

「もしドアを開けた瞬間、ジンジャーがこっちを見ていたとしたら、犯人はどうするつもりだったのかしら？」

「そのときは諦めたんじゃないかな？」

「そんな行き当たりばったりな方法をとらないでしょう。返り血のことを考えて、エメラルドの都の住人の服を用意してたぐらいだから」

井森は腕組みをして目を瞑《つむ》った後、言った。「そうだね。ジンジャーがたまたま背中を見せていたという可能性は殆どないだろうね。しかし、ジンジャーと顔見知りというだけで、犯人を絞り込むことはまず不可能だと思うよ」

「樹利亜を否定するだけではなく、あなたも何か手掛かりを見付けようとしてみたら、どうかしら？」和巳が言った。

「そう言われたらそうだけど、もう何も思い浮かばないよ」

「本当に？　もう何も見落としはない？」

「被害者たちに最後に会った人物にもう一度当たってみるのはどうかしら？」夕霞が提案した。「何か思い出すかもしれないわ」

「それも望み薄だよ」井森は言った。「ドロシイに最後に会ったのはチクタクだけど、彼はロボットだから見聞きしたことは全て記憶されている。つまり、覚えていることが全てで、これ以上何かを思い出すということはないだろう」

「じゃあ、ジンジャーは？」

「残念なことにジンジャーに最後に会ったのは、案山子なんだ。つまり、案山子がドロシイを呼びに行こうとして、ジンジャーに追い返されたときだ。そのときに、二人のうちどちらかが何かに気付いていたとしても、二人ともそのときのことは何も言わずに死んでいるので、もはや証言のしようがない」

「ちょっと待って！」樹利亜が突然叫んだ。「それって本当？」

「本当だよ。案山子自身が追い返されたって言ったんだから。彼はわざわざ嘘を吐《つ》くような人物じゃない」

「そうじゃないの。『そのときのことは何も言わずに死んでいる』っていうのは本当なのかってことよ」樹利亜は目を丸く見開いたまま言った。

「君もあのとき、いただろ？」

「ええ。いたわ。そして、今とても重要な言葉を思い出したの」樹利亜は興奮のあまり少し震えているようだった。

「それって、案山子の言葉かい？」

樹利亜は頷いた。「なんてことかしら。……ドロシイ殺しの犯人は、彼女でしかあり得ないのだわ！」

23

宮殿の大広間には何人もの人々が集められていた。その中にはビルの知った顔もあったし、知らない顔もあった。もちろん、知らない顔だとしても、会ったことがないとは限らない。そもそもビルは人の顔を覚える気はあまりない。ただ、ブリキでできていたり、ロボットだったり、篦鹿《へらじか》の頭だったりした場合は結構見分けが付いた。ただし、その場合も別に顔を見分けている訳ではないのだ。なんとなく全体の雰囲気で見分けが付いているに過ぎない。だから、広間の中央に煌《きら》びやかなドレスを着た女性が現れたときも、それがオズマなのかグリンダなのか実のところ区別が付いていなかった。もっとも、ビルにとって、オズマかグリンダかということは大した意味がなかったので、本人は全く気にしていなかったが。

ビルが知らない顔の中には、年老いた者も何人かいた。一人の老婦人はビルの姿を見掛けると、露骨に顔を顰《しか》めた。

ビルは自分を快く思っていないのかと不思議に思い、その老婦人に近付いた。

「蜥蜴《とかげ》なんて、気味悪いったらないよ」老婦人はぶつぶつと言いながら、ビルから目を背《そむ》けた。

きっと男の子だったときのオズマ女王と暮らしていたというモンビなんだろうと、ビルは思った。

「本日はわたしの呼び掛けで、皆さんに集まっていただきました」煌びやかなドレスの女性――オズマが言った。「先日から、このエメラルドの都とオズの国を重苦しく暗雲のように覆っていた皆様御存知のあの事件がついに解決したとジェリア・ジャムから報告があったからです」

「『重苦しく暗雲のように覆っていたあの事件』って何？　どんな事件があったの？」ビルは老婦人に尋ねた。

「ドロシイとジンジャーが殺された事件に決まってるじゃないの」

「へえ。あの事件解決したんだ」ビルは感嘆した。「でも、案山子《かかし》は数に入ってないのかな？」

「案山子なんか知らないよ。会ったこともない。もう近寄ってこないで」老婦人は吐き捨てるように言った。

井森は事件が解決したことを知らなかった。ということは、つまり井森を差し置いて、誰かが勝手に解決してしまったことになる。

まあ、それはそれで別にいいや。

ビルには功名心など特になかったので、全く気にならなかった。きっと井森だって同じだろう。

「それで犯人は誰なんですか？　名前を教えてくれれば、とっとと真っ二つにしてやりますよ」ニック・チョッパーはぶんと鉞《まさかり》を振るった。

弾《はず》みで、隣にいた南瓜《かぼちゃ》頭のジャックの胴体に当たり、綺麗に圧《へ》し折ってしまった。

ジャックの下半身は辛うじて立ったままの状態だったが、上半身はばたりと床に落下し、頭である南瓜は木からはずれてごろごろと床を転がった。

「わあ！　何てことするんだよ?!」ひっくり返ったジャックの頭部は悲鳴を上げた。「木の部分は由緒正しき僕の部分なんだぞ。ここは南瓜頭と違って替えがないんだよ」

「ああ。ごめん。手が滑っちまった。後で紐か何かで括《くく》り付けておくよ」

「そんな修繕の仕方をしたら胴体が途中で二重になって不恰好だし、背も少し縮んでしまうじゃないか」

「じゃあ、膠《にかわ》か何かでくっ付けよう」

「そこだけ弱くなっちゃうじゃないか」

「じゃあ、鎹《かすがい》か何かで補強すればいいだろ？」ニックは面倒くさそうに言った。

「静粛《せいしゆく》にしてください」オズマは騒動を見ながら冷静に言った。

「それで犯人は誰なんですか？」ニックがまた鉞を振り上げた。

樵《きこり》の近くにいた者たちは慌てて逃げ出した。

「それは……わたしもまだ知らないのです」

「知らないのに、みんなを呼び出したのですか？」ライオンが驚いたように言った。

その場の全員ががやがやと騒ぎ出した。

「静粛に」オズマが静かに言った。

一瞬で広間に氷のような静寂が訪れた。

「どうして、みんな黙ったの？」ビルが周囲をきょろきょろしながら尋ねた。

だが、誰もがビルを無視した。

「皆さんを呼び出したのは、捜査責任者のジェリア・ジャムの要請なのです。ジェリア、ここに来て、皆さんに説明してください」

ジェリアはオズマと入れ違いに広間の中央に立ち、一礼した。「わたしは事件の捜査責任者のジェリア・ジャムです。事件解決の目処が付きましたので、この場で報告させていただこうと存じます」

「それで、犯人は誰なんだ？」ニックはぶんぶんと鉞を振り回した。

鉞の先がチクタクの胴体を掠《かす》り、火花と共に大音響を発した。

「今はまだ言いません。理由は主に二つです。一つは犯人の名前を挙げた瞬間に私刑が行われそうな雰囲気があるからです」ジェリアはニックを見詰めた。

「ニック、鉞を床の上に置いてください」

「どうしてですか？　床の上に置いたりしたら、犯人が誰かわかったとき、すぐに真っ二つにできないじゃないですか?」

「理由は、犯人が誰かわかったとき、あなたにすぐに真っ二つにさせないためです」

「なぜ真っ二つにしてはいけないんですか?」

「いい質問ですね」オズマは微笑《ほほえ》んだ。「わたしがそれを許可しないからです」

ニックは硬直し、鉞を手から離した。

鉞は床にぶつかり、激しい音を立てた。

「落とすのではなく、置くように言ったはずです」オズマは静かに言った。

「申し訳ありません!」ニックの声は裏返った。

「わかればいいのです」

「続けてよろしいですか?」ジェリアが尋ねた。

オズマは無言で頷いた。

「うんうんうんうんうん……」オズマとグリンダとジェリアと魔法使いを除く残りの全員が恐ろしい速度で頷きを繰り返した。

「二つ目の理由は、犯人の名前を挙げる前に、犯人の特定に至ったわたしの推理の過程を皆さんに検証していただきたいからです。関係者だけの少人数の集まりにしなかったのはそういう理由からです」ジェリアは広間をざっと見渡した。「ところで、スクラップスはどこでしょうか?」

「彼女はいないようですね」グリンダは言った。「必ず来るようにと言ったのに」

「彼女は利口な上に勘がいいのでしょう」オズマが言った。

「勘?」ジェリアは不思議そうに言った。

「いえ。勘ではなく、冷静な分析によるのかもしれません。いずれにせよ、問題はないでしょう。彼女は利口なので、決して問題は起こさないはずです」

「問題ですか?」

「それはもう気にしなくて構いません」

「わかりました。スクラップスの冷静な意見を参考にしたかったのですが、来ないのなら仕方ありません。……さて、ここにおられる中の何人かはすでに御存知なのですが、先日、この宮殿内で大きな事件がありました」ジェリアはちらりとオズマとグリンダの方を見た。

オズマは軽く頷いた。グリンダはちらりとジェリアの方を見ただけだった。

否定はしないという意味だろうとジェリアは判断した。

「殺人事件です」

その場の人々はどよめいた。

「殺人事件のことを知っていた方は手を挙げてください」

オズマとグリンダと魔法使いは手を挙げなかったが、それは挙げるまでもないということだ。

手を挙げたのは、ニックとライオンだけだった。

この二人は余計なことは喋らない。案山子は誰かに喋ったかもしれないが、今となってはわからない。問題は……。

「ビル、わたしの話を聞いてる?」

「うん、聞いているよ」

「さっき、わたしは何と言った?」

「『わたしは事件の捜査責任者のジェリア・ジャムです』だろ?」

「その後、かなりたくさん喋ったわ」

「うん、知ってるよ。『ビル、わたしの話を聞いてる?』とかでしょ」

「……そうね。今からあなたが正解に達するのを待つのは、相当な忍耐力を必要としそうね。わたしはそこそこ慣れているけど、ここにいる殆《ほとん》どの人はそうではないから、さっさと正解を言うわ」

「それがいいと思うよ。そろそろ僕は忍耐力の限界に達しそうだから」

「あなた、この宮殿で殺人事件があったの知ってる?」

「知ってるよ。さっきも……」

「質問だけに答えて」

「うん」ビルは自分で自分の口を摑んだ。

「そのことを誰かに言った?」

「ええと……」

「余計なことは考えないで」

「誰かっていうのは、僕も入っている?」

「もちろん、入っていないわ」

「だったら……ええと……」ビルは必死に考えながら答えようとした。

「難しくないのよ。余計なことは言わずに『はい』か『いいえ』で答えて」

「ええと……その……僕が入ってないなら、答えは『いいえ』だ」

「ありがとう、ビル」ジェリアは言った。「さて、皆さん、今わたしが言った殺人事件について、オズマ女王の命令で極秘にされてきました。知っていたのは、オズマ女王とニック皇帝とライオンさんと案山子さんとチクタクと蜥蜴のビルとわたしだけでした。当初、この秘密はすぐに広まると思っていましたが、予想外のことに殆ど知られることはないようでした。おそらく案山子さんがその後、すぐに燃えてしまったことが広まらなかった理由の一つでしょう。そして、ビルの話をまともに聞く人がいなかったことも」

「今の話ですと、チクタクも殺人事件のことを知っていたようですが、手を挙げなかったのは、どうしてでしょう？」オンビー・アンビーが尋ねた。

「それは行動の発条《ばね》が巻かれていないからだよ」チクタクが答えた。「手を挙げたくても挙げられなかったのさ」

「オズマ女王、チクタクの行動の発条を巻いておきましょうか？」ジェリアが尋ねた。

「その必要はありません」オズマは言った。

「どうしてですか？」

「今は動く必要がないからです」

「動かしてもいいのではないでしょうか？」

「動かす必要がないのなら、行動の発条を巻く必要はありません」

「どうしてですか？」

「思考の発条が戻ってしまった場合、厄介なことになるからです」

「確かにそうかもしれませんが、動けないのは、苦痛ではないでしょうか？」

「いいえ。わたしは大丈夫ですよ」チクタクが答えた。「なにしろ、ロボットなので苦痛は感じないのです」

「チクタクの言った通りです」オズマが言った。

「差し出がましいことを申し上げ、申し訳ありませんでした」ジェリアは頭を下げた。

「構いません。話を続けてください」

「殺人事件の被害者はドロシイとジンジャーでした。二人はオズマ女王の誕生パーティーの開催中に殺害されました」

「ドロシイが……」

「まさか……」

その場にいた者は口々に驚きの声を上げた。さめざめと泣き出す者もいた。

「そんな……。ドロシイは僕を助けてくれたのに……」ビルも驚きの声を上げたが、もはや誰も突っ込まなかった。

「ドロシイは自室で殺害されていました。そして、ジンジャーは警備室で殺害されていました。

二人とも殺害後、頭部を破壊されているという共通点があります。ドロシイの頭部はチクタクを転倒させて潰されていました。そして、ジンジャーの頭部は刃物で念入りに刻まれていました」

「どうしてまた、そんな残酷なことをしたんだろうな？」ガンプが言った。「相当恨んでたのかな？」

「そのヒントはあなた自身です、ガンプ」

「えっ？　ガンプが犯人なの？」ビルは驚いた。

「僕は犯人なんかじゃないぞ！」ガンプは必死になって否定した。

「ほら。必死になるところが怪しい。ねえ、ジェリア・ジャム」

「わたしはガンプが犯人だなんて一言も言ってないわよ。犯人が頭部を潰した理由のヒントはガンプだと言っただけよ」

「それって同じ意味じゃないの？」

「全然違うわ」

「そういう発想はなかったよ」ビルは感心して言った。

「それで、僕の何がヒントなの？」ガンプがジェリアに尋ねた。

「あなたは殺害されたことがあるからよ」

「えっ?!……ああ。そう言えば、僕は元々普通の箆鹿で、鉄砲で撃たれて死んだんだった」

「死ぬ前のことは覚えている？」

「そりゃもちろんだよ」

「死んだのに、どうして生きているの？」

「魔法の粉を使ったからだよ」

「わあ。本当?!」ビルが言った。「それは不思議だな！　本当にびっくりしたよ！」ビルはジェリアにウィンクした。「こう言ってやれば喜ぶんでしょ？」

「ビル、聞こえているよ」ガンプが言った。

「君の耳には問題がないみたいだね」ビルは頷いた。

「おそらく犯人は魔法の粉のことを知っていたのでしょう。二人を殺害したとしても、誰かが魔法の粉を掛けたら生き返って、犯人のことを喋ってしまう。それを回避するために、二人の脳を破壊したのです。そうすれば記憶が失われてしまいますから」

「おそらくそうでしょう」オズマが言った。「もし怨恨《えんこん》が理由なら頭部以外ももっと痛め付けていたはずですから」

「つまり、犯人は魔法の粉のことを知っているやつってことだね」腹ぺこ虎が言った。

「そんなやつ、山ほどいるだろう。オズの国に住んでいるなら、誰でも知っている可能性がある」ニックが言った。

「つまり、犯人はオズの国の住人なのかい？」

「いや。オズの国の住人なら誰でも知っている可能性があると言っただけだ。オズの国以外の人間が知らないという意味じゃない」

「だとしたら、君の提供した情報には何の意味もないなあ。オズの国の住人でもオズ以外の国の住人でも、知っているかもしれないし、知らないかもしれないってことだから」

「僕は何も魔法の粉が犯人捜しの決め手になるなんて言ってないよ。むしろ、逆の意味のことを言ったまでだ」

「そんなことより、ドロシイとジンジャーの死体はどうなったの？　捜査が終わったのなら、もう食べてもいいんでしょ？」

「食べては駄目よ」ジェリアは言った。「遺体は埋葬しなくっちゃ」

「じゃあ、君たちはジャングルで虎が死んでいたら、ちゃんと埋葬するのかい？　そうじゃないだろ。野生動物は死んでもほったらかしさ。人間だけ特別扱いというのは不公平じゃないか」

「じゃあ、あなたが死んだときはちゃんと埋葬してあげるわ」

「それならいいか」腹ぺこ虎は納得したようだった。

「とにかく、犯人が被害者の蘇生を恐れてこのような行為をしたとしたら、この殺人は計画的であった可能性が濃厚だということです」

「それだけの理由で計画的だったと言えるかしら？」雌鶏《めんどり》のビリーナは疑わしそうに言った。

「犯人はこの緑色の服と靴を警備室を出たところに脱ぎ捨てていました」ジェリアは血塗《ちまみ》れの服を取り出した。「犯人は返り血を浴びることを予《あらかじ》め予想していたということになります」

一同はどよめいた。

「二人に恨みのあった人物が犯人ね」ビリーナが言った。

「二人ともとは限らないわ」ジェリアが言った。「どちらか一方のみがターゲットだった可能性もある」

「お話の途中で悪いが」キャンディマンが口を挟んだ。「我々は外国人だ。この一件には何の関係もない。そろそろ出ていっても構わないかな？」

サンタクロースや他の外国人たちも賛同の声を上げた。

「ところが、そういう訳にはいかないのです。スクラップスによると、案山子さんは燃える前に『殺人者は外から来たんだ』と言っていたそうです」

「案山子ってこの間、燃えたとか言ってたやつかな？」

「案山子が何か言ったからって、それを信じなきゃならない理由はあるのか？」

「案山子さんは何かを摑んでいました。だから犯人に殺害されたのです」

「何を言ってるんだ。あれは事故だ。オズマ女王がそう宣言していたぞ。それとも、何か、女王が嘘を吐《つ》いたとでも？」

「キャンディマン」オズマ女王が静かに言った。「嘘ではなく、方便です」

「はっ？」

「わたしが事故だと言ったのは方便です」

「オズの女王が嘘を吐いたのですか?!」

「嘘ではなく、方便です。真実を正しく説明するための一時的な手段なのです」

「真実ではないのだったら、嘘です。意図的に虚偽を信じ込ませようとしたのなら、これは外交問題になります」

「外交問題にされるのなら、お止めすることはありません」オズマは言った。「わたしたちは善意で方便を使ったのです。それに対し、非難をすると言うのなら、オズの国への敵対勢力になるつもりなのかと見做《みな》されても構わないということでしょうか？」

「えっ？　いや。敵対勢力とか、そういうことではなくて、単なる外交的な慣例違反というか……」

「慣例というのは、法律でも条約でもないということですか？」

「もちろんです。慣例は慣例です」

「で、慣例違反はどうすれば収まりが付くのでしょうか？　オズの国の女王であるわたしがあなたに頭を下げればいいのですか？」オズマはキャンディマンに近付こうとした。

「滅相《めっそう》もありません」キャンディマンは慌てて平伏した。「オズの女王に頭を下げさせたなんてことが広まったら、わたしは帰国することすらできなくなります」

「では、どうすればいいのですか？」

「ええと。このことはオズマ女王からの御説明で納得したということでお願いします」

「納得されたのですか？」

「もちろんです」

オズマは満足げに微笑んだ。

「さて」騒ぎが収まったのを見てジェリアは説明を再開した。「案山子さんの言った『外から来た』というのはどういう意味でしょうか？　宮殿の外？　エメラルドの都の外？　オズの国の外？」

「わざわざ『宮殿の外』と言うのは、不自然だ」ニックが言った。「むしろ、犯人が元々宮殿の中にいたという方が驚きだもの」

「その通りです」ジェリアは頷いた。「エメラルドの都に関しても同じことが言えます。だとしたら、犯人はオズの国の外から来た可能性が高いと言えるでしょう」

「わたしは犯人ではありません！」キャンディマンが叫んだ。「そうだ、アリバイがある！　わたしはあの日、ずっとパーティー会場にいた。そこで、あの蜥蜴に指を食われたんだ。この指を見てくれ」キャンディマンは自分の手を見せた。

その手にはビルがぶら下がって、残りの指を平らげようとしていた。

キャンディマンは絶叫した。

「静かにしてください。あなたが犯人だなんて、一言も言っていませんから」ジェリアは落ち着いた調子で言った。

「わしでもないぞ！」サンタクロースが叫んだ。「そもそも案山子の言葉なんか真に受ける必要があるのか？」

ジェリアは頷いた。「もちろん、それだけを根拠に犯人を絞るつもりはありません。ただ、外国人であるということは、疑いをかけられてもやむを得ない事由となるということをお知らせしたかったのです」

「冷静に考えてみよう」ガンプが言った。「ドロシイもジンジャーも奥向きで殺されていたんだったら、そこは一種の密室じゃないのか？」

「ジンジャーを殺して、押し入ったのかもしれないよ」床に転がっているジャックが意見を言った。

「ジンジャーは背後から刺されていました」ジェリアは言った。「犯人がドアを開けたとき、たまたま後ろを見ていたのかもしれませんが、犯行の計画性から考えて、そのような偶然に頼った犯罪だったとは考えにくいのです。正面切って押し入れば、必ずジンジャーは騒ぎます。つまり、犯人はジンジャーに遮《さえぎ》られず、正々堂々と奥向きに入り込み、そしてドロシイを殺害した後、口封じにジンジャーも殺したと考えるのが自然です」

「犯人は正々堂々と奥向きに入ることができた人物だということになるわね」ビリーナが言った。「誰と誰かしら？　因《ちな》みに、わたしは入れて貰えなかったわ。ジンジャーに追い返されたから」

「その話は初耳よ、ビリーナ」ジェリアは言った。「そして、そのことを言わなかったのは運がよかったわ。もし言っていたら、案山子さんと同じ運命だったかもしれない」

「僕も追い返されたよ」ジャックが言った。

「僕もだ」ガンプが言った。

「僕もだ」ライオンが言った。

「僕もだ」ニックが言った。

「僕もだ」腹ぺこ虎が言った。

「みんな、初耳よ。どうして、言ってくれなかったの?」ジェリアは呆れたように言った。

「でも言ってたら、犯人に殺されてたかもしれないんだろ?」腹ぺこ虎が言った。

「まあ、どっちに転ぶかはわからなかったわね。これだけの人間が知っていたなら、犯人も諦めたかもしれないから」

「でも、おかしいよ。チクタクはドロシイの部屋の中に入ってたんだろ?」ビルはキャンディマンの指を頬張りながら言った。

「僕はドロシイと一緒に奥向きに入ったんだ。だから、ジンジャーは何も言わなかったんだと思う」チクタクは答えた。

「チクタクは無実だと考えていいでしょう。彼がやったとしたら、外にあった緑の服の説明が付かなくなりますから」ジェリアは言った。

「じゃあ、誰がやったの?」ビルは尋ねた。「あのとき、奥向きにはオズマもいたんだよね」

全員がオズマを見た。

オズマは全く動じずに、一同を見詰め返した。

「オズマ女王、そして、グリンダ、オズの魔法使いの三名は最初に被疑者のリストからはずしました」ジェリアが言った。

「政治的な配慮で?」ビルが尋ねた。

一同の顔色が変わった。

「ちょっと、ビル……」オンビー・アンビーが窘《たしな》めようとした。

「違うわ、ビル」ジェリアは答えた。「わたしはそのような配慮はしていないわ。論理的に考えて、その三人がこんなことをするはずがないからよ」

「動機がないから？　でも、誰も気付いていない動機があるかもしれないよ」

「動機は関係ないの。彼らは強力な魔法を持っている。もしドロシイが邪魔なら、死の砂漠のど真ん中に瞬間移動させるとか、石ころに変えて井戸の底にでも捨てればいいのよ。わざわざこんな目立つ殺し方をする必要はないわ」

「魔法が使えない者の犯行に見せ掛けようとしたのかもしれないよ」

「だから、魔法を使えば、犯行自体が発覚しないんだから、誰かのせいに見せ掛ける必要すらないのよ」

「じゃあ、犯人は誰なんだい？」

「案山子さんは『ジンジャーの言ったことの意味がやっとわかった。僕は間抜けだった。殺人者は外から来たんだ』と言ったのよ」

「ジンジャーが何かを言ったんだよね。でも、それは案山子しか聞いていないから永遠にわからないよ」

「そんなことはないわ。彼は燃える前に誰かに話していたのよ」

「そう言えば、燃える前に継《つ》ぎ接《は》ぎ娘と話していたんだったね。でも、彼女は何も知らないって言ってたよ。嘘を吐いたのかな？　ここにも来ていないし」

「おそらく彼女は聞いていないわ」

「じゃあ、誰が聞いたの？」

「わたしたちよ、ビル」

「案山子は犯人の名前なんか言わなかったよ」

「直接にはね。でも、彼は犯人の名前を言ったも同然だったのよ。ただ、わたしたちがその言葉が特別な意味を持つことに気付かなかっただけ」

「案山子は何て言ったんだったかな？」

「案山子さんはこう言ったわ。『呼びに行ったんだけど、警備係のジンジャー将軍に追い返されたんだ。今日は王族に会えるのは身内だけだって言われて』」

「それって、特別な意味のある言葉？」

一同は首を捻《ひね》った。オズマとグリンダを除いて。二人は互いに顔を見合わせ、微《かす》かに驚いたような表情を見せた。

「わからない。王族って誰？」ビルが尋ねた。

「オズマ女王、そしてドロシイ王女よ」ジェリアが答えた。

「じゃあ、身内って？」

「その命令はわたしが出したものです」オズマが言った。「わたしの意図した身内とは、わたしやドロシイがオズの国やよその国で苦楽を共にした仲間のことでした。つまり、グリンダやオズの魔法使いさんやニックや案山子さんやライオンさんやジャックやガンプやチクタクたちのことです」

「僕は?」ビルが尋ねた。

「ああ。あなたのことは、思い付きませんでした」オズマは正直に答えた。

「それで、僕はどっちなの?」

「ああ。どっちでも構わない気がします」

「適当なの?」

「ええ。適当ですよ」オズマはにっこりと微笑んだ。

「でも、僕たちは追い返されましたよ」ニックが言った。

「そう。つまり、ジンジャーはオズマ女王の言葉を誤解したのです。身内を『仲の良い友人』とは捉えなかったのです」

「どういうこと? 身内の該当者はいないってこと?」

「もし該当者がいないとしたら、ジンジャーは不思議に思ったはずです。だが、ジンジャーは命令を受け入れた。そうですね、女王陛下」

「その通りです。彼女は命令に矛盾を感じずに素直に聞き入れてくれました。『わかりました。ご身内のお顔は心得ています』彼女はそう言いました」

「だとしたら、該当者は一人だけです。彼女だけがジンジャーに追い返されずに、奥向きに入ることができたのです。そして、その人物こそがドロシイとジンジャーと案山子さんを殺害した犯人なのです」

「犯人は誰なんだい？　見当も付かないよ」ビルは言った。

「いや。ここまで言えば、もうみんなわかってると思うよ」ライオンが言った。「殺人鬼と同じ部屋にいると思うだけで、僕はもう怖くて怖くて暴れ回りたいぐらいだよ」

人々は引き潮のようにライオンの周囲から離れた。

「ジンジャーは『身内』という言葉を狭い意味——『親族』と受け取りました。そして、ここにいるドロシイの親族は一人しかいません。……そう、あなたです」ジェリアはついさっきビルを気味悪がった老婦人を指差した。「観念してください、エムおばさん」

「えええええっ‼」ビルは驚きの声を上げた。

「何を騒いでるんだ？」ニックが不機嫌そうに言った。「犯人はエムおばさん以外ないだろう。ジェリア・ジャムの説明を聞いていなかったのか？」

「聞いていたよ。だけど、これは予想外だよ」

「どうしてだよ？　エムおばさんはドロシイの正真正銘の親族だろ？」

「でも、アーヴァタールの基本ルールを逸脱している」

「どんなルールだよ？」

「地球の人間はこの世界には来ることはできないんだ。ああ、記憶だけは継承できるけどね。でも、物理的実体のままでは絶対に来られないはずだ。ここに来て、そのルールを無視したりしたら、それこそルール違反だ」

「何のことを言っているのかわからんが、そんなルール誰が作ったんだ？」

「いや。法則だから、誰が作ったとかじゃなくて……」

「そもそもアーヴァタールは関係ないだろ？」

「でも、エムおばさんはどうやって地球から来たんだい？」

「地球？　カンザスのことか？　たぶん、オズマ女王の魔法のベルトか何かだろ？」

「僕はまた、魔法はフェアリイランドの中でしか効かないと思ってたよ」

「僕もそう思うよ」

「でも、カンザスでも効くんだろ？」

「だって、カンザスもフェアリイランドの一部だからな」

ビルはしばらくきょとんとしていたが、突然絶叫を始めた。「えええええええええええええええええええええええええええええええええっ!!」

「何、驚いてるんだ？」

「僕は、てっきりエムおばさんは地球にいるとばかり思ってたんだ」

「いったい全体どうして、そんな馬鹿げたことを思い込んだんだ？　蜥蜴頭だからかい？」

「だって、普通そう思うよね？」

「ちょっと頭を使えば、わかるだろ？　君はドロシイがどうやって、カンザスから来たか知らないのか？」

「聞いたことがあるような……」

「竜巻に巻き込まれて飛んできたのさ。つまり、オズの国とカンザスは地続きで、物理的に繋《つな》がっているのは間違いないよ」

「つまり、どういうこと？」

「つまり、そういうことだ。ドロシイはカンザスで、ヘンリイおじさんとエムおばさんと暮らしていた。そして、ある日、竜巻に巻き込まれて、このオズの国まで飛ばされてきた。それ以降は魔法の力で、オズとカンザスを行き来していた。この話にアーヴァタールは全然関係ないよ」

「そうだったのか。僕は大きな誤解をしていたよ。カンザスは地球にあって、そこにドロシイのアーヴァタールが暮らしていたと思ってたんだ」

「ドロシイのアーヴァタールは日本の大学にいたんだよ」

「ああ。知ってたよ。でも、彼女はカンザスから来てると思ってたんだ」

「何でそんな思い込みをしちまったんだ？　まあ、蜥蜴が何を思い込もうと、誰も気にはしないけどね」

エムおばさんは驚いたような顔をしてジェリアを見た。「いったい、あんたはさっきから何を言ってるんだい、お嬢ちゃん？」

「恍《とぼ》けるのはやめてください。犯人はあなたしかあり得ないのです。それにわたしはさっきあなたがビルとしていた会話も聞いていました。あなたは誰にも聞いたはずがないのに、ドロシイとジンジャーが殺害されたことを知っていましたね」

「いや。あれは思い違い……」エムおばさんは途中で喋るのをやめた。そして、一度大きな瞬きをすると、大声で笑い出した。「そうだよ。わたしがロード――道雄さ」

「なぜあんなことをしたのですか?」

「わたしは我慢ならなかったんだよ。あの子は幸運だけで、全てを手に入れたんだ。何の努力もなしに、ただ運だけでこんな夢みたいな国の独裁者の一族になれた」

「彼女は大変な苦労をしました」オズマが言った。

「わたしの苦労に較べれば、御伽《おとぎ》の国の冒険が何だと言うんだ?」


「エムおばさん、来てくれて嬉しいわ」ドロシイは自分の部屋に突然やってきたエムおばさんに言った。「でも、どうして、そんなぶかぶかの緑の服を着ているの?」

「この国ではこれが普通の恰好なんだろ?」

「ええ。エメラルドの都の住民はたいていそんな恰好をしているわ。でもね、それは庶民の恰好なのよ。わたしたち王族はそんな恰好はしなくてもいいの」

「『わたしたち』か……。わたしも王族なのかい?」

「えっ?　ああ。そうね。一度オズマに訊いておかなくっちゃね」

「何を訊くんだい?」

「エムおばさんを王族扱いしていいかどうか。それとヘンリイおじさんも。……おじさんが病気で来られなくて残念だわ」

「オズマに訊かなくっちゃならないのかい？　わたしは王女のおばなんだから、王族じゃないのかい？」

「そう簡単なものじゃないのよ。流れが逆になるから」

「逆？」

「普通は先祖が王族だから子孫が王族になるものでしょう。ところが、今回は逆——姪のわたしが先に王族になったんだから。その場合、遡《さかのぼ》っていいのかどうか、それもおばさんたちは傍系だし」

「そういう例はないの？」

「さあ、歴史を調べたら、そういう例はあるんじゃないかしら。でも、実際のところ、過去の例はどうでもいいのよ」

「どうでもいい？　どういうことだい？」

「過去に例があろうが、なかろうが、ここでは、オズマが決めたことが絶対だからよ」

「オズマが決めれば、黒でも白になるということかい？」

「そうよ。決まってるじゃないの。独裁者ってそういうものよ」

「オズマがおまえを王族だと決めたから王族になったんだね」

「心配しないで、わたしがおばさんたちも王族になれるよう頼んでみるから」

「おまえが頼めば、わたしは必ず王族になれるの？」

「う〜ん。それはどうかしら？　独裁者はわたしではなく、あくまでオズマだから。でも、たぶん大丈夫よ。最悪、王族になれなくたって、侍女頭《じじよがしら》にはして貰えると思うわ。ほら。ジェリア・ジャムって知ってるでしょ。あの子たちの頭になれるの」

「おまえが王女で、わたしが侍女頭だって？」

「大丈夫、それは最悪の場合よ。オズマがいつものように機嫌がよければ……」

「わたしはね、昔子役だったんだよ」エムおばさんはぽつりと言った。

「何の話？」

「わたしの父親は売れないボードビリアンだった。母親は場末のピアニストだった。わたしは父の仲間から花のようだと褒《ほ》めそやされた。そして、あるとき、わたしは映画のプロデューサーの目に留まったのさ」

「その話、全然知らなかったわ、エムおばさん」

「言ってなかったからね。でも、おまえに関係のある話だから、最後まで聞くんだよ。そのプロデューサーはわたしに言ったんだ。『おまえは太っていて不恰好だ。このままでは契約できない』ってね。

　わたしは『どうすればいいんですか』と訊いた。

『大丈夫だ。おまえには特別な痩せ薬を打ってやる』

プロデューサーはわたしにおかしな薬を打った。打つと頭がおかしくなって、何もかもが楽しくなるんだ。そして、そのプロデューサーは頭のおかしくなったわたしを弄《もてあそ》んだ。わたしは今のおまえよりずっと小さな子供だったというのに」

「おばさん、いったい何の話をしてるの？　その話がどうしてわたしに関係があるの？」ドロシイは不安げに言った。

「でも、わたしはとても楽しかった。おかしな薬を打つと何でもできるような気がしたんだ。ずっと起きたまま、元気いっぱいになって、歌ったり、踊ったり、プロデューサーの相手をしたりした。でも、それは本当ではなかったのかもしれない。あれはおかしな薬が見せた夢だったのかもしれない。わたしは映画スターになった。気が付くと、わたしは年寄りになっていた。よく知らない田舎の貧乏な男と暮らしていた。男はわたしと夫婦だと言ったが、本当のところはよく覚えていない。いつの間にか、わたしたちの家には女の子がいた。それも本当だかどうだかわからない。ある日、その子がしばらくいなくなったことがあった。戻ってきたとき、おかしなことを言い出した。ああ、この子も誰か悪い大人におかしな薬を打たれたんだなと思った。それとも、その子はわたしなのかもしれない。きっと、おかしな薬がおかしな夢をどんどん作ったから頭の中から溢れ出したんだ。ああそうだ。きっとそうだ。だから、あなたはわたしなのよ」

「おばさん、ふざけているの？　ちょっと怖いわ」

「だから、返してこの幸せを。本当はわたしのものなのだから。王女になるのは本当はわたしなのよ。あなたはおかしな薬の作った幻なのだから、本当のわたしに幸せを返さないといけないのよ」

「おばさん、わたしチクタクのネジを巻こうと思うの。二人だけでいるのはよくないわ」

「チクタク?」エムおばさんは目を細めた。

「そう。このロボットよ。ネジを巻けば動き出すわ」

「わたしはこんなロボットなんか知らない。動かす必要はないわ」

「いいえ。今すぐネジを巻くからそこをどいて」

「どうして、ロボットなんかいるの？　この国にはあれがあるでしょ。ほら、掛けると何でも命が吹き込まれるという」

「魔法の粉?」

「それがあると生き返るの?」

「ええ。そうよ。ガンプは死ぬ前のことを覚えていたわ」

「だったら、ちゃんと潰さないとね。このロボットは役に立つかもしれないわ」

「何を潰すの?」

「わたしが潰すから気にしなくてもいいのよ、ドロシイ」

「おばさん、今すぐチクタクを起動するから、そこをどいて」

「まあ、ドロシイ、そんなに急がなくてもいいのよ。落ち着いて」エムおばさんはドロシイを抱き締めた。

「おばさん、何……」ドロシイの動きが止まった。

エムおばさんはドロシイから離れた。手には包丁が握られていた。

「どうして?」ドロシイの鳩尾《みぞおち》から大量の血が溢れていた。白いドレスが見る見る真っ赤に染まっていく。

「ああ。あなたがロボットを起動する前に始末しようと思ってね」

ドロシイは咳き込んだ。口からも血が噴き出した。

エムおばさんの服も真っ赤に染まった。

「どうして刺したの？」

「わたしの偽者の癖に、わたしより幸せになったりしたからよ、お馬鹿さん」エムおばさんは優しく微笑むと、指で軽くドロシイの額を弾いた。

「何を言っているのか、わからないわ」

ドロシイの目はきょろきょろと動いた後、白目になり、そのままどうと背後に倒れた。

エムおばさんはちょうどいい位置になるように、重たいチクタクをずるずると動かした。チクタクはとても重かったけれども、エムおばさんは忍耐強く、位置を調整した。納得いく位置に来た後、彼女は全力でチクタクを押した。

チクタクは見掛けによらず不安定で、簡単に倒すことができた。

くしゃっという軽い音と共に血溜まりができ、どんどん広がっていった。

エムおばさんは靴が汚れる前にと、廊下に飛び出し、ドアを閉めた。

ああ。せいせいした。このことは誰も知らないので安心ね。

いやいや。一人いた。あの子は邪魔だわ。

「計画していたわりには、ジンジャーのことを忘れていたなんて、杜撰《ずさん》なところがあるのね」ジェリアは言った。

「あくまで目的はドロシイを消すことだから。一番重要なのはそこ。ただ、できれば、犯罪を発覚させたくなかった。オズの国のことはいろいろ聞いていたけど、犯罪者がどのような扱いをされるかわからなかったからね」

「そこは心配しなくてもよかったのです」オズマが言った。「すぐに相談してくれたら、罪を重ねる必要はなかったのに」

「まあ、やってしまったことは仕方ないからね」エムおばさんは悪びれずに言った。

「では、続いて、どうやってジンジャーを殺害したかを説明してください」ジェリアは言った。

エムおばさんは服の中に包丁を戻し、廊下を気を付けて歩いた。

誰に会っても始末する覚悟はできていたが、魔法を使うやつは厄介かもしれない。まあ、年寄りだと油断しているだろうから、さっきみたいに近付いて刺せばなんとかなるわ。それより も猛獣とかブリキでできたやつの方が問題よね。まあ、猛獣は急所を狙えばなんとかなるかもしれないけど、ブリキのやつはどうすればいいかしら？　そのときは服と包丁を投げ付けて悲鳴を上げることにしよう。そうすれば、ブリキに濡《ぬ》れ衣《ぎぬ》を着せられる。年寄りが犯人だなんて誰も思わないはず。

ああ。出口はここだった。

ドアを開けると、ジンジャーは背中を向けたまま、背のない椅子に座り何か帳面のようなものを見ていた。

入退室記録だったら、まずいかもしれないわね。

「ご苦労様」エムおばさんは背後から声を掛けた。

「ああ。もうお帰りですか?」ジンジャーは振り返ろうとした。

包丁はすっとジンジャーの背中に吸い込まれた。ちょうど肋骨の間を擦り抜けたのかもしれない。

「ひっく」ジンジャーは小さなしゃっくりのような息をした。

エムおばさんは包丁を引き抜いた。

「あっ」ジンジャーは何かを思い付いたような声を出し、立ち上がろうとした。

エムおばさんは少し上の場所を狙って、もう一度刺した。

今度は肋骨に当たったみたいで、深くは刺さらなかった。

ジンジャーは手探りで包丁を摑もうとした。

格闘になったら、勝てないかもしれないわ。

エムおばさんは少し焦《あせ》った。

でも、よく考えたら、これは結構な傷だから、きっともうこの子は動けなくなるわ。

「あなた、何ていう名前だったかしら?」

「ジンジャー」なぜか素直に答えてくれた。

そう。ジンジャーだった。

「さようなら、ジンジャー」エムおばさんはもう一度深く突き刺した。

ジンジャーもドロシイのように咳き込み、大量の血を吐き出した。

ああ。肺の中に血が溜まってるみたいだから、もう駄目ね。

ジンジャーは逃げようとし、背中に包丁が刺さったまま、一、二歩進んだが、その場に倒れ込んだ。

エムおばさんはジンジャーの背中から包丁を抜いた。

どばどばと血が溢れ出し、エムおばさんの服と靴はずくずくになった。

エムおばさんはジンジャーの身体をひっくり返し、仰向けにした。目を見開いて、エムおばさんを見ていたが、もう声は出ないようだった。

「まだ生きてるのね。悪いけど、あなたの脳を壊さなければならないから、ちょっと痛いのを我慢していてね」

ジンジャーは呼吸ができないようだったが、それでも身を捩《よじ》って逃げようとした。

エムおばさんはジンジャーの小鼻の辺りに包丁を突き立てた。

すでに、刃毀《はこぼ》れがあり、簡単にはいかなかったが、なんとか鼻を顔から捲《めく》り上げることができた。

顔のど真ん中にぽっかりと空洞がある。

こうして見ると、顔の中って、結構気持ち悪いのね。

穴の中にはどんどん血が溜まっていった。ジンジャーはなんとか逃れようと、がんがんと頭を床に打ち付けた。

でも、もう立ち上がる力もないようね。

エムおばさんは鼻腔の中に包丁を突っ込み、斜め上に突き上げた。

「くぅううう」ジンジャーは仔犬のような声を出し、そして動かなくなった。

エムおばさんは鼓動を確かめるような時間の無駄はしなかった。ここは通路の一部だから、いつ誰が来るかわからないのだ。エムおばさんはそのまま脳の中に包丁を差し込んだ。ミンチのようになるまで何度も何度も。

そして、エムおばさんは包丁を構えたまま廊下に出た。

廊下には誰もいなかった。

彼女は素早く緑の服と靴を脱いだ。僅《わず》かに顔に飛び散った血は緑の服の内側の血で濡れていない部分で拭き取った。

血が付かないように気を付けて包丁を隠し持って庭に出た。

庭には何人もいたが、もちろん老婦人を気に留めるようなものはいない。

エムおばさんは庭にある泉に近付くと、気付かれないように包丁を投げ込んだ。

「どうして、包丁だけ別のところに捨てたんですか？」ジェリアは尋ねた。

「念の為だよ。オズの国ではＤＮＡ分析はできないだろうけど、指紋ぐらいは採取できるんじゃないかと思ったのさ」

「やろうと思えばできたでしょうね」ジェリアは言った。

「いいえ。ジェリア、オズの国では、そのような捜査は認めません」

「なぜですか？」

「そのような捜査方法があると知れ渡れば、国民は自らの指紋を残すことを恐れるようになるでしょう。わたしは国民に不安を与えたくないのです。したがって、そのような捜査は決して行わせないと誓います」

「……了解しました。今後とも指紋の調査は行いません」

「しかし、泉の中にその包丁があれば、エムおばさんの証言を裏付けることになります。オンビー・アンビー、そして軍人の皆さん」オズマが言った。

「はい」軍人たちは元気よく返事をした。

「今から庭の泉まで行って、その包丁を探してきてください。そして、ついでに泉の水を水差しに十杯ほど持ってきてください」

「はい。喜んで」軍人たちはばたばたと飛び出していった。

「エムおばさん、続いて案山子さん殺害について、話してください」ジェリアは促《うなが》した。

パーティー会場に入ろうとしたとき、エムおばさんは案山子にぶつかった。

「これは失礼しました、エムおばさん」案山子は三メートルも飛ばされ、慌てて戻ってきた。

「確かあなたはドロシイの……」

「ええ。僕はドロシイの友達ですよ。……おや？　ドロシイは一緒ではなかったんですか？」

「ええ。あの子は……まだ自分の部屋にいるんじゃないかしら。呼んできてはどう？」

「いや。ほんの十分ほど前に呼びに行ったんですよ。そしたら、ジンジャーに『今日は王族に会えるのは身内だけ』って言われて追い返されてしまったんですよ」

エムおばさんははっとした。

ジンジャーの言った「身内」というのは、わたしのことだ。案山子やブリキ人間やライオンのことではない。誰かがそのことに気付いたら、わたしがドロシイ殺しの犯人だとばれてしまう。

何とかしなければ。

エムおばさんがパーティー会場に入ると、ちょうどビルがキャンディマンに襲い掛かっているところだった。

エムおばさんはあまりのことに吐き気を催し、その場を離れた。

「まさか、その後、あの馬鹿がぺらぺらとジンジャーの言ったことを喋っているとは思わなかったよ」エムおばさんは吐き捨てるように言った。

「それはあなたの認識不足ですね。案山子さんは思い付いたことは何でも話します」オズマは言った。「しかし、あなたの最大の早合点は、ジンジャーが身内について話した相手が案山子さんだけではなかったということです」

「あの小娘も口が軽過ぎるんだよ」

「いいえ。奥向きに入ろうとした者を追い返すときにその理由を言うのは、正当なことです。ジンジャーを責めるとするなら、わたしの言葉を正確に理解していなかったことを責めるべきです。そして、もしジンジャーが正しく理解していたとしたら、あなたの犯行のさ中に様々な人たちがドロシイの部屋を訪れていたことでしょう」

「ふん。何人来ようが全部始末してやったさ」

「随分嘗《な》められたもんだよ」ニックが言った。「僕をどうやって始末しようって言うんだい?」

「ブリキにはブリキの始末の仕方があるんだよ!」エムおばさんは忌々しげに言った。

「聞いたかい、ライオン君、君だって、こんな年寄りにむざむざとやられたりはしなかったろう?」

「ああ。刃物を持った老婆に襲われるなんて恐ろしい目に遭ったら、一目散に逃げるからね。たぶんやられたりはしなかったよ」ライオンはぶるぶると震えた。

「あの後、パーティー会場に残っていなかったのが悔やまれるよ。もし残っていたら、案山子の話を聞いたやつも全員始末してやったのに」エムおばさんは言った。

「とにかく、あなたは、ジンジャーがドロシイの身内について話すのを聞いたのは、案山子さんだけだと誤認した訳ですね」ジェリアは言った。「そして、彼を殺害しようと決心した」

案山子は宮殿の広間で、スクラップスと話していた。彼は相当興奮しているようだった。普段から彼の話し方は要領を得ないものだったが、今日はいつもに輪を掛けて要領を得ないものだった。

だが、継ぎ接ぎ娘はなんとか案山子を落ち着かせ、筋の通った言葉を引き出そうと努力しているようだった。

エムおばさんは気付かれないように偶然を装って、二人に近付いていった。

広間には普段から、特にすることのない暇な住民が大勢集まってごった返していたので、二人に近付くのはそれほど不自然ではなかった。

エムおばさんは二人の会話に聞き耳を立てた。

「ジンジャーの言ったことの意味がやっとわかった。僕は間抜けだった。殺人者は外から来たんだ」案山子は言った。

エムおばさんは舌打ちをした。

こいつ能無しの癖に、妙なところで、勘が働くじゃないの。もう一刻も猶予できない。ぐずぐずしていると、この不恰好な人形に、わたしが殺人犯だと話してしまうかもしれない。そうなったら、この人形も殺さなくっちゃならない。まあ、何人殺すのも同じことだし、人間じゃなくて、人形を壊すのは心理的な抵抗も少ないけれど、面倒事が増えるのは厄介だわ。しかし、案山子を殺すにはどうすればいいんだろう？　こいつは元々藁《わら》でできているんだから、刃物で突いてもどうにもならないいんじゃないかしら？

エムおばさんは、自分のポケットを探った。カンザスから着てきたぼろぼろの野良着のポケットには、様々なものが入っていた。待ち針やらボタンやら小さな木の匙《さじ》やら野菜の種やら、その中に蠟マッチがあった。

エムおばさんはにやりと笑い、マッチを持って、案山子のすぐ後ろを通った。

案山子にはしょっちゅういろいろな人間や化け物たちが声を掛けるので、誰が近付こうとも誰も気に掛けない。

エムおばさんは物を拾うようなふりをして、床に蠟マッチの先端を擦り付けた。

発火の音はしたが、とても小さかったので、広間の喧騒の中では聞こえない。

エムおばさんは火が消えないように慎重にかつ素早く、マッチを案山子のズボンの中に放り込んだ。

しばらくすると、案山子の下半身から煙が立ち上り始めた。

案山子はそれに気付かずに話を続けている。

「ジンジャーの残した言葉から、ドロシイを殺した犯人は誰かがはっきりわかる。ジンジャーは口封じをされたんだ。このままだと僕も口封じされてしまう」案山子は懸命にスクラップスに話し続けていた。

エムおばさんは少し焦り出した。

早く燃えて貰わないと、この人形に喋っちゃうじゃないの！

「どんな言葉なの？」スクラップスは案山子に尋ねた。

「それはだね。今日、王族に会えるのは……」案山子は突然黙った。

「王族に会えるのは？」

「……何か焦げているような臭いがするな」案山子はくんくんと空気の臭いを嗅いだ。

「そう言えば、そうね」スクラップスも鼻をひくひくと動かした。

「それにぱちぱちと何かが焼ける音だ」

「そうね。わたしにも聞こえるわ」スクラップスは耳に手を当てた。

「だんだんと熱くなってきたぞ」

「そうかしら？」スクラップスは少し考え込んだ。「そう言えば何か暖かいような気もするけど……ちょっと、案山子さん、あなたから煙が出ているわ!!」

「わあ！　火だ！　僕に火が点いている!!」

「そのようね。落ち着くのよ。まだぼやだから、初期消火すれば、きっと大事に至らないわ」

「熱い。熱いよ。誰か今すぐ水を持ってきて」

スクラップスは助けを得ようと周囲を見回した。

オンビー・アンビーたち、警備兵がじっと彼らの様子を見ていた。

「あなたたち、水を持ってきてくださらない？」スクラップスは助けを求めた。

「申し訳ありません。お嬢様」オンビー・アンビーが皆を代表して答えた。「わたしたちはオズマ女王にこの広間を警備しろと言われております。決して、持ち場を離れる訳にはいかないのであります」

「あなたたちは何のために警備しているのかしら？」

「もちろん、オズの国の住人の生命と財産を守るためであります」

「案山子さんはオズの国の住人ではないのかしら？」

「もちろん、オズの国の住人です。それどころか最重要人物の一人でしょう」

「だったら、案山子さんに点いている火を消し止める必要があるんじゃない？」

軍人たちは円陣を組み、こそこそと相談を始めた。そして、数分後には元の位置に戻り、気を付けをした。

「結論は出たのかしら？」スクラップスは尋ねた。

「はい。案山子さんは所詮《しょせん》一人だということです。そして、この広間には案山子さんより多くの住人がいます。したがって、案山子さん一人のために、この場を離れるのは合理的でないという結論になりました。所謂《いわゆる》『大の虫を生かすために小の虫を殺す』というやつです」

「つまり、どういうこと？」

「簡単に言うと、たかが案山子一人のために水を汲みに行くのは面倒だということです」大尉の一人が言った。

スクラップスは案山子の方を見た。

もう殆ど燃えつき掛けていた。

「もう水はいいわ。今からでは手遅れよ」

「我々も同意見であります」オンビー・アンビーはきびきびと敬礼をした。

エムおばさんは必死で笑いを噛み殺しながら、その場を後にした。

「今ので、全ての供述は終わりですか？」ジェリアはエムおばさんに尋ねた。

「そうだね。もう言うことはないね」エムおばさんは屈託なく言った。

「それでは、今の供述を元にして、これから本格的な取り調べを始めることに……」

「その必要はありません」オズマは言った。

「お言葉ですが……」

「取り調べは不要です」オズマは繰り返した。

「理由を教えてくださいませんか？」

「犯人がわかったのですから、これ以上の捜査は不要です」

「しかし、裁判のためには、証拠や書類を揃える必要があります」

「オズの国では裁判は行われません。全てわたしの采配で決定するからです」

「……わかりました」ジェリアはいろいろな言葉を飲み込んだようだった。「それでは、エム・ゲイルにどのような罰をお与えになるつもりですか？」

「罰は与えません」

「なぜでしょうか？」

「オズの国には犯罪はないからです。犯罪がない故、犯罪者もいない。つまり、彼女は犯罪者ではないのです。したがって、罰もありません」

オズマの言葉に一同は静まり返った。

「ねえ、それって」ビルが口を挟んだ。「『罪を憎んで人を憎まず』ってこと?」

「たぶん違うわ」ジェリアが答えた。「女王陛下、彼女に罰を与えないという決定は受け入れましょう。しかし、一つお願いがあります」

「ジェリア、君にはオズマ女王の決定を無条件に受け入れる以外の選択肢はないのだぞ」魔法使いが言った。

「構いません」オズマが言った。「どんな願いですか、ジェリア」

「エム・ゲイルに訊きたいのです。ドロシイたちを殺したことを悔いているかどうかを」

「いいでしょう。しかし、これが最後です。以後、彼女を犯罪者扱いしてはなりません。オズの国には犯罪はないのですから。今までも、そしてこれからも」

ジェリアはエムおばさんに問い掛けた。「あなたは自分の行ったことを悔いていますか?」

「悔いる?」エムおばさんはげらげらと笑い出した。「何でわたしが悔いるんだ? ドロシイには当然の報いが下ったまでさ。ジンジャーという娘と案山子はとんだとばっちりだったね。だが、それも仕方がない。二人は運が悪かっただけさ」

「ドロシイが報いを受けるような何をしたと言うんですか?」

「あいつはわたしの未来を横取りしたのさ。虹の彼方に行くのはわたしだったはずなのに、それを自分の運命にしてしまったんだ。あんな娘は死んで当然さ」

「言うことはそれだけか?」ニック・チョッパーは足を踏みしめながら、エムおばさんに近付いた。

「何だい、ブリキの人形の癖に文句があるのかい？」

「僕は人間だ」

エムおばさんは大声で笑った。「あんたが人間なものかい。只《ただ》のできそこないさ」

ニックは鉞を一振りした。

エムおばさんの右腕が宙を飛んだ。

腕はいったん天井にぶつかり、そして床に落下した。大きく跳ねるようなことはなかった。
二、三度ぴくぴくと痙攣《けいれん》しただけだった。
エムおばさんは不思議そうな顔をして自分の右肩を見詰めていた。

周期的にじゃあじゃあと激しく出血している。

彼女は救いを求めるように周囲を見渡した。

だが、誰も何も言わなかった。

殆どの者が返り血を浴びて真っ赤になっていた。

ただ、オズマとグリンダと魔法使いだけは魔法で防御したようで、綺麗なままだった。

エムおばさんはもう一度自分の肩を見た。数秒間の沈黙の後、突然絶叫した。

「うるせえ、ばばあ!!」ニックはさらに鉞を振るった。

エムおばさんの左腕が飛んだ。

彼女はさらに絶叫した。

「だから、喧《やかま》しいんだよ」ニックは垂直に鉞を振った。

エムおばさんの腹部が縦に裂け、そこから内臓がどろりと垂れ出した。

彼女は自分の姿をじっと見下ろした後、突然回れ右をし、逃げ出そうとした。

「逃すかよ」ニックは水平に鉞を振った。

エムおばさんの両脚が吹っ飛んだ。

彼女は床に俯《うつぶ》せに落下した。

ニックはエムおばさんの胴体を蹴った。

エムおばさんは転がって、仰向きになった。

ニックは血塗れになりながら、さらに鉞を振り上げた。

「ニック、やめて‼」ジェリアは絶叫した。

「こいつはドロシイを殺したんだから、それなりの報いを受けるべきなんだ」ニックは笑みを浮かべた。「そうでしょ、女王陛下?」

「ニック、わたしは言ったはずです。オズの国に犯罪者はいないと」

「だったら、僕がこの殺人鬼の首を刎《は》ねても、罪に問われないですよね? この国には犯罪者がいないんだから、僕が犯罪者のはずがない」

「その通りですよ」オズマは優しく言った。

エムおばさんは歌を歌っていた。

どんな願い事も叶う虹の彼方の国にわたしはいつか辿り着く。そのような歌だった。

みんなは静まり返り、その歌に聞き入っていた。

だが、一人だけ聞く耳を持たない者がいた。

「下手な歌もそこまでだ」ニックは鉞を振り下ろそうとした。

「怖いことはやめて！」ライオンは一瞬で、ニックの真横まで跳躍し、ニックを止めようと手を伸ばした。

勢いがあり過ぎたため、爪の先にニックの頭が引っ掛かり、そのまま胴体から引き千切られた頭は、ぽんと宙を舞った。

激しい音を立て、ニックの頭は宮殿の宝玉の壁に叩き付けられた。それはぐしゃりと潰れ、中から何か湿ったものが噴き出した。

頭部を失ったニックの腕は鉞を握ったまま、がたんと落ち、おばさんの頭を目のすぐ下あたりで切断した。ニックの身体はそのまま硬直し、動かなくなった。

歌は唐突にやみ、おばさんの頭の上半分がぐらぐらと床の上で揺れていた。

「うわあ！」ライオンが叫んだ。「えらいことをしてしまった!!」パニックに陥《おちい》ったライオンは手足を無茶苦茶に振り回した。

広間にいた多くの住人たちは次々と肉片へと変わっていった。

「ライオン、大変だよ」ビルは焦って言った。「普通の人間は食べればいいけど、ブリキの樵は食べられないから罪になっちゃう」

「頑張れば食べられないこともないんじゃないか？　手伝ってあげようか？」腹ぺこ虎は舌な

めずりをした。

「その必要はありませんよ。これは事故ですから」オズマが言った。

オンビー・アンビーたちが戻ってきた。

「女王陛下、泉の中の刃物と泉の水を持ってきま……うわぁ!!」オンビー・アンビーはあまりに凄惨な現場を見て、その場に倒れてしまい、血の海の中に突っ伏した。

「水は大丈夫ですか？」オズマは尋ねた。

「はい。わたしたちが持っておりますから」軍人たちが異口同音に答えた。

「よろしい」オズマは満足げに言った。

「いいんですか?!」ジェリアは驚きの声を上げた。

「はい。事件は無事解決しました」

「しかし、新たな殺人事件が発生してしまいました」

「それに関しては、経緯ははっきりしています。発生と同時に解決したと言えるでしょう」

「しかし……」

「問題はないのです。さあ、ジェリア、乾杯のため、みんなにグラスを配ってください。あなたの本業は小間使いでしょ？」

ジェリアは血塗れの人々にグラスを配って回った。ただ、ビルはキャンディマンを平らげるのに夢中だったので、彼にはグラスを配らなかった。

可哀そうにキャンディマンは全身の半分以上をビルに屠《ほふ》られ、残りもビルの唾液で半ば溶かされてしまっており、蠢《うごめ》く水飴となり果てていた。

「ジェリア、みなさんのグラスに軍人さんたちが運んできた水を注いでください。この水は炭酸水なので、非常に美味なのです」

注ぎ終わった後、ジェリアはオズマに尋ねた。「これでいいのですか？」

「では、逆に尋ねますが、何がいけないと思っているのですか？」

「殺人事件の犯人が殺され、それを行った人物もまた死んでしまいました」

「事件は解決したのですよ。その事実は揺るぎません」

「しかし、このオズの国でも人々は過ちを犯すことが明るみになってしまいました」

「何ですって？」オズマは不思議そうな顔をした。

「犯人がオズの国出身でなかったから問題ないと？」

「そんなことは関係ありません。オズの国には犯罪はないのです。犯人の出身の問題ではありません」

「しかし、現に犯罪が起こったではありませんか」

「いいえ。オズの国には犯罪はありません。なぜなら、オズの国では誰も死なないからです」

「何をおっしゃってるんですか？　そんなはずはありません。オズマ女王、あなた自身もお父上であるパストリア国王の死によって、王位を継がれたのではありませんか」

「いいえ。わたしはパストリアの娘などではありません」

「何をおっしゃっているのですか？」

「はるかな昔、この国にまだ魔法がなかった頃、妖精女王ラーライン率いる妖精の一団がこの国の上空を通りかかりました。そのとき、彼女はこの国を生き物たちが永遠の命を持つ魔法の国へと変え、妖精の一人に『ここを支配せよ』と言って残していきました。そのオズの国を支配することを命じられた妖精がわたし――オズマ女王です。だから、わたし以前にここを支配した王などはいません。最初からわたしの王国だったのです」

「今のは何ですか?」

「新たな神話です」

「しかし、そんな話は誰も信じませんよ」

「そうでしょうか?」

「ここに証拠があります」ジェリアはエムおばさんの遺体を指差した。

「そんなものは何とでもなります」オズマは言った。「魔法使いさん、例のものもここに持ってきて一緒に処理してくださいな」

「畏《かしこ》まりました」オズの魔法使いは杖を振った。

ドロシイとジンジャーの遺体が忽然《こつぜん》と現れた。

「修復してください」オズマが命じた。

魔法使いは奇妙な動作をしながら呪文を唱え、魔法の糊を使って部屋の中にある無数の遺体の修復を始めた。「……ぬわいえいるれいとほうてぃーぷ……」

それぞれの遺体は魔法使いの驚異的な修復技術で奇妙な変形を始めた。傷がだんだんと小さくなっていく。エムおばさんの飛び散った五体は元の位置に戻り、まるで切断されたことが嘘だったかのように綺麗にくっ付いた。

「これは……」ジェリアは目を見張った。

「後は魔法の粉を掛ければ、元のように動くようになります」オズマは言った。

「しかし、それは元の彼女たちではありません」

「同じ姿なら、同じ人物です」

「しかし、記憶はどうなるのですか？　脳が破壊されたら、記憶は戻らないのではないですか？」

「それは逆に好都合なのですよ」オズマは言った。「魔法使いさん、チクタクの処理も頼みますよ」

魔法使いの周囲に火花が散った。

チクタクから煙が出て動かなくなった。

「今のは何ですか？」

「科学の言葉を使うなら、電磁パルスです。これで、チクタクの記憶も消えました。ニック・チョッパーの新しい頭やキャンディマンの新しい身体を作ることも難しいことではありません。あと、新しい南瓜はいくらでもありますし」オズマはジャックの頭を踏み付け、粉砕した。

「継ぎ接ぎ娘は勘付いたようですが、まああの子は頭がいいので、ちゃんと自らの保身のために正しい行動をとるはずです」

「オズマ女王、彼らは記憶を失って蘇るのでしょう？　しかし、人の口に戸は立てられません。いくら、あなた方が新しい神話を流布したとしても、この場にいた人々は真実を語り続けるでしょう」

「あなたもそうするつもりですか？」

「……申し訳ありません、女王陛下。わたしは自分を欺《あざむ》ける程器用ではないのです」

「あなたよりスクラップスの方が賢明だということがわかりました。しかし、そのことについてわたしはそれほど心配していません」

「国民は自分の方を信じるとお考えですか？」

「そのことは今議論しなくてもいいでしょう。まずは乾杯をしましょう」オズマは言った。

「ジェリア、あなたが乾杯の音頭をとってください」

ジェリアはオズマの真意を図りかねた。だが、これ以上彼女に逆らっても得るものは何もない。今は引き下がろう。そして、いつか真実を明るみに出せばいいのだ。

「それでは、僭越《せんえつ》ながら……事件解決を祝して……乾杯！」

ジェリアと人々は炭酸水を飲み干した。

「これで問題は解決です」オズマは言った。

「何のことですか？」

「あの泉は忘却の泉と呼ばれているのですよ」オズマは水を吐き出した。

グリンダと魔法使いも水を吐き出した。

広間の中にいた人々は次々にばたばたと倒れ出した。

ジェリアは慌てて喉に指を突っ込んだ。

「ああ。もう手遅れですよ」

ジェリアは頭を押さえ、床に蹲《うずくま》った。

「心配しないで」オズマは言った。「何の苦痛もありません。ただ忘れるだけです。全てを」

「消えていく！」ジェリアは悲痛な声を上げた。

「抵抗はやめなさい。どうせ勝つことはできないのです」

「わたしの中の全てが消える！」

「そうです。まもなくあなたたちは、言葉は喋れるものの赤ん坊と同じ状態になります。でも、心配しないで。わたしたちが一から教えます。あなたの名前や生い立ちも、それからこの国の歴史も」

「それは真実ではないわ」

「いいえ。真実よ」

「ああああ!!」ジェリアは絶叫した。そして静かになった。

「ジェリア、わたしがわかりますか？」オズマは穏やかに尋ねた。

「ジェリアって誰ですか？」ジェリアは薄ら笑いを浮かべた。

「あなたの名前ですよ。あなたはこの宮殿の小間使いで通訳もしているのです」

「あなたは誰ですか？」

「わたしはオズマ女王です。妖精女王ラーラインの命により、このオズの国を支配しているのです」

「わたしは誰ですか?」魔法の粉を掛けられ、復活したドロシイが尋ねた。

「あなたはドロシイですよ。カンザスから竜巻に巻き込まれて、このオズの国にやってきたのです」オズマが答えた。「そして、この老婦人はあなたの優しいエムおばさんですよ」

「わかったわ。あなたのおかげで思い出せたわ」ドロシイが言った。

ビルはそっと広間から出ようとした。

「ビル、あなたは水を飲まなかったのですね」グリンダはビルの方を見ずに言った。

「ごめんよ。わざとじゃないんだ。キャンディマンを食べるのに夢中になってしまったんだよ」ビルは慌てて言った。

「それは構いません。今からでも、この水を飲みなさい」

「でも、それを飲むと記憶喪失になってしまうんだろ?」

「それがどうしたと言うんですか? どうせあなたの頭には大した知識は入っていないでしょうに」

「駄目だ。それを飲んだら、不思議の国のことも忘れてしまう。アリスの思い出も」

「わたしたちがもう一度教えてあげます」

「みんな、不思議の国のことなんか知らないじゃないか」

「もちろんよ。でも、適当にでっち上げた話をしてあげるわ。どうせあなたは不思議の国に帰ることはないのだから、偽の記憶で充分でしょう」

「いや。それでは駄目なんだ」

「何が駄目なの？　論理的に説明できる？」

「もういいでしょう、グリンダ」オズマが言った。「ビルに記憶があったからといって、誰も本気にしないでしょうから」

「ごもっとも」グリンダは引き下がった。

「ただし」オズマは言葉を続けた。「あなたはできるだけ早くオズの国から出ていってください。面倒事の種はないに越したことはありません」

「わかったよ。でも、どうすればいいの？」

「それはわたしたちに任せてください」オズマはベルトに手を当てた。「行き先の選り好みさえしなければ、すぐにでもあなたを旅に送り出せますよ」

ふらふらとゾンビのように歩き回るドロシイとジンジャーとエムおばさんを見ながら、ビルは深い考えもなしに頷いた。

24

駅前でドロシイたちを見掛けたとき、井森はつい声を掛けそうになってしまった。しかし、ドロシイや樹利亜が気付く前に和巳が彼に気付き、睨み付けてきたため、彼は思わず目を逸らして、近付くことすらできなかった。

オズの国で行われた記憶消失の魔法がどの程度地球に影響を及ぼすのかわからないが、生と死の関係から類推するに、アーヴァタールの記憶が本体のバックアップとして機能するとは考えにくかった。つまり、オズの国の記憶とオズの国に関する地球での記憶は失われてしまったと考えるのが合理的だろう。となると、ドロシイや樹利亜からは井森に関する記憶は全て消えてしまったと考えるべきなのだろう。

もちろん、グリンダは記憶を消されていないので、和巳の記憶も残っているはずだ。ただ、記憶を消した目的から考えて、和巳はそのことをドロシイや樹利亜に伝えることはないだろう。

「ちょっとすみません」若い男性が声を掛けてきた。「この辺りで一番近い喫茶店ってどこになりますか？」

その男はロード——道雄だった。

井森は即答せずにじっと道雄の顔を見詰めた。

「どうかしましたか？」道雄は不思議そうな顔をした。

本当に記憶を失ったらしい。

「いいえ。知り合いに似ていたものですから。でも、人違いだったようです」井森は答えた。

「あら。こんなところにいたの？」和巳が近付いてきた。「喫茶店で待っているって言ったのに、なかなか来ないから探しにきたのよ」

「どうも」井森は和巳に言った。

「どうも」和巳の目の奥に怒りが見えた。

親しげに話し掛けるなということだろう。

「ひょっとして、お知り合いですか？」道雄が尋ねた。

「いいえ」和巳が先に言った。「初対面よ」

「そうですか。僕、最近事故に遭って、なんだか記憶が曖昧なんです。だから、知っている人かと思って」

「事故？」井森が尋ねた。

「ええ、突風で切断された高圧電線が僕の身体を直撃したんです。目撃した人によると、てっきり僕の五体がばらばらになったと思ったそうですよ」

「それは錯覚ね。もし五体がばらばらになったのなら、こうして生きているはずがないもの」

和巳が間髪を容れずに言った。

もうこれ以上、余計なことを言うな。和巳の瞳がそう告げていた。

道雄は報いを受けたのだ。本体もアーヴァタールもだが、死は全てなかったことにされたのだ。それは恐らくいつものアーヴァタールのリセット現象とは違う別の何かの力だ。ひょっとすると、それは道雄が言っていた、この世界にある魔法なのかもしれない。

だが、その力を追求することは不可能だろう。

これ以上、わたしたちに関わったら承知しない——和巳の目はそう告げていた。

地球におけるグリンダがどのような力を持っているのかはわからない。だが、これ以上深入りすれば、取り返しの付かないことになる。井森の直感がそう告げていた。

「待ち合わせの相手が見付かったようですね。それでは、僕はここで失礼します。実は僕にも急ぎの用があるので」

「ああ。お急ぎのところ、申し訳ありませんでした」道雄は丁寧に頭を下げた。

井森は和巳の視線から逃げるようにその場を去った。

二人の姿が見えなくなったところで、電柱に手を付いて呼吸を整えた。

「その調子でいいわ」背後から声がした。

ぎくりとして振り返ると、そこには夕霞がいた。

そうか。スクラップスも記憶を消されなかったんだった。

「よかった。これからは君と情報交換すればいいんだね」

「駄目よ」

「どうして？」

「わたしたちはオズマにお目こぼしされているだけなのよ。もし不穏な行動をしていると思われたら、即終了よ」

「終了ってどういうことだよ？」

「ビルの場合はそうね、運がよければ、オズの国に呼び戻されて、忘却の水を飲むだけでいいかもしれないわ。でも、スクラップスは悲惨よ。人形は水なんか飲めないから、ばらばらに分解されるか、案山子《かかし》のように燃やされるかよ。そして、わたしそっくりの新しい継《つ》ぎ接《は》ぎ人形を用意して、それに魔法の粉を掛け、スクラップスということにするのよ」

「ひょっとすると、案山子も新しく作り直されたのかい？」

「ええ、そうよ。そして、新しい案山子がドロシイと冒険をした案山子だということにされているわ」

「ブリキの樵《きこり》も作り直されたのかい？」

「頭だけね。……とにかく、わたしは忠告に来ただけよ。今後は絶対わたしに話し掛けないで。わたしも絶対あなたに声を掛けないから」

「そんなにオズマが恐ろしいのかい？」

「あなたはどうなの？」

「そりゃ、恐ろしいさ」

「そんなに怖がらなくていいのよ」誰かの声がした。いつの間にか近くに、初老の女性が立っていた。

「ええと。初対面ですよね……こちらでは」井森は警戒しながら言った。

「わたしはオズマのアーヴァタールです。そして、ドロシイのおばでもあります」女性は言った。

「なるほど。あなたは地球でのドロシイのおばということですね。そして、エム・ゲイルはフェアリイランドでのおばという訳だ。僕とビルはこの二人のおばを混同してしまったため、混乱してしまったんだ」

「わたしは別にカンザスに住んでいる訳ではありませんしね。そして、『ドロシイ』というのは、単に綽名《あだな》であって、本名ではないのです。小さい頃、いつも、泥塗《どろまみ》れになって遊んでいたことから付いた綽名です」

「因《ちな》みに、地球のドロシイの本名は何て言うんですか?」

「あなたは知らなくてもいいのです。何の関係もない女の子の名前を知っている必要はないでしょう」

「これから偶然知り合いになるのは、不自然ではないでしょう?」

「わたしは関わるなと言っているのです。今後、あなたと話すことは一生ないでしょう。わたしもドロシイも和巳も夕霞も」

この女性に逆らってはいけない。

論理的な理由は思い付かなかったが、井森はそう確信した。

「あ……あの……」

何か言って、この場を収めたかったが、言葉が全く出てこなかった。

女性はじっと井森を見ていた。

井森は目を逸らすことすらできなかった。

夕霞は見て見ぬふりをしている。

彼女はオズマの逆鱗《げきりん》に触れることなく、生き延びるんだろうな、と井森は思った。

「おばさん、お知り合い？」ドロシイが少し離れた場所から声を掛けてきた。

「いいえ。ただ、道を訊かれただけよ」女性は答えた。

「道を訊かれたって、おばさん、この辺りの道なんて知らないでしょ？」

「ええ。だから、この方にもそう言って、お断りしていたところよ」

「すみません。おばはこの辺りのこと詳しくなくて」ドロシイが近寄ってきた。「どこへの道をお探しですか？」

「いえ。その……駅前の喫茶店で待ち合わせしてたんですが、それがどこかど忘れして……」

井森はなんとか話をでっち上げた。

「わたし御案内しましょうか？」

「いえ。結構です」井森はちらりと老婦人の方を見た。「だいたいの方向を教えていただいたら、自分で行きますので」

「そうですか」ドロシイは井森の真横にやってきた。そして、少し離れた場所を指差した。

「確か、あっちの方に一軒喫茶店があったと思います」

「あっ。ありがとうございます」

「そろそろ行きますよ」老婦人は少し苛立《いらだ》たしげに言った。

「ではこれで」ドロシイは頭を下げた。

井森もつられて頭を下げる。

そして、ドロシイが頭を上げる一瞬、彼女は素早く微《かす》かに井森の耳元で囁《ささや》いた。

「わたしは手児奈《てこな》」

井森ははっとして顔を上げた。

もうそこには誰もいなかった。

25

学生室に行くと、栗栖川亜理《くりすがわあり》と田中李緒《たなかりお》が何かを話し合っていた。

「やあ。お二人さん」今あった不気味なことを振り払うように、井森はわざと快活に言った。

「おや。栗栖川さん、夜遅くまで話し込んでたから」亜理の目は本当に眠そうだった。

「昨日、夜遅くまで話し込んでたから」

「夜遊びはほどほどにね」

「夜遊びじゃないわ。ずっと家にいたのよ」

「えっ? てっきり一人暮らしだと思ってたよ。実家から通ってるの? それとも、彼氏? まさか、結婚してるとか……」

今日は厄日なのかもしれない。

「わたしは一人暮らしよ」

「じゃあ、昨晩はたまたまお客さんが来てたんだ」

亜理は首を振った。「違うわ。家族よ」

「君、さっき一人暮らしだって言ったよね」

「ハム美《み》はわたしの家族よ」

「名前からするとハムスターかい？」

「ええ。そうよ」

「ハムスターと何時間ぐらい話をしてたのかな？」

「さあ。二、三時間ってとこじゃない」

「それっていつもなのかい？」

「何が？」

「ハムスターと話し込むのは」

「毎日よ」

「ここは不思議の国じゃなくて、現実世界だよな？」井森は確認した。

そう。ここは絶対に魔法が支配する世界ではない。科学が発達した現実の世界なんだ。

「何惚《とぼ》けたことを言ってるのよ！」亜理が口を尖らせた。「あなたが頼りないから厄介なことになってるんじゃない」

う〜ん。そう言われると、そんな気もする。まんまと道雄に出し抜かれた訳だし……。

いや。自信を喪失している場合じゃない。

「頼りない？　僕が？」

僕はビルを不思議の国に連れて帰るんだ。
必ず。

『オズの魔法使い』についての簡単なガイド

※本作の趣向に触れる部分がありますので、本編を読了したのちにご覧下さい。

『ドロシイ殺し』では、アメリカの児童文学作家、ライマン・フランク・ボーム（Lyman Frank Baum）による児童書『オズの魔法使い』とその続編群が主要なモチーフとなっています。膨大な登場人物と様々な国が登場するオズの国の物語を俯瞰《ふかん》していただくため、以下に物語の概略と、『ドロシイ殺し』に登場する主なキャラクターについて簡単に紹介します。原点となった〈オズ〉シリーズは、今読んでも清新なイマジネーションと奇抜なアイデアが詰め込まれた、素晴らしい物語です。児童書から大人向けの文庫、電子書籍など様々な形で入手可能ですので、ぜひ併読して『ドロシイ殺し』に鏤《ちりば》められたエッセンスを探してみてください。

＊

『オズの魔法使い』は、アメリカ合衆国カンザスの農場で暮らす少女ドロシイ・ゲイルが魔法の国オズで冒険する物語であり、現在に至るまで世界中で愛読されている。

舞台となるオズの国は、五十万人以上の国民（魔法生物も含む）がおり、彼らが病気や事故で命を落とすことはまずない。また、貨幣という概念がなく、あらゆる財産は統治者の所有物であり、統治者が国民の面倒を見る。豊作になれば生産物はすべて国民に公平に分け与えられる。『オズの虹の国』以降の統治者はオズマである。

オズの国は東のマンチキンの国、南のカドリングの国、西のウィンキーの国、北のギリキンの国などで構成されており、中心地には大理石に宝玉を埋め込んで創られたエメラルドの都がある。その周辺には田園地帯が広がっているが、人里離れた山中や森の中には危険な種族や獣たちが潜んでいる。オズの国は周りを〈死の砂漠〉に囲まれているため、侵略は容易ではない。砂漠の外にはエヴの国、イックス王国、ノームの地下の国など他国の領土が存在する。

＊

ボームは一八五六年ニューヨークに生まれた。幼少期から空想豊かで、十代以降は演劇活動に熱中する。四人の息子たちに語り聞かせた空想を物語に織り込んだ『オズの魔法使い』は、ウィリアム・ウォレス・デンスロウの挿絵を添えて一九〇〇年に刊行された。発表以降続編を望む声が相次ぎ、その声を受けて、以降ボームは十四の長編と一冊の短編集を執筆する。

『オズの魔法使い』を原作としたミュージカル映画「オズの魔法使」(一九三九)は主題歌「虹の彼方に」とともに大ヒットを博す。ミュージカルの女王と謳《うた》われたジュディ・ガーランドが主人公ドロシイを演じ、彼女の出世作としても知られる。だが評伝『ジュディ・ガーランド』(デイヴィッド・シップマン、キネマ旬報社)によると、華やかな成功とはうらはらに、当時ダイエット薬としてハリウッドに蔓延《まんえん》していた覚醒剤に溺れ、幼少期から続いていたプロデューサーたちによる性的虐待のために、早くから精神を病んでいたという。

シリーズ一覧（長編の邦題はハヤカワ文庫NV、短編集の邦題は復刊ドットコムに拠る）

オズの魔法使い　*The Wonderful Wizard of Oz*（一九〇〇）
オズの虹の国　*The Marvelous Land of Oz*（一九〇四）
オズのオズマ姫　*Ozma of Oz*（一九〇七）
オズと不思議な地下の国　*Dorothy and The Wizard in Oz*（一九〇八）
オズへつづく道　*The Road to Oz*（一九〇九）
オズのエメラルドの都　*The Emerald City of Oz*（一九一〇）
オズのつぎはぎ娘　*The Patchwork Girl of Oz*（一九一三）
オズのチクタク　*Tik-Tok of Oz*（一九一四）
オズの小さな物語　*Little Wizard Stories of Oz*（一九一四）※短編集
オズのかかし　*The Scarecrow of Oz*（一九一五）
オズのリンキティンク　*Rinkitink in Oz*（一九一六）
オズの消えたプリンセス　*The Lost Princess of Oz*（一九一七）
オズのブリキの木樵り　*The Tin Woodman of Oz*（一九一八）
オズの魔法くらべ　*The Magic of Oz*（一九一九）
オズのグリンダ　*Glinda of Oz*（一九二〇）

登場人物一覧

※作品の結末にやむを得ず触れている箇所があります。

ドロシイ

おじのヘンリイとおばのエムとともに、カンザスの農場で暮らす少女。彼女はある日、愛犬トトと共に竜巻によって家ごとオズの国まで飛ばされてしまい、東の悪い魔女の上へと着陸して殺してしまう。魔女の圧政に苦しんでいた妖精マンチキンたちから英雄として遇され、やってきた北の良い魔女から魔法の靴を手に入れるが、カンザスへ帰る方法は見つからず、途方に暮れる。北の良い魔女のアドバイスにより、エメラルドの都の主であるオズの魔法使いを頼ろうとするが、願いを叶える代わりに、西の悪い魔女を退治するように求められる。（初登場作『オズの魔法使い』【以下（魔）】）

案山子《かかし》

マンチキンの農民によって創られ、棹《さお》にくくりつけられていたところをエメラルドの都に向かうドロシイによって救われる。カラスたちに馬鹿にされたことをきっかけに、本物の脳味噌が欲しいと思うようになり、ドロシイの道連れとなって西の悪い魔女退治に参加する。『オズの虹の国』では、オズマの帰還までオズの国王を務めていたこともある。（魔）

ブリキの樵《きこり》

雨風によって錆《さ》びて固まっていたところをドロシイに発見され、関節に油を差されたことで再び動けるようになった。元は心優しい若者ニック・チョッパーだったが、東の悪い魔女の呪いによって全身がブリキになってしまい、心臓を失ったことで婚約者への愛情も消えてしまったため、新たな心臓を求めて西の悪い魔女退治に参加する。のちにウィンキーの国の皇帝となる。（魔）

臆病ライオン

エメラルドの都に向かうドロシイと案山子とブリキの樵が道中で出会った大きなライオン。出会い頭に危機を感じたドロシイの咄嗟《とっさ》の平手打ちによって臆病な本性を晒してしまう。生きていくための勇気が欲しいと同行を願い出る。西の悪い魔女との戦いののち、南の森の獣たちの王となって、友人の腹ぺこタイガーとともにオズマの護衛隊長を務める。（魔）

オズの魔法使い

エメラルドの都に住むオズの王で、強大な魔力の持ち主として知られていた。『オズの魔法使い』では意外な正体を明かすことになるが、その後国王の座を案山子に譲った。以降、グリンダの弟子となってオズマに仕える。（魔）

グリンダ

南の良き魔女。強大な魔力の持ち主で、女性たちから成る特別護衛隊を擁する。（魔）

オズマ

オズの国の支配者。オズの魔法使いの前王パストリアの娘で、かつては魔法で男の子に姿を変えられていたが、グリンダの計らいによって元の姿を取り戻し、王位に就く。ドロシイとは親友で、彼女をオズの王女として遇する。当初はオズ王家の子孫とされていたが、のちに妖精女王ラーラインがオズマを妖精に変えてオズの支配者に任じたという設定が加わった。（初登場作『オズの虹の国』【以下（虹）】）

ジンジャー

オズ国王となった案山子に叛乱を起こした少女将軍。エメラルドの都の財で、自分の軍団の美少女たちを着飾らせようとたくらむが、紆余曲折《うよきょくせつ》あってオズマに王座を明け渡す。（虹）

南瓜《かぼちゃ》頭のジャック

オズの北の地方、ギリキンの国の少年チップが育て親の魔術師の老婆モンビを驚かせるために作った南瓜頭の人形に、モンビが〈いのちの粉〉を振りかけて命を与えた魔法生物。（虹）

ジェリア・ジャム

オズの宮殿の小間使いで、案山子とジャックの通訳として登場する。お茶目で機転が利く。（虹）

ガンプ

ジンジャーに追い詰められたチップが宮殿から脱出するため創りだした、空飛ぶ魔法生物。（虹）

チクタク

エヴの国の王に仕えていた自力思考ロボット。動作停止状態だったがドロシイとビリーナにネジを巻かれて起こされ、旅路を共にすることに。（初登場作『オズのオズマ姫』【以下（姫）】）

ビリーナ

二度目にオズの国にやってきたドロシイの道連れとなった、喋《しゃべ》る雌鶏《めんどり》。（姫）

ノーム王ロークワット

岩の精たちの支配者。エヴの王によって売り渡された女王と十人の子どもを地下宮殿に幽閉している。魔法のベルトをドロシイたちに奪われて以来、オズを侵略して復讐を遂げようと目《もく》論《ろ》む。（姫）

継《つ》ぎ接《は》ぎ娘（スクラップス）

マンチキンの魔術師・ピプト博士の妻がパッチワーク・キルトで作った少女人形に〈いのちの粉〉を振りかけて創りだした魔法生物。〈従順〉〈愛嬌〉〈正直〉〈利口〉、そして〈詩心《ポエジー》〉を脳味噌に配合されている。（初登場作『オズのつぎはぎ娘』）

ファンファズム

オズ侵略のため、ノームの将軍ガフが悪の勢力と同盟を組もうと訪れた種族のうちの一つ。あらゆる魔物のなかでもっとも強力で冷血といわれる一派に属しており、数千年に亘って他の種族から恐れられている。〈夢幻の山〉に棲み、幻影を操る能力を持つ。（初登場作『オズのエメラルドの都』）

解説

小出和代

「ドロシイ」に「エメラルドの都」とくれば、誰もがすぐに、児童文学の名作『オズの魔法使い』を思い起こすだろう。竜巻によって、カンザスの農場から「オズの国」へ飛ばされた少女ドロシイが、案山子《かかし》、ブリキの樵《きこり》、臆病なライオンとともに、エメラルドの都を目指す物語だ。アメリカの作家ライマン・フランク・ボームが生み出した、今も世界中で愛されている作品である。

小林泰三の『ドロシイ殺し』は、この『オズの魔法使い』をモチーフにした、ちょっと特殊な……いや、だいぶ特殊な設定のミステリである。何しろこの世界には魔法が存在する。魔女や妖精、その他不思議な生物が多数登場し、機械も人形も皆しゃべる。生物によっては、身体の一部が壊れても取り替えれば〝死なない〟。そんな国で、密室殺人が起こるのだ。

魔法でちょいちょいと何かやったんじゃないの？　と思うだろう。ところが一見何でもありの世界に見えて、実は登場人物ごとに、できることとできないことがルール化されている。その制約が、『ドロシイ殺し』をミステリとして成立させているのである。

ここまでの要素だけで十分特殊だというのに、『ドロシイ殺し』にはさらに、シリーズ一作目『アリス殺し』から続くややこしい設定がある。「オズの国」は、現実世界の人物たちが共有している夢の世界なのだ。二つの世界は不思議なシンクロをしており、夢の中で事件が起きると、現実世界でも同じような事件が発生する。その上、現実世界の人物たちが、夢の中でも同じ姿をしているとは限らない。探偵役の井森《いもり》だって、現実世界では頭の切れる大学院生だが、夢の中では間抜けな「蜥蜴《とかげ》のビル」になってしまう。

特殊設定の上に特殊設定を重ねた、特盛りのヘンテコミステリだ。ここまで複雑にしてどうやって謎解きを成立させるのか、こんなに難易度の高い設定にして話がまとまるのかと、読んでいる方がヒヤヒヤする。が、この積み重なった特殊事項が立体パズルのように見事に嵌まり、最後には理詰めで犯人が炙《あぶ》り出されるのだ。

『ドロシイ殺し』は入り組んだ話ながら、驚くほど軽快に読むことができる。これはひとつに、会話文を中心にした書き方の効果だろう。『ドロシイ殺し』も、シリーズ前作の『アリス殺し』も『クララ殺し』も、地の文による説明は控えめに、主に会話で物語が進んでいく。煩雑な物語の場合、描写を絞って読者の気を散らさないようにするというのは、ひとつの有効な作戦である。

一作目『アリス殺し』が、ナンセンスな言葉遊びが魅力の『不思議の国のアリス』をモチーフとしていたから、最初はそれに倣《なら》ったのかもしれない。が、二作目三作目と続けて、著者はこの書き方を自覚的に選んでいる。読むのは簡単でも、書く側としては難儀な方法である。数多くのキャラクターの言動を会話文で整理し、そこにミステリとしての手掛かりをフェアに仕込むのは、技術が要る。特殊設定ミステリという縄の上に、さらに技術的な縄をかけて、縛りをキツくしたまま書き続けているようなものだ。

そもそも、『アリス殺し』は一冊限りの作品だろうと思っていた。設定があまりに特殊すぎる。まさかその後さらに三冊も、共通の設定でシリーズ作品が出るとは想像もしなかった。現実と夢、ふたつの世界を用意し、夢の世界には一作ごとに違うルールがある。一体どこからこんな発想が沸いてくるのだろう。小林泰三は実に謎な作家である。

小林泰三は一九九五年、『玩具修理者』で第二回ホラー小説大賞短編賞を受賞し、デビューした。その後続々と発表される作品はホラーに留まらず、SFも書けばミステリも書く。そしてそのいずれでも評価されるという才の持ち主である。『天獄と地国』と『ウルトラマンF』で、第四十三回と第四十八回の星雲賞を受賞。『アリス殺し』は『二〇一四年版このミステリーがすごい!』の他、同年の主立ったミステリランキングにすべてランクインした。

今、この『ドロシイ殺し』に興味を持って本を手にしているなら、これもご縁、ここから読んでみても良いだろう。ただ、現実世界と井森が見ている夢の世界がどう繋がっているのかは、『アリス殺し』から読んだ方が理解しやすいと思う。興味があればぜひ、シリーズを追いかけてほしい。シリーズを順番に読んでいくと、さらに大掛かりな仕掛けが垣間見えてきて、一体小林泰三の脳内はどうなっているのかと、感心を通り越して呆れること請け合いだ。

また、このシリーズ全般が気に入ったなら、彼の他の作品もぜひ。なにしろ、ホラー小説の新人賞をもってデビューした鬼才だ。ポップなシーン、ファンタジックなシーンの裂け目から、突然グロテスクな場面や残酷な結末が顔を覗かせる。人の良い顔をした作品でも、必ず邪悪さを潜ませていて、そこが大変に良いのである。『ドロシイ殺し』を読んだ後なら、何はともあれ『玩具修理者』をおすすめしたい。色々な疑問が氷解するはずだ。

個人的な話で恐縮だが、私は長く書店に勤めていた。最初の『アリス殺し』が単行本で出た時も文芸書の売場にいたので、この本が奇妙な売れ方をし続けたのを覚えている。

小林泰三は固定ファンのいる作家だ。一定の数は必ず売れる。最初はいつも通りだと思っていたのに、いつまでも売れ行きが鈍《にぶ》らないので、おや、と思ったのは、『アリス殺し』発売から随分たった頃だった。

私がいた店の客層のせいか、小林泰三の本は元々男性ファンが買っていくことが多かった。ところが様子を見ていると、『アリス殺し』だけはやけに女性の購買率が高い。棚の隅で若い女性が、この本をそっと手に取るのを何度か見た。可愛らしくて少しダークな、アリスの表紙が人目をひくのだろう。乙女のための暗黒童話、などというフレーズが頭をよぎる。

何かの書評が特別効いたとか、テレビで紹介されて話題になったとか、そういう分かりやすく目立った話は聞こえてこなかった。ただひたすら、コツコツと売れていた。人目につく場所へ引っ張り出して面積みを増やしても、逆に元の場所へ戻しても、売上は大きく変わらない。『クララ殺し』『ドロシイ殺し』と、新刊が出るたびに目立つ場所へ広げてみた時も、やはり同じなのだった（ただし、書店によっては、推した分だけグイグイ売れたところもあると聞く）。一度鉄球を揺らしたらあとは延々動き続ける、永久機関を見るようだ。こういう売れ方をする本は滅多にない。本屋にとっても理想的な本である。シリーズの累計は今、他言語への翻訳も含めて、五十万部を越えたという。

本作『ドロシイ殺し』の次には、『ティンカー・ベル殺し』が控えている。読めばわかるが、このシリーズ、どうやらまだまだ続くらしい。一体この先どうするんだ……とわくわく待っていたのに、二〇二〇年の終わり、小林泰三はふいに帰らぬ人になってしまった。なんてことだ。ここで永遠におあずけなんて。残酷にもほどがある。

案外、蜥蜴のビルと一緒に「あちらの世界」にいるのではないかという気もするので、ぜひ続きを書いてこちらへ送ってほしい。それはこのシリーズを愛する読者の、共通の願いであるはずだ。

本書は二〇一八年に刊行された作品の文庫化です。（編集部）

著者紹介　1995年「玩具修理者」で第2回日本ホラー小説大賞短編賞を受賞してデビュー。ホラー、SF、ミステリなど、幅広いジャンルで活躍した。著書に『大きな森の小さな密室』『アリス殺し』『クララ殺し』などがある。2020年没。

検印
廃止

ドロシイ殺し

2021年6月18日　初版

著者　小《こ》林《ばやし》泰《やす》三《み》

発行所　(株)東京創元社
代表者　渋谷健太郎

162-0814/東京都新宿区新小川町1-5
電話　03・3268・8231-営業部
　　　03・3268・8204-編集部
URL　http://www.tsogen.co.jp
DTP　キャップス
旭印刷・本間製本

乱丁・落丁本は、ご面倒ですが小社までご送付ください。送料小社負担にてお取替えいたします。

ISBN978-4-488-42016-1　C0193